WILDIS STRENG

Trauerweiden

VOLKSFESTOPFER Die Majorette Jessica Waldmüller ist jung, hübsch und begehrt. Während des Fränkischen Volksfests, das für den aufrechten Hohenloher der Höhepunkt des Jahres ist, steht die Tanztruppe im Mittelpunkt der Aufmerksamkeit. Nach dem ersten Auftritt am Volksfestfreitag wird die junge Frau auf dem Heimweg erstochen, ihr Körper treibt am nächsten Morgen leblos in der Jagst. Ein schwieriger Fall für die Kommissare Lisa Luft und Heiko Wüst, die nicht nur Arbeitskollegen, sondern auch ein ungleiches, aber glückliches Liebespaar sind. Im Laufe ihrer Ermittlungen stoßen die beiden auf immer mehr prekäre Details aus Jessicas Leben. Anscheinend hatte das Mordopfer eine Menge Feinde. Der gebürtige Hohenloher Heiko und die aus Nordrhein-Westfalen zugezogene Lisa stochern tief in einem Sumpf aus Intrigen, Liebschaften und unerfüllten Hoffnungen.

Wildis Streng, geboren 1978 in Crailsheim, arbeitet als Lehrerin für Deutsch und Bildende Kunst in Kirchberg an der Jagst. Darüber hinaus ist sie als Malerin, Fotografin und Autorin tätig. Nach zahlreichen Kurzgeschichten in Anthologien gab sie mit dem Krimi »Ohrenzeugen« ihr Debüt als Romanautorin. Im September 2012 ist ihr Kurzgeschichtenband »Hyazinthenduft« im Baier-Verlag erschienen. Nun folgt der Hohenlohe-Krimi »Trauerweiden«.

Bisherige Veröffentlichungen im Gmeiner-Verlag:
Ohrenzeugen (2011)

WILDIS STRENG

Trauerweiden

Kriminalroman

GMEINER *Original*

Personen und Handlung sind frei erfunden.
Ähnlichkeiten mit lebenden oder toten Personen
sind rein zufällig und nicht beabsichtigt.

Besuchen Sie uns im Internet:
www.gmeiner-verlag.de

Im Ehnried 5, 88605 Meßkirch
Telefon 07575/2095-0
info@gmeiner-verlag.de

1. Auflage 2013

Lektorat: Claudia Senghaas, Kirchardt
Herstellung: Julia Franze
Umschlaggestaltung: U.O.R.G. Lutz Eberle, Stuttgart
unter Verwendung eines Fotos von: © Mella / photocase.com
Druck: GGP Media GmbH, Pößneck
Printed in Germany
ISBN 978-3-8392-1389-6

Für meine Großeltern,
Martha Kirchherr
und Frieda Koch

VOLKSFESTFREITAG, 20. SEPTEMBER, 23.17 UHR

Schwarzblau glänzte das Wasser der Jagst. Der silberne Vollmond tauchte die nächtliche Szenerie in ein kaltes, aber relativ helles Licht. Jessica Waldmüller blieb stehen und betrachtete den stetig plätschernden Fluss unter ihr. Sie hörte das Quaken einzelner Enten und das verhaltene Blöken der Schafe von der kleinen Insel, die von den beiden Armen der Jagst umspült wurde. Hinter ihr rauschte das Wehr, ein ständiges Geräusch, das man kaum mehr wahrnahm, wenn man jeden Tag hier vorbeikam. In der Dunkelheit hatte das unterschwellige Rauschen jedoch etwas Apokalyptisches. Ein wohliges Gruseln stellte sich bei Jessica ein. Sie liebte solche Nächte. Sie liebte die Leuchtstabauftritte. Und sie liebte das Volksfest. Sie war gern eine Majorette. Und sie war auch gern eine Frau. Das Kinnband ihrer Kappe drückte ein wenig. Ein leiser Lufthauch zauste den kurzen, gelben Faltenrock. Ein Geräusch? Etwas, das nicht zum Tosen des Wehrs und zur nächtlichen Jagst gehörte? Jessica Waldmüller wandte sich um. Das Messer stach so schnell in ihr Herz, dass ihr nicht einmal mehr Zeit zum Schreien blieb.

Florian Ehrmann beobachtete den Mann auf dem Stuhl. Er sah gar nicht so unglücklich aus, wie die anderen behaupteten. Obwohl ihm seine exponierte Sitzposition sichtlich etwas peinlich war. Den ganzen Abend lang hatten sie ihn bedauert, ihm versichert, dass es nun ganz aus sei, dass sein Leben gelaufen wäre. Florian wusste, dass das eben so üblich war. Sie hatten sich alle T-Shirts mit der Aufschrift »Zu spät« besorgt. Und jetzt saßen sie hier, seit vier Stunden, tranken Bier und sinnierten über den Sinn des Lebens. »So, Steffen«, brüllte nun Mario, einer der Kumpanen, den Mann auf dem Stuhl an. »Wie du ja weisch, is es jetz aus. Du hasch nix mehr zum lacha. Awwer scheint's hasch's ja net andersch gwellt.« Steffen Senglein grinste verhalten. Mario Schuster fuhr fort: »Awwer weil mir dei Freind sin, hewwa mir do ebbes für di organisiert.« Unter dem dröhnenden Applaus der Männer schob nun Bernhard Hofmeister einen Hubwagen mit einem riesigen Paket herein. Es war in rosafarbenes Geschenkpapier gehüllt, und eine goldene Schleife prangte darauf. Wenn er, Florian, in dieser Situation wäre, er wäre der glücklichste Mann der Welt. Und das nicht wegen des Hubwagens. Und auch Steffen sah ganz und gar nicht so unglücklich aus, wie seine Freunde taten, und Florian hatte bei ihm ebenfalls nicht den Eindruck, dass das nur an dem Hubwagen lag. Steffen Senglein heiratete gern. Er war rundum zufrieden mit seiner Freundin und hatte sie endlich gefragt. Sie war tatsächlich nicht schlecht, die Freundin vom Senglein. Nicht schlecht. Aber gegen seine Jessi war sie gar nichts. Die Jessi war Florians absolute Traumfrau, und er war glücklich mit ihr. Und während zu den Klängen von Joe Cockers »You can leave your head on« und unter dem johlenden Beifall der Jungs die Stripperin aus dem Paket sprang, reifte in Florian Ehrmann der Entschluss, seine Jessi endlich zu fragen, ob sie ihn heiraten wollte.

»Die Krüge --- hoch! Die Krüge --- hoch! Die Krüge --- hoch!«, dröhnte es im Engelzelt. Lisa Luft hob unbeholfen die Hand mit dem Maßkrug. Das Ganze war ihr etwas peinlich. Peinlich und definitiv ungewohnt. Nicht, dass es in ihrer nordrhein-westfälischen Heimat keine Feste gegeben hätte. Das Weinfest gab es. Und das Schützenfest. Durchaus, durchaus. Aber etwas von diesem Ausmaß in einer so kleinen Stadt wie Crailsheim – das hätte sie nicht für möglich gehalten. »Ein Prrrrrooooooohsit, ein Proooooooohsit, der Gemüüüüüht--liiihhhch---keeiiit --- ein Prooooohhhsit, ein Prohoohosit der Gemüüüüüüht-liiiiich-keeeeeit«, jubilierte nun die überaus hübsche und sehr blonde Sängerin, begleitet von ihrer Band, die für diesen denkwürdigen Augenblick von Pop und Schlager auf Volksmusik umgeschwenkt hatte. Heiko neben ihr trank brav aus seinem Maßkrug, wie die Band es verlangte. Sie beide waren Kollegen, seit letztem Januar. Kollegen, aber auch ein Paar. Und das letzte halbe Jahr mit Heiko war sehr schön gewesen. Lisa, die doch eigentlich ein Stadtkind war, hatte das Landleben im Hohenlohischen durchaus schätzen gelernt. Crailsheim war schön. Und es war alles da, was man brauchte. Nun gut, zum Überleben eben. Eine Oper gab es hier nicht, geschweige denn ein Theater. Aber das machte den Hohenlohern nichts aus. Sie hatten ja das Volksfest. Das Fränkische Volksfest, das einmal im Jahr, nämlich im September, stattfand, war offenbar das Nationalheiligtum der Crailsheimer. Alle waren dort, wirklich alle. Die Jugendlichen benutzten den großen Vergnügungsplatz, um mit Gleichaltrigen anzubandeln. Und alle Welt war nachts im Bierzelt. »Ganz Craalsa«, pflegte ihr Partner zu sagen. »So, Freunde der Nacht«, brüllte der Gitarrist nun ins Mikrofon. Begeisterung brandete auf, Maßkrüge reckten sich durch die Dunstschwaden empor. Etwas Bier schwappte aus dem Krug ihres Nachbarn auf Lisas Top. Igitt. »Kennt ihr das Rote Pferd?« Jubel. Schon erklangen die ersten, unverkennbaren Töne des Gassenhauers. Die Crailsheimer stellten ihre Maßkrüge ab und bestiegen die Bierbänke, wenn sie nicht schon dort standen und tanzten, johlten und klatschten. Lisa schüttelte den Kopf. Und das in der Provinz. »Ist das hier immer so, bei eurem … Volksfest?«, schrie sie zu Heiko hinüber.

Sie musste brüllen, obwohl er direkt neben ihr saß. Ihr Freund grinste.

»Volksfest halt«, meinte er. »Denk nicht so viel drüber nach. Mach einfach mit.«

VOLKSFESTSAMSTAG, 21. SEPTEMBER, 9.23 UHR

Morgens vor dem Volksfestumzug saßen die Crailsheimer Kriminalkommissare Heiko Wüst und Lisa Luft im McDonald's und frühstückten. Lisa trank wie immer einen Latte Macchiato und aß nichts. Heiko hingegen hatte sich einen Frühstücksburger bestellt, den er nun genüsslich verzehrte. Dazu trank er einen Kaffee mit Milch und viel Zucker. Sie hatten sich nach draußen gesetzt. Inzwischen war die Sonne durchgebrochen und spendete zwischen Wolkenfetzen hindurch letzte Wärme. Freche Spatzen hopsten um ihren Tisch herum und suchten nach Krümeln.

»Dieses Jahr sind die Bauern dran, das ist immer am schönsten«, informierte Heiko und biss wieder ab. Ein besonders mutiger Spatz flog auf den Nachbarstuhl und beäugte gierig den Burger. Heiko warf ihm einen Krümel hin. Der Vogel schnappte sich seine Beute sofort und floh damit auf einen nahe gelegenen Strauch.

»Süß«, kommentierte Lisa und meinte damit den Vogel.

»Jedenfalls wechselt das. In einem Jahr gestalten die Schulen den Festzug, in einem die Gewerbetreibenden und dann schließlich die Bauern.«

»Ah ja.«

»Und dann gibt es noch die Gruppen, die bei jedem Festzug dabei sind, wie zum Beispiel die Bürgerwache, die Fränkische Familie, die Majoretten …«

»Majowie?«

»Majoretten!«

»Was ist das denn?«

»Soweit ich weiß, wurden die Crailsheimer Majoretten in den Siebziger Jahren vom damaligen Bürgermeister Zundel ins Leben gerufen. Ursprünglich waren die Majoretten so eine Art Militär-Cheerleader, aber heutzutage geht es hauptsächlich um den Tanz und die Formation.«

»So«, meinte Lisa. Sie war ja schon wirklich gespannt auf diesen Festzug – im leicht ironischen Sinne. Denn den Lokalpatriotismus, den die Crailsheimer in jeder Minute des Volksfestes an den Tag legten, konnte sie nicht vorbehaltlos teilen. Schon Wochen vorher hingen überall Plakate, man tröstete sich über das nahe Ende des Sommers einzig mit der Tatsache, dass bald Volksfest war. Hatte das Fränkische Volksfest dann mit der Bierprobe am Freitag offiziell begonnen – (der Politische Abend am Donnerstag war für die meisten Crailsheimer nur Beiwerk, auch, wenn es zu so interessanten Konstellationen wie ›Teufel spricht im Engel-Zelt‹ kam) – so liefen die meisten Crailsheimer mit beinah religiös erleuchteten Mienen über den Festplatz. Blieb abzuwarten, wie sich dieser Nationalstolz, der jedes Normalmaß zu übersteigen schien, auf den Festzug auswirkte.

Als der Morgen des Volksfestsamstags anbrach, lag Jessicas toter Körper schon eine ganze Weile im trüben Wasser der Jagst. Die träge Strömung hatte sie mitgenommen und sie durch die ganze Stadt getragen, ohne dass jemand Notiz von ihr genommen hätte. Das Wasser war kalt und hatte den kleinen Blutrückstand, der auf ihrer Brust entstanden war, längst ausgewaschen. Makellos gelb strahlte die Uniform im Schmutziggrün des Flusswassers. Die Kappe saß fest, das straffe Kinnband hielt sie an Ort und Stelle, aber die leichte, doch beständige Strömung mit kleinen Wirbeln hatte ihren Dutt gelöst und nestelte nun zärtlich einzelne dunkle Haarsträhnen unter der Kopfbedeckung hervor. Von unten stupste ein Fischlein gegen einen ihrer Finger, wohl irritiert wegen des großen Fremdkörpers, der da im Wasser trieb. Eine Fadenalge wickelte sich kurz um ihre andere Hand, als wolle sie sie festhalten, um sich gleich darauf wieder zu lösen und sich einen anderen Weg zu bahnen. Dann erfasste eine stärkere Strömung die Leiche, wirbelte sie einmal herum und führte sie unter der Eisenbahnbrücke durch, auf der gerade unter ohrenbetäubendem Dröhnen ein Zug rauschte.

Sie standen nun schon seit einer dreiviertel Stunde beim Schnelldruckladen in der Menge. Heiko hatte seiner Freundin erklärt, dass sie hier einen sehr guten Blick auf das Geschehen hätten.

»Und wann fängt das jetzt an?«, fragte Lisa.

»Hat doch schon angefangen«, meinte Heiko. »Hörst du nicht?«

Die Kommissarin lauschte. Außer dem Geschnatter der jungen Mütter mit Kinderwagen, die um sie herum standen, und dem Husten einer Alten, die genau vor ihnen mit ihrem enormem Hinterteil auf einem beängstigend fragil wirkenden Klappstuhl saß, hörte sie nun wirklich rhythmisches Trommeln. Da war sie ja gespannt.

»Glei kummas«, sagte die Alte zu ihrem Mann, der neben ihr stand. Der Klappstuhl knarzte vernehmlich.

»Wird bestimmt a schääner Feschtzuuch des Johr«, meinte die eine Mutter zur anderen. Heiko zog Lisa näher zu sich heran und küsste ihren Nacken. Lisa schloss für einen Moment glücklich die Augen und genoss die liebevolle Geste. Sie war froh, dass sie mit ihm zusammen war. Ein bisschen fürchtete sie sich vor ihrem Geburtstag, wo Heiko ein weiteres Mal auf ihre Mutter treffen würde. Das letzte Mal war sehr anstrengend für alle Beteiligten gewesen – was aber eher an Lisas Mutter als an Heiko gelegen hatte. Jedenfalls war ihre Mutter entsetzt gewesen über den rohen, schwäbischen Barbaren. Lisa hatte es bis heute nicht geschafft, ihr zu vermitteln, dass Hohenloher und Schwaben nicht dasselbe waren. Zuerst hatte sie das ja auch geglaubt. Dachte man an Baden-Württemberg, so dachte man an die Schwaben. An Stuttgart. An Daimler-Benz. An die Kehrwoche und ähnliches Zeug. Aber nicht an die Hohenloher. Dabei waren die Hohenloher durchaus ein eigenständiger Volksstamm. Ehrlich und gerade heraus, aber auch schwer zu gewinnen. Vor allem wenn man wie Lisa ein Fischkopf war – das heißt, von nördlich des Saarlandes stammte – und nahezu Hochdeutsch sprach. Trotzdem hatte sie in ihren Kollegen sehr loyale Freunde und in Heiko einen lieben Partner gefunden. Die Musik schwoll nun an, kam immer näher.

»Sie kommen«, bemerkte Heiko überflüssigerweise. Dann marschierte die erste Gruppe um die Kurve. Ältere Herren in schwarz-grünen Uniformen mit enormen roten Federbüschen auf den Köpfen.

»Die Bürgerwache«, erläuterte Heiko. Lisa betrachtete die Männer eingehend. Stolz marschierten sie zu einer Polka, die der Musikzug hinter ihnen spielte. Es gab ein enormes Glockenspiel, das auf einem Ständer vor den Musikern her getragen wurde und das von einem Mittfünfziger mit großer Hingabe gespielt wurde.

»Und die bewachen die Bürger?«, fragte Lisa. Heiko winkte ab. »Ist ursprünglich was Historisches. Die wurde im 15. Jahrhundert gegründet, um Crailsheim zu verteidigen.«

»Soso«, murmelte Lisa, während sie die Herren mit einer Art wissenschaftlichem Interesse musterte.

»Pass auf, gleich wird's interessant. Da kommen die Majoretten.«

Nun hatte die Strömung die Leiche weiter mitgenommen, die Haller Straße entlang, aber tief unten, in der Jagst, für die keiner der Crailsheimer um diese Zeit einen Blick übrig hatte. Der Fluss gabelte sich hier und führte seine beiden Arme um eine kleine Insel herum, auf der ein Wirtschaftsgebäude einer Firma stand. Niemand befand sich in dem Gebäude. Und so fiel es auch niemandem auf, dass der Fluss eine Weile zu überlegen schien, auf welchem seiner Arme er Jessica weiterschicken sollte. Schließlich entstand durch das kleine Wehr, das den rechten Arm etwas beschleunigte, ein Sog, der ausreichte, die Leiche von Jessica Waldmüller weiterzutragen. Kurz tauchte der Körper unter, als er das Wehr hinuntergerutscht war, um aber gleich darauf wieder an die Oberfläche zu kommen. Inzwischen hatten sich noch mehr Haarsträhnen gelöst und umgaben das Gesicht der jungen Frau wie ein gnädiger Vorhang, der das Entsetzen in ihrem Blick etwas verschleierte.

Lisa brummte unwillig, als sie die Majoretten in der Ferne herannahen sah. Toll. Eine ganze Horde Frauen in kurzen, gelb-schwarzen Uniformen, die an Heiko vorbeidefilieren würde. Sie sah die Männer auf der anderen Straßenseite sich erwartungsvoll nach vorne beugen. Mehrere rüstige Rentner brachten ihre Digitalkameras in Position.

»Das sind also eure Cheerleader«, stellte Lisa trocken fest.

Heiko grinste. »Sozusagen. So oder so sind die Majoretten ein Aushängeschild und ein wichtiger Bestandteil des Volksfestes.«

»Ich nehme an, vor allem wegen ihrer kurzen Uniformen, oder?«, vermutete Lisa spitz.

»Eifersüchtig?«

Lisa winkte ab. »Bestimmt nicht.«

»Hindert dich ja niemand, selber mal so ein Röckchen anzuziehen. Also ich hätte da nichts dagegen.«

»Also, also, Heiko«, schimpfte Lisa und tat entrüstet.

Zuerst kamen einige Mädchen, die um die sechs Jahre alt waren. Sie schleppten ein Schild mit der Aufschrift »Majoretten Crailsheim«, das so groß war, dass sie es kaum tragen konnten. Die Kinder ernteten anerkennendes Murmeln von den jungen Müttern, und die Alte applaudierte. Bald darauf erschien die erste Reihe. Hübsche, schlanke junge Frauen mit knappen, schwarz-gelben Uniformen. Sie marschierten zur Trommel- und Trompetenmusik, die von dem Block hinter ihnen kam. In ihren Händen hielten sie silberglänzende Stäbe, die sie mit unglaublichem Tempo rhythmisch herum wirbelten. Dazu führten sie entsprechende Bewegungen aus. Lisa musste zugeben, dass das schon toll aussah. Beeindruckend. Mittlerweile war der ganze Zug auf Höhe des Schnelldruckladens. Den zweiten Block bildete der Musikzug der Majoretten. Besonders auffällig war hier eine ziemlich aus der Form geratene, wenig attraktive junge Dame, die eine immense Trommel schlug. Beim vorderen Pulk gab es offenbar eine Art Obermajorette. Diese, eine hübsche junge Frau mit rötlichem Haar, wandte sich jetzt zu ihrer Truppe um, um irgendwelche Befehle zu erteilen. Daraufhin bildeten die Majoretten Formationen und ließen ihre Stäbe noch schneller wirbeln, warfen sie sogar in die Luft, um sie dann wieder geschickt aufzufangen. Und bei all dem flogen die kurzen Röckchen, und die Digitalkameras der Rentner auf der anderen Seite blitzten.

Es folgten mehrere Wagen von Bauern, teils politisch, teils das Landleben mehr oder weniger gekonnt auf die Schippe nehmend. Schließlich kam ein Wagen in Form eines Truthahns, über und über mit gelben und roten Tagetes besetzt. Die Umstehenden murmelten anerkennend »Worttingtoohn«.

Lisa spitzte die Ohren. »Was sagen die da?«

»Ach so, Worttingtoohn – äh – Worthington – ist unsere Partnerstadt. Und der Truthahn ist das Symbol von Worthington. Die andere Partnerstadt ist Paaaahmiirs.«

»Und wo ist Paaaahmiirs?«

»In Frankreich.«

»Dann heißt es aber Pamjeee.«

»Ist doch egal. Sagt kein Mensch.«

Lisa verdrehte die Augen.

»Die Franzosen sagen Kräschlämm.«

»Wie bitte?«

»Kräschlämm. Statt Crailsheim.«

Lisa dachte bei sich, wie unglaublich kompliziert das doch alles sei.

»Und dann gibt es ja noch die Partnerstädte Bilgoohrai und noch irgendwas Spanisches und was Russisches, glaub' ich, seit Neuestem. Aber die Klassiker sind halt Worttingtoohn und Paaaahmiirs. Es gibt ja in Crailsheim sogar die Worttingtoohnstrooß und den Paaaahmiirsring.«

Lisa vermutete, dass es sich um Straßennamen handelte und unterdrückte ein Grinsen. Tatsächlich zog in diesem Moment eine russische Volkstanzgruppe aus – wie ein blumengeschmücktes Schild verriet – Jurbakas in blau-roten Trachten vorbei, und die Hohenloher spendeten höflich Applaus.

Der Fluss folgte nun dem Steinbruchweg, und hier hätte niemand eine Chance gehabt, die Leiche zufällig zu entdecken, außer, er wäre direkt zum Flussufer gelaufen. Denn hier war der Baumbestand so dicht, dass der Blick auf das Gewässer dem unaufmerksamen Betrachter verwehrt blieb. Inzwischen war Jessica aber nicht mehr allein: Ein Entenpaar hatte sich zu ihr gesellt und paddelte unschlüssig um den treibenden Körper herum. Schließlich, als das seltsame Objekt von den Stromschnellen beim Schlachthof mitgerissen wurde, wendeten die Tiere und schwammen zurück in ruhigere Abschnitte der Jagst. Jessicas Körper passierte inzwischen eine kleine Steininsel und trieb träge weiter.

»Gibt es eigentlich auch eine Hohenloher Tracht?«, fragte Lisa interessiert.

Heiko nickte. »Fränkisch. Da kommt die Fränkische Familie. Das ist ein Verein, der sich um die Pflege der Fränkischen Tracht kümmert.«

»Manche heiraten sogar in Tracht«, mischte sich die junge Frau neben ihnen nun ein. Sie trug einen seit mehreren Minuten beständig greinenden Säugling auf dem Arm.

»Soso«, meinte Lisa und grinste Heiko an. Dieser zündete sich eine Zigarette an. Vom Heiraten wollte er nichts wissen. Heiraten war ungut. Alle, die er kannte, trugen nach ihrer Hochzeit nur noch Jogginganzüge, wurden fett und stritten sich andauernd. Das war nichts für ihn. Für ihn und Lisa. Lisa besah sich inzwischen die Trachten. Die Frauen trugen weiße Blusen, darüber eine Weste und dazu einen langen, schwarzen Rock. Außerdem gehörte ganz offensichtlich ein Hut oder eine Haube dazu. Die Männer hingegen hatten schwarze Hosen und Fräcke an, dazu ein weißes Hemd mit rotem Tuch und auf dem Kopf einen Dreispitz. Schick sah das aus, fand Lisa, durchaus schick.

»Doudi«, rief nun die Alte plötzlich, und auch mehrere Umstehende griffen den Ruf auf. »Doudi.«

»Doudi.«

Lisa fragte sich, was denn jetzt wieder los war, und sah sich um. Es war immer noch die Fränkische Familie da. Die Rufe galten offenbar einer resolut aussehenden älteren Dame mit Brille und grauem Dutt in Tracht, die in einem herrschaftlich aussehenden schwarzen Wagen saß und den Leuten hoheitsvoll zuwinkte.

»Und wer ist das jetzt?«

»Das ist Ulrike Wurmspecht-Deyler. Eine Lokalgröße, die sich um die Bewahrung der Hohenloher Kultur verdient gemacht hat.«

»Des ist halt unser Doudi«, mischte sich die Alte ein.

»Wie bitte?«

»Doudi von Drääschbi«, informierte Heiko.

Lisa guckte immer noch genauso verständnislos.

Heiko blies Rauch aus und grinste. »Die Patentante aus Triensbach.«

Lisa blinzelte. Sie hatte ja schon gelernt, dass sie nicht in Onolzheim wohnte, sondern in Oonza. Aber was die Crailsheimer aus »Triensbach« machten, war ja wohl gänzlich unaussprechlich.

»Und warum … Daudiiiih?«

»Doudi«, verbesserte Heiko. »Ist eine liebevolle Bezeichnung für eine ältere Dame.« In Lisa verfestigte sich allmählich der Eindruck, dass ein Nachschlagewerk für die Hohenloher Eigenheiten gar nicht schlecht wäre. Bei den Wägen der Landjugend wurde reichlich Obstler ausgeschenkt. Dann kam der Wagen des Engel-Bräu.

Sechs riesige schwarze Pferde zogen den Wagen, und oben saß ein Mann mit Lederhose, Hemd und gewaltiger Wampe.

»Der Bierkönig«, erklärte Heiko. Schon hatten sich einige Männer hinter dem Wagen versammelt, um Becher mit mikroskopischen Mengen Bier zu ergattern. Lisa schüttelte wieder den Kopf. Komisches Volk, die Hohenloher.

Schließlich war es ruhiger geworden für Jessica Waldmüller. Ihre Uniform war inzwischen ganz mit Jagstwasser vollgesogen. Die Haare der jungen Frau waren nun zu einem Großteil unter der Kappe hervorgeschwemmt worden und umgaben sie wie ein Schleier, bedeckten gnädig ihr Gesicht. Schließlich näherte sich der Körper einer der großen Trauerweiden, die kurz vor der Heldenmühle ihre Zweige in die Jagst streckten. Die dunkelgrünen Blätter der Trauerweiden schienen wie Hände zu sein, die nach Jessica griffen, auch, wenn sie sie nicht mehr retten konnten. Endlich verfing sich eine lange Haarsträhne in den biegsamen Zweigen, und die Trauerweide ließ ihren Fang nicht mehr los.

»Und das ist jetzt der Eilooder bei Tag«, erklärte Heiko. Schon gestern hatte Lisa die bemalte Sperrholzfigur ausgiebig bewundern müssen, die den Crailsheimern offenbar eine Art Volksfestgötze war. Das Symbol des Volksfestes. Die Figur thronte auf riesigen Torbögen, die mit Tannenreisig geschmückt und von Fahnen in den Crailsheimer Stadtfarben flankiert waren. Auch der Eilooder trug fränkische Tracht, aber bunter als die Trachtenträger vom Festzug: Er hatte grüne Pumphosen und einen grünen Frack an, außerdem eine rote Weste zum Hemd. Das braungebrannte, freundliche Gesicht krönte ein Dreispitz. Der Eiloo-der stand breitbeinig über dem Tor. In der rechten Hand hielt er einen Regenschirm, den er flanierend abstützte. Mit der linken machte er einladende Gesten. Daher hatte er freilich auch seinen Namen. Sie hatten diese Torbögen bereits am Vorabend einmal passiert, doch jetzt am Tag hatte der Platz eine gänzlich andere Atmosphäre. Unter einem strahlend blauen Himmel thronte das Riesenrad an der Stirnseite des Platzes. Die Luft war klar, aber die Kühle des Herbstes war bereits deutlich zu spüren. Links beim Eingang stand immer das »schlimmste« Fahrgeschäft, so hatte Heiko erzählt. Dieses Jahr war es ein Freefall-Tower namens »Superdiver«, vor dem die coolen Jungs mit todernster Miene Schlange standen. Denn konnte man am Dienstag in der Schule nicht erzählen, dass man mit dem wildesten Fahrgeschäft gefahren sei, so wurde man für den Rest des Schuljahres als Memme eingestuft. Sie lenkten ihre Schritte relativ zielstrebig zum Engelzelt, vor dem nun das enorme Pferdegespann vom Festzug stand. »Boah, sind die riesig«, meinte Lisa ehrfürchtig. Der Kutscher, der eine eigentlich bayrische Lederhose trug, trat zu ihnen. »Deffsch ruhich amol noulanga, Maadle«, ermunterte er Lisa. Hilflos sah Lisa zu Heiko, der dem Leitpferd zärtlich über die Nase strich. Der gewaltige Hengst schnaubte anerkennend und sah tatsächlich sehr lieb aus. »Das sind Kaltblüter«, erklärte Heiko. »Ackergäule.«

»Schöne Tiere«, lobte Lisa und erntete ein anerkennendes Lächeln vom Pferdekutscher. »Gehen wir doch zuerst auf die Ausstellung«, schlug Heiko vor, nachdem er Lisa endlich von den Gäulen hatte loseisen können.

»Ausstellung?«, wollte Lisa wissen. »Was für eine Ausstellung?«

Heiko grinste. »Haja, da wird halt ... Zeug ausgestellt, so verschiedenes halt.«

»Und was?«

Lisa hoffte auf Bilder und Kunsthandwerk, glaubte aber nicht wirklich daran. Sicherlich gab es auch hier wieder eine Überraschung.

»Superkleber, Bulldogs, Putzmittel, Baustoffe und Hasen.«

»Hasen?«

»Ja, Hasen.«

»So wie bei unserem letzten Mordfall?«

»Ja, und ein Flugzeug ist auch immer dabei.«

Er führte seine Freundin über den Volksfestplatz. Es roch nach gebrannten Mandeln und Magenbrot. Lisa entdeckte Lebkuchenherzen in allen Varianten. Von überall her dröhnten die Stimmen der Anpreiser. »Jedes Los ein Gewinn, meine Damen und Herrn, bei uns gibt es keine Nieten. Holen Sie sich einen Sponge Bob, einen Manfred oder eine Schlange. Jedes Los gewinnt.« Bei der »Petersburger Schlittenfahrt« spielten sie »Country Roads«. Die Kommissare bogen vor dem Riesenrad links ab und betraten damit das Areal der Ausstellung. Heiko hatte nicht übertrieben, wie

Lisa nun feststellte. Hier gab es tatsächlich alles. Sie passierten einen Stand mit Neuwagen, ließen die Traktoren und Häcksler links liegen, registrierten kurz die beiden Hallen im Hintergrund mit den Ausstellungen des Sportfliegervereins und des Kleintierzuchtvereins und steuerten dann auf einen riesigen Horaff aus Stein zu, an dem ein junger Mann mit einem großen Schlägel und einem filigran aussehenden Meißel eifrig herumklopfte. Lisa mochte Horaffen, seit sie während einer ihrer Debattierpausen im Kaffee Kett entdeckt hatte, dass diese ganz außerordentlich schmackhaft waren. Horaffen waren das Crailsheimer Nationalgebäck und dem Hinterteil der korpulenten Bürgermeisterin nachempfunden, die vor rund 650 Jahren mit ihrer Leibesfülle die Belagerer der Stadt von der Aussichtslosigkeit ihres Vorhabens überzeugt und Crailsheim damit gerettet hatte.

Nachdem sie das Kunstwerk ausgiebig bewundert hatten, beschloss Heiko: »Jetzt gehen wir erst mal zu den Kleintierzüchtern. Kaffee trinken«. Lisa nickte. Gute Idee. Heiko steuerte auf die rechte der beiden Hallen zu, die eher wie eine riesige Scheune aussah. Ein Plakat mit verschiedenen Kleintieren wies auf die Kleintierausstellung des Kleintierzuchtvereins Crailsheim hin. Heiko und Lisa betraten den Raum und sahen zuerst ein riesiges Glücksrad. »Wenn man gewinnt, kriegt man entweder einen Regenschirm, eine Taschenlampe, einen Hasen oder ein Meerschweinchen«, erläuterte Heiko. Tatsächlich hockten an der Wand mehrere Tiere in Käfigen und äugten augenscheinlich misstrauisch zum Glücksrad hinüber, ganz so, als wüssten sie, was Sache war. Vor dem Glücksrad stand Silke Weidner, die Tochter des letzten Crailsheimer Mordopfers. »Oh, die Kommissare«, sagte sie und grinste. »Na, wollt ihr mal drehen?«

»Danke, mir hen scho an Hoos«, meinte Heiko und winkte lachend ab. Von Silkes Bruder hatten sie nach erfolgreicher Aufklärung des Mordes aus lauter Dankbarkeit den Abkömmling des Preisrammlers Alfred geschenkt bekommen. Der Einfachheit halber hatten sie den Hasen ebenfalls Alfred getauft. Inzwischen hatten sich Heikos Rauhaardackel Sita und der Deutsche Riesenschecke angefreundet und waren ein unzertrennliches Paar geworden. »Und, wie läuft die Hasenzucht?«, fragte Lisa. Silke nickte. »Alles bestens, die Mutter hat dieses Jahr den Gesamtsieger geholt.«

»Ah, dann schau mer uns die Ausstellung nachher mal an.«

Kurze Zeit danach saßen sie bei Kaffee und Kuchen an den Biertischen des Kleintierzuchtvereins.

Heiko stach ein Stück von seinem Käsekuchen und steckte es in den Mund. Es schmeckte hervorragend. Die Landfrauen beherrschten eben ihr Handwerk.

Lisa aß ein Stück Erdbeerbiskuitrolle und leckte sich genießerisch die schönen Lippen. Heiko küsste sie flüchtig auf den Mund. Bei so leckerem Kuchen brauchte man sich auch nicht groß zu unterhalten.

Eine Viertelstunde später standen die beiden an der Kasse, die auf einem Biertisch errichtet war. Fritz Maler, ebenfalls ein Bekannter aus dem letzten Fall, thronte auf der Bierbank, flankiert von seiner sehr rosigen und sehr blonden Frau Hedwig und seinem Kumpanen Herbert Winterbach. Mit großer Hingabe und wichtiger Miene riss Herbert zwei Eintrittskarten ab, Fritz kassierte die vier Euro und wünschte den Kommissaren viel Spaß. Sie durchwanderten die Reihen mit den Käfigen. Kaninchen in allen Farbschattierungen gab es, enorme Hähne, die andauernd krähten, quiekende Meerschweinchen, und Tauben mit Federn auf den Füßen. »Und hier kann man die Produkte kaufen«, erläuterte Heiko und wies auf die terrassenartig aufgebaute Tribüne, wo tatsächlich mehrere Patchwork-Kissen und Damenjacken aus Hasenfell sowie gehäkelte Klorollenpuppen und Ähnliches dekorativ arrangiert waren. »Also, nein, das ist ja geschmacklos«, fand Lisa und meinte damit die Fellprodukte. »Ach, die sterben bestimmt alle eines natürlichen Todes«, grinste Heiko. Die Kommissarin schüttelte den Kopf, stieß aber kurz darauf einen spitzen Schrei aus, als sie ein, wie sie erklärte, »absolut kultiges« gehäkeltes Schwein im grünen Rüschenkleidchen erblickte. Sie kaufte das hässliche Ding sofort und konnte kaum fassen, dass es nur fünf Euro kostete.

Annette Adler hatte nicht viel für das Volksfest übrig. Und die Hunde mussten sowieso raus. Ihr Liebling war der Sultan, ein schöner, großer Mischling mit goldenen Augen, einer langen Schnauze und Hängeohren. Sie hätte ihn gerne mitgenommen, zu sich nach Hause. Aber sie konnte in der kleinen Wohnung keinen Hund halten. Außerdem war ihr Mann dagegen. Da half sie eben im Tierheim aus, waren sowieso arme Viecher.

Es war herzzerreißend, zu sehen, wie sich die Hunde freuten, wenn sie ihre Unterkunft verlassen durften. Und der Sultan war deshalb ihr besonderer Liebling, weil er nicht wie die anderen auffordernd kläffte, sondern sie nur traurig aus seinen goldenen Augen ansah. Wenn sie allerdings die Leine holte, klopfte sein langer, gebogener Schwanz in schneller werdendem Rhythmus auf den Boden und der Hund sprang endlich glücklich winselnd auf. Jetzt durchstreiften sie das Jagstufer, und Sultan schnupperte zufrieden im Blutweiderich, der das Ufer mit purpurfarbenen Tupfen sprenkelte. Das Gras raschelte, wenn die Hundeschnauze es hin und her schob. Schließlich strebte der Hund auf eine große Trauerweide zu, die ihre Äste ins Wasser tauchte. Annette Adler bückte sich und betrat den kathedralenartigen Innenraum, der durch die herabhängenden Zweige entstand. Schlagartig war sie in fahlgrünes Licht getaucht. Sie sah, wie der Hund das graugrüne Wasser der Jagst trank. Dann sah sie ihn innehalten. Seine Nase vibrierte aufgeregt, während er einem Geruch nachspürte.

Kurz darauf klingelte Heikos Handy und beendete den sorglosen Bummel über den Volksfestplatz abrupt. Sie wurden zur Jagst bei der Heldenmühle beordert, wo die Leiche einer jungen Frau gefunden worden war.

Heiko konnte die Feuchte des Flusses durch seine Schuhe spüren. Flüchtig berührte er Lisa an der Schulter und lächelte aufmunternd. Leichen waren etwas Furchtbares. Schlimm, schon. Bisher hatte es im beschaulichen

Hohenlohe ja nicht allzu viele Morde gegeben – Gott sei Dank. Aber jeder einzelne war einer zu viel. Uwe Walter, der Crailsheimer Spurensicherer, kam auf die beiden zu. Wie immer am Tatort, steckte er in einem weißen Plastikanzug. »Sie wurde erstochen«, informierte er und wies auf das gelbschwarze Bündel, das sich am Flussufer zwischen den herabhängenden Ästen einer Trauerweide verfangen hatte. Eigentlich eine schöne Gegend, die Jagst an der Heldenmühle. Weit draußen, noch hinter dem Tierheim. Das Ufer von Trauerweiden gesäumt, die ihre Äste tief ins Wasser streckten. Mischwälder im Hintergrund. Die aufragenden Gebäude der Heldenmühle wirkten inmitten dieser Landschaft geradezu poetisch. Und ausgerechnet an diesem romantischen Ort hatte man die Leiche der jungen Frau entdeckt. Noch war sie nicht identifiziert, aber das dürfte nicht schwer werden. Denn immerhin trug sie eine Majorettenuniform.

»Sie muss eine Majorette sein«, stellte Heiko überflüssigerweise fest.

Uwe grinste trotz der Situation. Heiko nahm an, dass das seine Art war, mit solchen Dingen fertig zu werden. »Dein Verstand ist wirklich messerscharf, Herr Wüst.«

Der Spurensicherer strich sich über die rasierte Glatze und winkte die Kollegen heran. Heiko betrachtete das Opfer. Die Frau war völlig durchweicht. Ihre Haut war blass, aufgeschwemmt und bläulich. Der Gesichtsausdruck der Toten war schmerzverzerrt, trotzdem konnte man noch die Überraschung in ihren Zügen und den angstgeweiteten Augen sehen. Zumindest von der Figur her war die Frau durchaus als attraktiv einzustufen. Inwieweit das auch für ihr Gesicht gegolten hatte, war nun nicht mehr auszumachen. Die hohe Mütze war verrutscht, darunter quollen dunkle Haarsträhnen hervor, die sich schlangengleich über die Schultern der jungen Frau ringelten. Ihr Make-up war bis zur Unkenntlichkeit verlaufen. Die knappe gelbe Uniform war hochgerutscht und entblößte wohlgeformte Oberschenkel, die in einer hautfarbenen Strumpfhose steckten. Lisa wandte sich ab, zwang sich aber kurze Zeit später wieder, hinzuschauen. Der Einstich wirkte beinah unauffällig, auf jeden Fall unspektakulär. Und trotzdem war er präzise ausgeführt und äußerst wirkungsvoll gewesen. Eine Ente quakte auf dem Fluss, äugte neugierig herüber.

»Wie furchtbar«, fand Lisa.

»Kein schöner Anblick«, stimmte Uwe zu.

»Kann man schon was sagen?«

Der Spurensicherer seufzte. »Der Einstich ist sehr tief. Und wahrscheinlich war es ein Messer. Alles Weitere muss die Pathologie rausfinden.«

Heiko zog wieder an der Kippe. Der Geruch des Zigarettenqualms überdeckte den leichten Verwesungsgeruch, der bereits von der Leiche aufstieg.

»Sie hatte wohl keine Zeit, sich zu wehren. Das muss unheimlich schnell gegangen sein. Die Chance, da DNA zu finden, ist auch gering«, fuhr Uwe fort.

»Warum?«, wollte Lisa wissen.

»Der Täter musste das Opfer nicht einmal berühren. Der Stich war sozusagen eine saubere Sache. Und dann das Wasser. Vielleicht finden die Ulmer ja trotzdem was, wer weiß. Aber ich denke eher nicht.«

Die für Crailsheim zuständige Pathologie befand sich in Ulm. Heikos Zigarette glühte rot auf. »Und der Todeszeitpunkt?«, fuhr Lisa fort.

Uwe strich sich über die Glatze. »Das ist bei Wasserleichen unglaublich schwer. Wir haben die Temperatur der Jagst gemessen. So um die elf Grad. Da kann man den Todeszeitpunkt aber nur schätzen.«

»Schätz mal?«

»So zwischen zehn und zwölf, würde ich sagen«, mutmaßte der Spurensicherer.

Lisa nickte. »Ist sie hier umgebracht worden?«, fragte sie dann weiter.

Heiko war in solchen Situationen immer merkwürdig still.

Uwe zuckte die Achseln. »Das wissen wir nicht. Es kann überall passiert sein. Fest steht nur, dass sie in die Jagst geschmissen wurde.«

»Eine Tasche oder so was gibt es nicht? Handy?«

Uwe verneinte.

»Sicher ist es nach dem Leuchtstabauftritt passiert«, ließ sich nun doch Heiko vernehmen.

»Leuchtstabauftritt?«, wiederholte Lisa verständnislos.

»Ja, die Majoretten treten immer auf dem Marktplatz auf. Nachts. Mit leuchtenden Stäben und so. Schaut toll aus«, gab Uwe Auskunft.

»Machst du mir ein Foto?«, bat Heiko.

Der Spurensicherer nickte.

»Den Stab habt ihr aber nirgends gefunden?«

»Nein. Der kann überall sein. Ach ja, das ist Frau Adler, die hat die Tote entdeckt«, informierte Uwe weiter.

Er wies auf eine kleine, runde Frau, die etwas verloren abseits stand und eine Hundeleine umklammert hielt, an der ein großer, brauner Hund mit gelben Augen angeleint war. Das Tier hatte sich niedergelassen und hechelte gelangweilt, die Frau selbst jedoch wirkte einigermaßen verstört.

»Sie sind Frau Adler?«

Die Frau lächelte nervös und strich sich eine Strähne ihres aufgelösten Zopfes aus dem Gesicht. »Ja«, sagte sie mit einer sehr hohen Stimme, die aber ganz hervorragend zu ihr passte.

»Und?«, fragte Heiko, wenig einfühlsam.

Lisa warf ihrem Freund einen Blick zu. »Sie haben die Tote gefunden?«, präzisierte sie.

Frau Adler nickte. »Do hanna is se gleecha.«

Lisa lächelte. Sie verstand Hohenlohisch immer noch schlecht. Die Frau bemerkte ihr Unverständnis offenbar und bemühte sich fortan um leidliches Hochdeutsch.

»Ich bin eine Aushilfe vom Tierheim. Wir laufen hier immer mit den Hunden. Ehrenamtlich. Mit dem Volksfest hab ich's ja eh net so, wissen Sie? Heut Mittag bin ich wie immer mit dem Sultan raus. Ein schöner Hund, gell, könnten Sie keinen gebrauchen?«

Lisa schüttelte den Kopf. Sie hatte eine Katze, Heiko einen Dackel, und seit ihrem letzten Mordfall waren sie zudem noch stolze Besitzer des Preisrammlers Alfred, der einen Platz auf Heikos Balkon gefunden hatte. Den beleidigenden Papagei Hansi waren sie zum Glück wieder los. Auf jeden Fall hatten sie genug Tiere.

»Ein schöner Hund«, bestätigte Lisa. Heiko zündete sich die zweite Zigarette an.

»Der Sultan ist dann gleich zum Ufer gerannt. Ich bin hinterher und dann hab ich sie da liegen gesehen. Da hab ich gleich mit dem Handy die Polizei gerufen. Wissen Sie, meine Tochter hat mir so ein Ding zu Weihnachten geschenkt. Schon praktisch, so ein Handy.«

Die Kommissarin nickte zustimmend und lächelte freundlich.

Es war nicht schwierig, herauszufinden, wo sich die Majoretten um diese Zeit aufhielten. Sie zu befragen, war die einfachste und schnellste Art, die Identität des Opfers herauszufinden. Die Kommissare benutzten Heikos M3.

Lisa war lange sehr schweigsam, dann endlich sagte sie: »Ich hasse Trauerweiden«.

»Wie bitte?«

»Diese Bäume. Der Name ist absolut passend. Die sind für mich der Inbegriff der Depression.«

»Wieso das denn?« »Dieses komische, verblasste Grün. Diese Äste, die schlaff nach unten hängen. Und diese schwere Form ... welch passende Szenerie für einen Mord.«

Heiko machte »Hm«.

Lisa wusste, dass »Hm« ein sehr hohenlohisches »Wort« war. Denn »Hm« konnte, je nach Intonation, alles heißen. Alles von »Ich stimme dir voll und ganz zu« bis hin zu »Was redest du denn da für einen Stuss?«

Im Moment tippte Lisa eher auf Letzteres. »Und was hast du gesagt, wo finden wir diese Damen?«

»Im Festzelt«, meinte Heiko

»Ach so. Und? Was denkst du?«

Heiko zuckte die Achseln. »Ich zumindest kenne die Frau nicht. Noch nie gesehen.«

»Und das will was heißen, in eurem kaffigen Crailsheim, meinst du?«

»Beziehungstat vielleicht«, schlug Heiko vor »Oder ein Raubmord. Sie hatte keine Handtasche dabei!«

»Na, welche Wasserleiche klammert sich schon an ihre Handtasche«, gab Lisa zu bedenken.

Heiko brummte. »Auch wieder wahr. Na ja. Wir werden sehen.«

Als sie das Zelt betraten, waberten ihnen sofort Rauchschwaden und Bierdunst entgegen. Zudem noch Bratengerüche und der Duft von Grillhähnchen. Ein seltsamer Gerüchecocktail, und Lisa wusste nicht, ob sie ihn angenehm oder furchtbar finden sollte.

Sie mussten nicht lange suchen. Die Majoretten hatten sich direkt vor der Bühne niedergelassen und waren wegen ihrer Uniformen natürlich weithin sichtbar. »Wird verpennt haben, die bleed Kuah«, sagte die eine gerade zur anderen, als Heiko und Lisa hinter die Gruppe traten. Heiko räusperte sich. Alle Gesichter wandten sich ihm zu.

»Entschuldigt, wer ist denn bei euch … die Anführerin?«

Einige Damen grinsten verhalten. »Tanja, dein Typ wird verlangt«, rief eine, und sofort erhob sich eine etwas dickliche Majorette, der ihr Kostüm definitiv zu eng war. Heiko erkannte in ihr die Trommelspielerin vom Musikzug.

»Ja?«

»Polizei. Kommen Sie bitte mal mit?«, bat Heiko, und die drei setzten sich abseits auf eine Bierbank, die sich in einer der Buchten befand. Das Gesicht der nicht mehr ganz jungen Frau, die wohl Anfang 30 war, war reizlos zu nennen, und Lisa verspürte einen Anflug von Mitleid. Obwohl sie schon weit über die Pubertät hinaus war, plagte sie noch eine Akne, die ihre Wangen verunstaltete. Der rotbraun bemalte und sehr volle Mund war der einzige Hingucker in ihrem Gesicht. Heiko räusperte sich und stellte sich murmelnd vor. Die Frau sagte, sie hieße Tanja Feldmann. Und sie wurde langsam ungeduldig, das konnte Heiko sehen. Aber in sowas war er nicht gut, gar nicht gut. »Erschrecken Sie jetzt, bitte, nicht. Wir werden Ihnen das Bild einer Toten zeigen, die Sie wahrscheinlich kennen.« Die Majorette sog scharf die Luft ein, was ein pfeifendes Geräusch verursachte, nickte dann aber. Heiko zog das Polaroid, das Uwe gemacht hatte, aus der Tasche und legte es auf den Tisch. Die Frau betrachtete es lange und sinnend, schließlich nahm sie es auf, um es dann wieder auf den Biertisch zu legen. »So, Freunde, und jetzt spielen wir für euch die ›Regenbogen-Polka‹«, brüllte der Dirigent der Musikkapelle ins Mikrofon. Triumphierend setzte gleich darauf die Musik ein.

»Das ist Jessica«, sagte Tanja Feldmann nun, »Jessica Waldmüller. Wir haben uns schon gewundert, warum sie heute nicht gekommen ist. Ich hab auch ein paarmal versucht, sie anzurufen. Sie ist aber nicht drangegangen. Jetzt weiß ich auch, warum.«

»Und wann haben Sie sie zum letzten Mal gesehen?«, fragte Lisa weiter.

»Gestern, beim Leuchtstabauftritt. Sie ist dann gleich nach Hause, sie wollte schnell ins Bett. Sie war da sehr gewissenhaft. Deshalb habe ich mich auch ziemlich gewundert, als sie heute Morgen nicht aufgetaucht ist, wie gesagt.«

»Ist Ihnen gestern irgendetwas aufgefallen?«, wollte Heiko wissen.

Die Dicke zuckte die Achseln. »Nein, nichts.«

»Hatte sie einen Mann?«

»Sie war liiert. Mit dem Florian. Florian Ehrmann. Die wohnen in Ingersheim.«

»Haben Sie da eine Adresse?«

»Kann ich Ihnen geben.«

»Sie sind so was wie die … Leiterin der Majoretten?«, fuhr Lisa fort.

»Ja, aber ich bin im Musikzug. Ich spiele die Landsknechttrommel.«

»Und gibt es unter Ihren Kameradinnen … nun, Sie wissen schon … Eifersüchteleien, Intrigen oder Ähnliches?«

Die Band spielte ein »Prosit der Gemütlichkeit« und das ganze Zelt sang mit.

»Sie sind doch auch eine Frau, und da wissen Sie ja, wie so was läuft, ich meine, wenn so viele Weiber auf einem Haufen sind. Aber ich denke nicht, dass es eine von uns war.«

Heiko entging nicht, dass unter den Majoretten offenbar ein großer Zusammenhalt herrschte, sonst hätte die Frau sich anders ausgedrückt. Eine von uns. Soso.

»Das war's fürs Erste, vielen Dank«, meinte er.

»Ach ja, wenn Sie Florian benachrichtigen wollen oder

so, der ist auf der Ausstellung, beim Reiss. Er ist Steinmetz von Beruf und ist, glaub ich, für heute eingeteilt.«

Die beiden Kommissare begaben sich zurück zur Ausstellung, die sie vorhin so sorglos schlendernd besucht hatten. Nun war die Stimmung getrübt, denn ihnen stand ein sehr unangenehmer Gang bevor. Nach einigen Minuten standen sie wieder beim steinernen Horaff und fixierten den jungen Mann, der immer noch an dem Stein herumklopfte.

»Florian Ehrmann?«, fragte Heiko.

Der Mann, der schwarzhaarig, sehr blass und untersetzt war, drehte sich statt einer Antwort nach hinten um und rief: »Flori! Do is ebber für dii!«

Sofort trat ein anderer Mann hinter der Hütte, die die Vertretung der Firma Reiss auf dem Volksfest darstellte, hervor.

»Ja?« Florian Ehrmann hatte hellblond, fast weiß gefärbtes Haar, das er mit Gel zu einer Bürstenfrisur hochgestellt hatte. Er war mittelgroß, von schlanker Statur und trug einen Blaumann und darunter ein weißes T-Shirt. Seine Hand umklammerte ein Handy, und er wirkte sehr nervös. »Ja?«, sagte er noch einmal. Heiko räusperte sich wieder. »Können wir uns kurz unterhalten?« Er wies auf die bequem aussehende Sitzgruppe, die für interessierte Kunden aufgestellt worden war. Florian hatte sehr blaue Augen, die die beiden Kommissare nun durchdringend anstarrten. »Sie kennen … ich meine … Ihre Freundin … ist die Jessica Waldmüller?« Man konnte regelrecht sehen, wie der Puls des jungen Mannes emporschnellte. »Ja?«

»Nun, wir müssen Ihnen leider mitteilen, dass Frau Waldmüller tot aufgefunden wurde.« Ehrmanns Gesicht schien bei dem Ausdruck, den es gerade hatte, stehen zu bleiben. Schließlich stützte er den Kopf in die Hände. »Sind Sie sicher, dass es Jessica ist?«

»Leider ja.«

»Ich hab es gewusst«, murmelte er.

»Wie bitte?«

»Ich hätte sie gestern abholen sollen, vom Leuchtstabauftritt. Aber ein Kumpel hatte Junggesellenabschied, und da waren wir bis morgens bei ihm. Und ich hab erst gemerkt, dass sie nicht da ist, als ich heute Morgen heim gekommen bin. Seither versuche ich, sie zu erreichen.« Er blickte traurig auf das Handy in seiner Hand, schüttelte den Kopf und legte das Gerät schließlich auf den Tisch. »Und wie … ich meine … was …?«, stammelte er. Heiko senkte den Blick. »Bisher wissen wir nur, dass sie anscheinend erstochen und dann in die Jagst geworfen wurde«, informierte Lisa so sachlich wie möglich. Ehrmann stütze nun verzweifelt den Kopf in die Hände. Von unten herauf fragte er weiter: »Und … wer?«

»Das wollen wir ja herausfinden«, meinte Heiko.

»Wir haben Sie an der – wie heißt das noch? – Heldenmühle – gefunden«, fuhr Lisa fort.

»Aber wir vermuten, dass das nicht der Tatort ist«, erläuterte Heiko. Florian verschränkte die Arme und sah Heiko direkt an. »Sie hat immer bei der Post geparkt. Bestimmt ist sie über den Jagstbrückensteg gelaufen.« Der junge Mann war sehr nervös. Heiko bot ihm eine Zigarette an. Ehrmann nahm sie dankbar, nestelte ein Feuerzeug aus der Hosentasche und brauchte mehrere

Anläufe, um die Zigarette zu entzünden. Schließlich blies er Rauch aus, der sich in der kalten Herbstluft sofort kräuselte. Sein Blick folgte dem Rauch, und er wirkte sehr verloren. »Haben Sie jemand, der sich um Sie kümmern kann?«, fragte Heiko. Ehrmann nickte. »Meine Eltern. Eine Schwester. Und meine Schwiegereltern in spe.«

»Okay. Dann lassen wir Sie jetzt fürs Erste in Ruhe.«

Auf dem Weg über den Festplatz drehten sich Heikos Gedanken unablässig um die junge Frau. »Und? Was denkst du?«, fragte er schließlich.

»Also, der Freund scheint ja ehrlich schockiert zu sein. Entweder ist er ein hervorragender Schauspieler oder er hat nichts mit dem Mord zu tun.« Heiko wiegte den Kopf. »Jessica Waldmüller war eine hübsche Frau. Da kann durchaus eine Beziehungstat im Busch sein.«

Lisa winkte ab. »Genauso wahrscheinlich ist irgendeine Eifersüchtelei unter den Damen des Majorettenvereins«, meinte sie.

»Und der junge Mann hat ja gesagt, sie hätte öfters bei der Post geparkt? Da musste sie auf jeden Fall über den Jagstbrückensteg, den soll sich der Uwe mal anschauen.«

Für Lisa hatte dieser Steg eine ganz besondere Bedeutung. Denn dort hatte sie sich gegen ihren Ex und für Heiko entschieden. Stefan war damals extra hergefahren und hatte sie tagelang umworben. Aber sie hatte ihn abblitzen lassen, und es war die richtige Entscheidung gewesen. Sie war glücklich mit Heiko, sehr glücklich. Auch, wenn er mit Komplimenten und ähnlichem Süßholzraspeln nur sehr sparsam umging. Aber das war ja auch nicht unbedingt elementar wichtig für eine Beziehung.

Obwohl. In dem Punkt konnte man tatsächlich noch an ihm arbeiten.

Heiko zückte sein Handy. Kurze Zeit später sagte er: »Du, Uwe, der Freund meint, die habe immer bei der Post geparkt. Könnt ihr euch da mal umschauen? Vielleicht am Jagstbrückensteg? – Ja, ja. – Schaut auch nach dem Auto, gell. – Nein, keine Ahnung. – Was? – Ja, machen wir. – Ach ja, und die vom Revier sollen bitte auch den Eltern Bescheid geben … ja, ja, also tschüss.« Als nächstes wählte Heiko Simons Nummer. Der ging dran, und im Hintergrund hörte Heiko Bierzeltmusik.

»Ja?«

»Komm aufs Revier, Simon, es gibt Arbeit.« Heiko ignorierte, dass Simon trotz seiner Bereitschaft im Bierzelt war – immerhin war Volksfest und sie alle nur Menschen – und gab ihm die Instruktion, schon erste Informationen über das Mordopfer zu sammeln.

Eine Stunde später trafen sich die drei Kriminalbeamten auf dem Revier.

Simon Steinle war Kriminalobermeister und damit der Laufbursche, was ihn ziemlich nervte. Noch zwei Jahre, und dann wäre er automatisch Kriminalkommissar, weil alle Kriminalobermeister mit Beendigung ihres 40. Lebensjahres automatisch befördert wurden. Aber bis dahin war Simon eben Kriminalobermeister. Schwäbischer Kriminalobermeister, und damit ein Immigrant in Hohenlohe. Als Schwabe war er hier allenfalls geduldet.

Aber Heiko schätzte ihn, auch wenn er versucht hatte, mit Lisa anzubandeln. War ihm ja nicht zu verdenken, denn Lisa war schon gut. Wichtig war, dass er, Heiko, die Frau gekriegt hatte, und Simon schien langsam drüber weg zu sein.

Lisa und Heiko saßen einigermaßen verstört wirkend auf ihren bequemen bordeauxfarbenen Drehstühlen. Simon, der auf dem ledernen Gästestuhl saß, wirkte leicht angetrunken, hatte sich aber noch im Griff. Auf dem Tisch standen Automatenkaffees, die die Beamten hier am Leben erhielten. »Muss dia sich unbedingt am Volksfäschd umbringa lassa«, schimpfte der Schwabe. Lisa registrierte indessen, dass Simon ebenso wie viele andere Crailsheimer das offizielle Volksfest-T-Shirt trug. Der Basketballverein ›Merlins‹ hatte es sich zur Aufgabe gemacht, jedes Jahr ein anderes Volksfest-T-Shirt zu designen, wie Heiko ihr einmal erklärt hatte. Diesmal hatten sie dem armen James Dean einen Maßkrug in die Hand gegeben. Darunter stand: »Denn sie wissen nicht, was sie tun – Volksfest Crailsheim.«

»Dir als Stuttgarter muss das Volksfest doch egal sein«, frotzelte Heiko und erntete einen strafenden Blick des schlaksigen Polizisten mit der dünnen blonden Frisur.

»Also zur Sachä. Des Mädle war, scheint's, Frisöse.«

»Heißt das nicht Friseurin?«, warf Lisa ein.

»Ist doch egal«, murmelte Heiko.

»Beim Friseursalon ›Uschis Hairstyling‹«, fuhr Simon fort.

»Und heut Abend treten die Majoretten nochmal auf dem Schweinemarktblatz auf.«

Lisa witterte eine Möglichkeit, das Angenehme mit dem Nützlichen zu verbinden. »Gehn wir zusammen hin?«, schlug sie also vor. Die beiden Männer waren einverstanden.

Wenig später rief Uwe an. Sie beide sollten zum Jagstbrückensteg kommen, es würde sich höchstwahrscheinlich um den Tatort handeln. Lisa und Heiko machten sich also auf den Weg durch das festlich beflaggte Crailsheim. Die Müllabfuhr war noch mit den Aufräumarbeiten beschäftigt – der Festzug hinterließ immer einen ansehnlichen Müllberg, der aus einer Mischung aus Pferdemist, Plastikbechern und bunten Bonbons bestand. Deshalb war es am Volksfest definitiv schneller, innerhalb der Stadt zu Fuß unterwegs zu sein, als mit dem Auto ganz außen herum zu fahren. Und das, obwohl Heiko einen auf Hochglanz polierten BMW M3 mit rasanten 321 PS besaß, der eine echte Rarität war (immerhin hatte BMW das Schmuckstück nur vier Jahre lang im Programm), weil noch niemand daran rumgeschraubt, ihn tiefer gelegt oder sonst wie verkrüppelt hatte. Schon bald passierten sie das letzte verbliebene Stück Stadtmauer und betraten schließlich den Jagstbrückensteg, der polizeilich abgesperrt war, und wo sich schon etliche Schaulustige versammelt hatten.

»Was issn bassiert?«, wollte eine ältliche, sehr hagere Frau im grünen Kleid mit Brosche am Kragen wissen.

»Do hens oon umbroocht«, gab ein Mann mittleren Alters mir fliehender Stirn Auskunft. »Woher wisst ihr des jetz?«, hakte Heiko nach.

»Ha, sonsch wära doch die Kerl in da weißa Mäntele net do«, antwortete der Mann. Heiko grinste. Da hatte er allerdings recht.

»Gehen Sie bitte, behindern Sie die Arbeit der Polizei nicht«, bat Lisa nun sehr höflich, aber bestimmt.

Die Umstehenden ignorierten ihre Bitte geflissentlich, aber die Kommissare hatten keine Zeit, sich darum zu kümmern. Denn Uwe, der von mehreren Helfern begleitet wurde, hatte sie bereits entdeckt und winkte sie aufgeregt heran.

»Das scheint tatsächlich der Tatort zu sein, denn schaut, was wir gefunden haben.«

Er hielt einen Plastikbeutel mit einem silberglänzenden Knopf hoch.

»Der war hier«, sagte er und deutete auf eine der Ritzen zwischen zwei Holzbrettern, die den Boden der Brücke bildeten.

»Bei dem Stich muss der Knopf wohl abgegangen sein. Und hier haben wir außerdem einen kleinen Blutfleck.« Uwe wies auf eine dunkle Stelle im Holz.

»Woher weißt du, dass das Ding zur Majorettenuniform gehört?«

»Weiß ich eben.«

Heiko runzelte die Stirn. »Und sonst irgendwas? Eine Tasche? Dieser Stab?«

»Du meinst den Twirling-Stab? Nein, nichts«, meinte Uwe und kaute auf seinem Kaugummi herum.

»Hä, kennst du dich mit dem Zeug aus?«

»Ich hab eine Ex bei den Majoretten«, informierte der Spurensicherer endlich und strich sich über die Glatze.

»Da hab ich das Opfer auch schon mal gesehen, früher. Ich weiß aber den Namen nicht mehr.«

»Jessica Waldmüller«, informierte Heiko.

Uwe hob die Schultern. »Kann sein.«

»Aber das mit deiner Ex ist ja hervorragend«, meinte dann Lisa. »Da könnten wir uns doch bestimmt mal mit der unterhalten.«

»Gute Idee«, befand Heiko, und Uwe zuckte die Achseln. »Haja.«

Heiko blickte ungläubig zum Ende der Brücke, wo die Menschentraube schon wieder angewachsen war.

»Haut ab«, rief er, und einer rief zurück: »Wir müssen aber da drüber.«

»Lauft außenrum.« Das war durchaus zumutbar, war der nächste Steg doch nur etwa fünfzig Meter weiter weg. Er drehte sich um 180 Grad und sah auf der Seite, wo der Busbahnhof und die Post lagen, eine ebenso große Menschenmenge. Er winkte ihnen, zu verschwinden, aber sie standen weiter mit offenen Mündern da und stierten herüber.

»Und habt ihr noch andere Spuren?«, fragte Lisa, um die Situation zu entschärfen.

»Nein, nichts. Hier kommen ja tagsüber so viele Leute durch. Wenn jetzt der Knopf zu dem Kostüm passt, dann wissen wir Bescheid.«

Lisa sah hinunter auf die Insel, von der aus mehrere Schafe blökend heraufstarrten. »Was machen denn die Schafe da unten?«, fragte sie.

»Die wohnen da. Haben bestimmt alles mitgekriegt. Sind aber schlechte Zeugen, leider«, antwortete Uwe.

»Und das Auto?«

»Ja, der Karren steht da hinten. Ein grüner Fiat Punto. Was ganz Kleines. Auf den ersten Blick nichts Auffälliges, aber wir schauen uns das Ding später noch genauer an.«

Sie hatten noch Uwe Bescheid gegeben, der gerne dazu gestoßen war. Gemeinsam hatten sie einen der begehrten Tische vor dem »Da John's« ergattert. John war ein Sri-Lankesischer Pizzabäcker, der ganz hervorragende Pizza machte. Heiko und Lisa kamen öfter her. Simons Lieblingslocations waren eher Läden wie die Galerie oder das Acanto, wo es gediegener zuging. »Hallo«, sagte John mit einem freundlichen Lächeln und reichte jedem die Karte. »Wie geht's?« Der Maestro grinste sein gewohntes Grinsen mit seinen sehr weißen Zähnen. Lisa bestellte ein Glas Rotwein und eine Pizza Frutti di Mare, Heiko eine Pizza Speziale und ein Cola und Simon ebenfalls eine Frutti di Mare und Rotwein. Schleimer, dachte Heiko. Uwe bestellte eine ›Hawai‹ und ein Bier, was ihm einen etwas pikierten Seitenblick des Schwaben eintrug. »Diese Majoretten scheinen ja schon ein Publikumsmagnet zu sein«, stellte Lisa fest. Der Schweinemarktplatz füllte sich zusehends. »Sind ja auch hübsch anzuschauen, die Damen«, neckte Heiko. Lisa schickte ihm einen strafenden Blick. »Also ich findä so was überflüssig«, schaltete sich Simon ein. »Das isch doch total marzahlisch. Man solltä doch froh sein, dass der Krieg vorbei ischt.« Lisa lächelte zufrieden. Simon war immer auf ihrer Seite. In Heiko hingegen brodelte es. Uwe sagte, was Heiko dachte: »Schwätz doch net sou an Dreeg, do guckt mr doch geera nou.« Simon duckte sich, als würde er einem Schlag ausweichen wollen, und sah plötzlich sehr verängstigt aus. In seinem Feierabend-Rockeroutfit wirkte Uwe aber auch tatsächlich etwas furchteinflößend. Über seinem Muskelshirt mit Hardrock-Print trug er eine schwarze Lederjacke mit silberfarbenen Nieten. Er hatte in großer Runde schon einmal erzählt, dass er als junger Kerl bei Schlägereien ganze vier Mal die Nase gebrochen hatte, sodass er die Nasenspitze mittlerweile bis auf die Backe herüberschieben konnte. Anschließend hatte er das eindrucksvoll demonstriert und wollte wohl dafür gelobt werden. Die Getränke kamen. Die Nacht war kühl, aber nicht unangenehm kalt. Eine typische Spätsommernacht, über die der Vollmond wachte. Blumenkästen mit Buchsbäumen standen vor dem Restaurant und fassten den »Biergarten« ein. Irgendwo zirpte eine letzte Grille. »Schön hier«, sagte Lisa. Immer mehr Leute kamen herbei, und schließlich mussten sie sich hinstellen, um noch einen Blick auf den Auftritt erhaschen zu können. »Wir kommen gleich wieder, John«, sagte Heiko, als der Auftritt unmittelbar bevorstand. John winkte ihnen, zu verschwinden und sie stellten sich in die Menschenmenge. Durch eine freigeblieben Gasse marschierten die Majoretten zu den Trommeln des Musikzuges ein. Tatsächlich musste Lisa etwas neidvoll eingestehen, dass die Uniformen mit den kurzen Röckchen doch ausgesprochen gut aussahen. Verdammt. Die Majoretten waren nun vollständig aufmarschiert und hielten ihre Stäbe hoch. Schließlich leuchteten die Enden der Stäbe auf, und ein Raunen ging durch das Publikum. Die Musik schwoll an, ein melodischer Trommelrhythmus, Untermalt vom volltönenden Klang einiger Blasinstrumente. Die Majoretten begannen dann, die Stäbe zu wirbeln, in die Höhe zu werfen und sie wieder aufzufangen. Es war ein schöner, bombastischer Anblick, eine seltsame Mischung aus mitreißenden Trommelrhythmen und wohlgeordnetem militärischem Drill, gepaart mit weiblicher Schönheit und kurzen Röckchen. Kein Wunder, dass die Männer darauf standen. Lisa blickte sich um. Dass die Männer um sie herum nicht sabberten, war ein Wunder. Nun gut. Man konnte es ihnen nicht wirklich verdenken. Der Auftritt dauerte vielleicht eine Viertelstunde. Dann applaudierte die Menge frenetisch und die Majoretten marschierten wieder ab. Nur eine blieb im Lichtkegel des Scheinwerfers zurück und lächelte Uwe an, der auf einmal gar nicht mehr rockig, sondern viel eher wie ein kleiner Schuljunge wirkte. »Oh Gott«, stammelte er, »meine Ex.«

Sie hatten Uwes Ex, die sich als Silvia Landmann vorgestellt hatte, zu sich an den Tisch eingeladen. Lisa schaute sehr genau, ob Heiko auf das Röckchen schielte, aber ihr Kollege ergriff demonstrativ ihre Hand. Er war schon ein Schatz.

»So, die Jessica ist also tot, das ist schrecklich, schrecklich ist das«, befand Silvia.

»Aber ihr seid trotzdem aufgetreten«, stellte Lisa fest.

Silvia zuckte die Achseln. »Das haben die Chefdamen entschieden. Ich hätte das Ganze abgesagt, wenn ich was zu melden hätte.«

Heiko horchte auf. War hier eine Möglichkeit, Interna

über die Majoretten herauszufinden? Er trank einen Schluck Cola. »Wieso, wer hat denn das Sagen?«

Silvia nippte theatralisch am Rotwein. »Ach, die Tanja halt und die Monika. Die Tanja ist ja auch wirklich die Chefin, also von der Verwaltung, aber die Monika ist … sagen wir … selbsternannt.«

»Und was sind das für welche?«

John brachte das Essen. Für Silvia nur Salat. Simon hatte offenbar beschlossen, die Majorette anzuschmachten, was ihm einen bitterbösen Blick von Uwe eintrug, unter dem der kleine Schwabe wiederum linkisch zusammenzuckte.

»Ach, die Tanja, die hat's halt nicht leicht. Ist ja optisch nicht gerade gesegnet, wenn ihr versteht, was ich meine.«

Heiko verstand. Er versuchte, die achtarmigen Viecher auf Lisas und Simons Pizzen zu ignorieren und biss genussvoll in seine »Speziale«.

»Und hat die da ein Problem damit?«

»Damit hätte jede Frau ein Problem«, antwortete Silvia, während sie auf einem Tomatenstück herumkaute. »Aber sie ist ja selber schuld. Sie müsste ja auch nicht andauernd zu McDonald's rennen.«

»Und wie war das Verhältnis so … zwischen den Chefinnen und der Jessica?«, fragte nun Lisa und betrachtete sinnend eine riesige Muschel auf ihrer Pizza. Heiko sah weg.

»Ach, Sie wissen ja selber, wie das ist, da ist halt immer eine Konkurrenz unter uns Damen. Und die Jessi, die war eben schon eine Erscheinung.«

Lisa nickte. Dass das Opfer schön gewesen war,

konnte schon sein. Nur war am Fundort der Leiche leider so gar nichts mehr von dieser Schönheit zu erkennen gewesen. Und gibt es einen Unterschied zwischen der Verwaltungschefin und ... ja, was gibt es dann noch?«

Silvia sog scharf die Luft ein und zog die Augenbrauen hoch. »Es gibt das Captain Girl. Das war die Jessi.«

»Und was macht so ein – Captain Girl?«

Silvia wischte sich eine blonde Strähne aus dem Gesicht. »Das Captain Girl, auch Erster Leutnant genannt, zeigt die Choreografie an und gibt Kommandos.«

»Erster Leutnant?«, fragte Lisa. »Gibt es denn auch einen Zweiten und Dritten?«

Silvia blinzelte und sagte dann: »Einen Dritten nicht, aber einen Zweiten. Das war zuerst die Monika, aber die ist jetzt aufgerückt. Der Zweite bin jetzt ich.«

»Das heißt, weil Jessica ausgefallen ist, gibst du die Kommandos«, schaltete sich Uwe ein, woraufhin Silvia ihm einen vernichtenden Blick schickte.

»Was willst du denn damit sagen? Also wirklich, das ist ja lächerlich.«

Uwe schluckte heftig und schien nun doch recht peinlich berührt.

»Die Jessi und ich haben die Mädels immer gemeinsam trainiert. Dienstags, in der Realschule. Und jetzt muss ich es wohl vorerst alleine machen, ja. Aber glaubt mir, das ist kein Zuckerschlecken.« Sie leerte ihr Rotweinglas vollends. »Und ansonsten, na ja, also die Monika ist ja die Ex vom Florian, aber das wisst Ihr ja sicher schon.«

Lisa schüttelte den Kopf.

»Gute Pizza, gell?«, sagte Uwe, um auch mal wieder

was gesagt zu haben. Er war sichtlich nervös. Simon grinste ihn schadenfroh an.

»Ja, ja«, sagte Silvia. »Ja, und die Tanja, die kriegt halt keinen, und das macht ihr schon zu schaffen. Neidisch war die bestimmt. Ist aber eine Herzensgute, die tut keiner Fliege was zu Leide, wie man so sagt.«

Heiko widmete sich dem knusprigen Rand eines Pizzastücks. »Und Monika?«

Silvia winkte ab. »Die ist schon recht. Aber man weiß ja nie, gell?« Die Frage war an Uwe gerichtet, der merklich schluckte und dann nickte.

»Und sonst?«, fragte Heiko weiter.

»Wie, sonst?«

»Na, bei den Majoretten.«

»Ach so. Also, wir treffen uns immer dienstags zum Training, manchmal auch samstags. Und dann machen wir immer noch Unterricht für die jüngeren. Das hab ich zusammen mit der Jessi, der Tanja und der Moni und so gemacht. Wisst ihr, je älter wir werden, desto weniger werden wir. Die Leute gehen studieren, heiraten oder ziehen weg, wie das halt so ist.«

»Und jetzt?«, fragte Heiko weiter.

»Gibt es eben eine Weile mehr Arbeit für jede.«

»Und wie standen Sie zu Frau Waldmüller, so ganz persönlich?«, wollte Lisa nun wissen. »Ach, die war schon in Ordnung. Wir waren ja auch bei der Uschi Kollegen.«

»Habt ihr euch auch mal gezofft?« Heiko genoss den Geschmack des Goudas. Silvia winkte ab. »Das übliche Rumgezicke halt. Aber wir haben uns dann immer wieder schnell vertragen. Aber die Moni, die solltet ihr euch vielleicht mal näher anschauen, die hat echt getobt, als die Jessi ihr damals den Florian ausgespannt hat.«

»Diese Monika scheint ja schon eine interessante Persönlichkeit zu sein«, murmelte Heiko. Lisa saß mit angezogenen Füßen bei ihm auf dem Sofa. »So, wie alle Majoretten«, erwiderte seine Freundin bissig und beobachtete dabei Alfred, der seinen allabendlichen Auslauf genoss. Offenbar hatte er beschlossen, dass der Teppich ein feindliches Alien war und bekämpfte diesen nun mit aggressiv gereckten Ohren durch Beißen und Scharren. Sita, Heikos Hund, hatte sich schläfrig auf Lisas Füßen zusammengerollt und wärmte diese wohlig. »Du wirst doch nicht eifersüchtig auf die Majoretten sein«, frotzelte Heiko und brachte einen Kaffee. Lisa nahm die Tasse, ohne sich zu bedanken, und wirkte etwas beleidigt. »Hm«, machte Heiko. Gott, waren die Weiber kompliziert! Jetzt hatte er sich extra angestrengt, der Zeugin nicht auf das kurze Röckchen zu starren, und dann das. Lisa trank Kaffee. »Schon okay«, winkte sie ab, »ist nicht so wichtig.«

»Und, was hältst du nun von den Damen?«, fragte Heiko, um das Thema zu wechseln. Lisa wickelte gedankenverloren eine Haarsträhne fest um ihren Finger und sah zu, wie er sich weiß verfärbte. »Ach, weißt du, so viele Frauen auf einem Haufen … also, ich glaub nicht, dass das gutgeht.« Der Hase hatte sich nun einem Stuhl zugewandt, seinem Stuhl, um genau zu sein. Denn jeden Abend bearbeitete und benagte Alfred dieses eine Sitzmöbel. Eines Tages würde er ihn erledigt haben, und der Stuhl würde unter dem zusammenbrechen, der sich ahnungslos darauf setzen würde. Lisa war sich insgeheim sicher, dass der wilde Rammler genau das plante. Gott sei Dank war das Objekt seiner Begierde nur von Ikea und damit nicht besonders wertvoll. Alle anderen Stühle interessierten den Hasen nicht. »So, so ist das also«, murmelte Heiko, begleitet von lauten und überaus energischen Nagegeräuschen und dem Klang von splitterndem Holz. »Morgen sollten wir auf jeden Fall mit den Eltern des Opfers reden. Und diese Monika nehmen wir uns auch mal vor.«

Wenig später verabschiedete sich Lisa und fuhr heim. Heim nach Oonza, das ja eigentlich Onolzheim hieß, aber von niemandem in ganz Crailsheim so genannt wurde. Sie hatten das so geregelt, dass sie nicht jede Nacht zusammen verbrachten. Auf diese Weise blieb ihre Beziehung frisch und lief nicht Gefahr, vom Alltag gekillt zu werden. Wobei sie sich nicht vorstellen konnte, dass der Alltag mit Heiko so langweilig wäre. Denn auch wenn er nicht gerade mit Komplimenten um sich warf, sie niemals freiwillig in die Oper ausführte und sich auch hartnäckig weigerte, mit ihr tanzen zu gehen, so war er doch eigentlich perfekt. Gut, sie musste auf Gelaber à la »Hat es wehgetan, als du vom Himmel gefallen bist« verzichten. Aber das konnte sie. Gut konnte sie das. Auch, wenn ihre Mutter mit ihrem Freund so gar nicht einverstanden war. Es hatte ein halbes Jahr gedauert, bis sie sich einmal dazu herabgelassen hatte, ihn telefonisch grüßen zu lassen. »Grüße an den schwäbischen Schweinebauern«, hatte sie gehässig geknirscht, und Lisa hatte einfach nur »Gruß von Mutter« zu Heiko gesagt. Sie war eben nicht davon zu überzeugen, dass Heiko weder Schwabe noch Bauer war. Nun gut. Wichtig war, dass Garfield ihren Kerl mochte. Garfield war ihr Mitbewohner. Ein rotbraun getigerter Kater, benannt nach der lasagneliebenden, überaus fetten Comickatze aus den Achtziger Jahren. Schon hörte Lisa das auffordernde Maunzen durch die Tür. »Ja, ja, ist ja gut«, murmelte sie. Sie schloss auf, und Garfield hockte mit wild pendelndem Schwanz anklagend auf dem Teppich. Sofort schoss er in die Küche, Richtung Futternapf. Ihr Ex war ja der eindeutige Favorit ihrer Mutter gewesen. Stefan. Selbstständig. Kultiviert. Und ein Arschloch. Er hatte sie betrogen, mit einer Russin. Zuerst war sie traurig gewesen, traurig und verzweifelt. Dann hatte sie sich nach Hohenlohe versetzen lassen, egal wohin, Hauptsache, weg aus Wesel. In den ersten paar Wochen war es ihr wie ein anderer Planet vorgekommen. Aber sie hatte den Landstrich und seine Bewohner schätzen gelernt. Stefan war ihr nachgefahren und hatte sie um Verzeihung gebeten, aber sie hatte sich für Heiko entschieden. Und das war gut so.

VOLKSFESTSONNTAG, 22. SEPTEMBER

Heiko und Lisa läuteten. Jessicas Eltern wohnten in einem Hochhaus im Roten Buck. Das Hochhaus war in den Sechziger Jahren wohl einmal modern gewesen. Nun wirkte es charmant antiquiert.

»Ja?«, kam eine Stimme aus der Sprechanlage.

»Polizei«, informierte Heiko.

Der Türöffner surrte, und die Stimme sagte »Zehnter Stock.« Wenig später standen die beiden vor der Wohnung. Ein älterer Mann hatte die Tür einen Spalt weit geöffnet. Er hatte eine Glatze und trug einen grau-roten Wollpullover. »Wegen Jessica?«, fragte er.

Die beiden nickten.

»Bitte«, sagte der Mann, wohl Herr Waldmüller, und trat zur Seite. »Bitte, nehmen Sie Rücksicht auf meine Frau. Sie ist total durch den Wind.«

Er führte die beiden ins Wohnzimmer, wo eine Frau auf einem braunen Cordsofa lag. Sie wirkte verheult, ihr graues Haar hing in Strähnen um ihre Schläfen. Nur widerwillig öffnete sie die geröteten Augen und begrüßte die Kommissare. Umständlich setzte sie sich auf. Sie trug ein rosafarbenes Twinset, das irgendwie nicht so recht zu ihr passen wollte. Heiko sah sich um. Die Einrichtung schien noch original aus den Sechzigern zu stammen. Gelbe Tapeten mit Blümchenmuster, orange Auslegeware. Ein Fest für Retrofreunde.

»Herzliches Beileid, Frau Waldmüller. Und Ihnen natürlich auch.«

Herr Waldmüller nickte.

»Wissen Sie schon was?«, fragte die Frau mit brüchiger Stimme. Heiko tat sie leid.

»Ihr Kollege hat gesagt, sie wurde erstochen?«

Heiko nickte.

»Wie furchtbar«, murmelte die Frau. »Meine arme Kleine.«

Lisa legte eine Hand auf den Arm der Frau und drückte ihn ein wenig. Eine hilflose Geste, das wusste sie. Aber die Frau verstand sie und rang sich zu einem Lächeln durch.

»Wir können noch etwas für Ihre Tochter tun, nämlich ihren Mörder finden«, sagte die Kommissarin.

Frau Waldmüller schniefte und nickte.

»Wissen Sie, ob Ihre Tochter Feinde hatte? Hatte sie Krach mit irgendjemandem? Schulden?«

»Ach, entschuldigen Sie, jetzt habe ich Ihnen gar nichts zu trinken angeboten.«

»Nein, nein, wir wollen nichts trinken, danke«, beruhigte Lisa Frau Waldmüller. »Beantworten Sie einfach die Frage.«

Die Frau senkte den Blick, als würde sie sehr genau überlegen. Dabei wirkte sie verwirrt, geradezu verstört. »Ob das Kind … Feinde … ich weiß nicht …«

»Diese Monika hatte eine rechte Wut auf sie«, schaltete sich nun Herr Waldmüller ein, der die knochige Hand seiner Frau ergriffen hatte und sie unablässig streichelte. »Wegen dem Florian. Weil er sich damals für Jessi entschieden hat.«

»Und außerdem?«

»Keine Ahnung.«

»Wann kommt Claudia?«, fragte Frau Waldmüller nun, in einem Ton, als nehme sie die Kommissare gar nicht wahr.

»Wer?«

»Unsere andere Tochter. Claudia. Sie kommt heute aus Heidelberg. Sie wohnt da«, informierte der Mann. »Claudia ist unterwegs«, meinte er und versuchte ein Lächeln.

Die Frau nickte und schien wieder wegzusacken. Waldmüller dachte hingegen angestrengt nach, schüttelte aber schließlich mit einem Blick auf seine Frau den Kopf und schlug vor: »Hören Sie, ich denke nicht, dass das gerade viel Sinn macht. Wenn uns noch was einfällt, rufen wir Sie an, in Ordnung?«

Heiko sah das genauso und reichte dem Vater eine Karte.

»Wir melden uns, wenn wir was wissen. Und mit Ihrer Tochter müssen wir auch noch sprechen. Mit Claudia, meine ich.«

»Die armen Leute«, meinte Lisa, als sie wieder draußen waren.

»Ja, schlimm.« Heiko zündete sich eine Zigarette an und nahm einen tiefen Zug. »Till hat gesimst. Er will mit uns heut Abend aufs Fest.«

Lisa zuckte die Achseln. »Okay«, meinte sie. Sie mochte Heikos Saunakumpel. »Aber nicht zum Saufen, oder?«

Heiko grinste. »Nein. Eher zu einer gemütlichen Fressorgie.«

»Aber zuerst nehmen wir uns noch die Monika vor«, meinte Lisa. Heiko seufzte. »Immer im Dienst, gell?«

Monika wohnte in Beuerlbach, einer kleinen Gemeinde in der Nähe von Crailsheim. Der Ort war nicht sonderlich groß, er bestand mehr oder weniger aus einer Hauptstraße, von der wenige Nebenstraßen in kleine Siedlungen abzweigten. Nach kurzer Zeit hatten die beiden Kommissare das Haus gefunden und standen endlich vor der Haustür. Es gab zwei Klingeln. Auf der unteren stand »Wacker«, auf der oberen »Silberschmidt«. Sie klingelten oben. Kurz darauf hörten sie Schritte auf der Treppe, und eine schlanke junge Frau öffnete. Lisa erkannte die »Anführerin« der Majoretten. Sie trug Jeans und T-Shirt. Ihr mittellanges, naturrotes Haar fiel ihr seidig über die Schultern. Zudem war sie dezent geschminkt. Hübsch, stellte Heiko fest. Verdammt, dachte Lisa, die hätte jetzt auch einen Tick hässlicher sein können.

»Ja?«, machte die Frau und zog die gezupften Augenbrauen hoch.

»Monika Silberschmidt?«, fragte Heiko.

Die Dame nickte.

»Polizei. Wir hätten da ein paar Fragen an Sie.«

»Ist es wegen Jessica?«

»Ja.«

»Bitte. Ich wohne oben.« Sie ging voran, die Treppenstufen knirschten bei jedem Schritt. »Wundern Sie sich nicht, ich habe Besuch«, informierte sie und hielt die Wohnungstür, die aus Holz mit einer eingelassenen Milchglasscheibe bestand, einladend auf.

»Lassen Sie sich nicht stö …«, sagte Lisa und verstummte, als sie sah, wer der Besucher war, der da auf dem hellroten Kunstledersofa unter einem kubistischen Kunstdruck von Picasso saß. »Herr Ehrmann.«

Florian Ehrmann erhob sich und streckte den Kommissaren die Hand hin.

»Aber ich muss mich wundern«, meinte Heiko.

»Sie hier …«

»Da gibt es nichts zu wundern«, ging Monika dazwischen. »Wir sind Freunde. Nicht mehr und nicht weniger. Kaffee?«

Heiko und Lisa nickten und murmelten ein Dankeschön, und Monika verschwand in der Küche.

»Nun, Herr Ehrmann …«, begann Heiko.

Der junge Mann stützte seinen Kopf in die Hände und bürstete sich mit den Fingern durch seine Gelfrisur. »Wissen Sie, Sie dürfen das hier nicht falsch verstehen. Irgendwo muss ich doch hin.«

»Sie könnten zu Ihren Eltern? Zu den Eltern Ihrer verstorbenen Freundin?«, schlug Lisa vor, und es klang etwas tadelnd.

In der Küche surrte das Mahlwerk eines Kaffeevollautomaten.

»Also, die sind ja schon recht, aber … na ja, so eng waren wir nicht, und die haben auch was gegen mich.«

»Darf man fragen, warum?«

Florian verschränkte die Arme vor der Brust und stach seine Finger ins Fleisch. »Dürfen Sie, ist ja kein Geheimnis und ist ja längst Vergangenheit, und irgendwie kann ich sie auch verstehen.«

Monika kam und stellte vier weiße Designertassen auf den Tisch, dazu eine passende Zuckerdose und ein

Milchkännchen. Lisa sah sich um. Die Einrichtung schien komplett von Ikea zu sein. Stylisch, aber billig. Heiko registrierte, dass Monika Florian, ohne zu fragen, drei Stück Zucker und keine Milch in den Kaffee tat. Die beiden kannten sich also sehr gut. »Also, ich hatte früher, quasi als Teenager, eine … nun, Techno-Phase, könnte man sagen, wenn ihr versteht, was ich meine.«

»So mit kleinen bunten Pillen und so?«, hakte Heiko nach.

Florian nickte etwas beschämt. »Ja. Aber das ist vorbei, längst vorbei.« Er trank einen Schluck Kaffee. »Und so was spricht sich halt rum, und das wissen die Eltern von der Jessica eben. Für die bin ich der Ex-Drogenkonsument, und das reichte schon, um mich als Schwiegersohn auszuschließen. Dabei machen das doch alle, oder etwa nicht?«

Lisa schwieg und trank schwarzen Kaffee.

»Nun, die meisten probieren es wohl mal, irgendwann in ihrem Leben …«, gestand Heiko dem jungen Mann zu, mehr, um ihm recht zu geben als weil er fand, dass er recht hatte. Er selbst hatte auch mal gekifft. Aber nur gekifft. Zwei-dreimal im Juze, mit fünfzehn, sechzehn. Das »Juze« war das Crailsheimer Jugendzentrum, in dem traditionell im unteren Stockwerk Cola getrunken und im oberen eifrig alles Mögliche geraucht wurde. Und der junge Heiko hatte dann schnell festgestellt, dass das nichts für ihn war. Manche kamen aber nicht wirklich los davon, er wusste von einem Kumpel von früher, der immer noch im »Juze« anzutreffen war, immer noch die Rastafrisur von früher hatte, immer noch mit Arafat-Tüchern rumlief und sich außerdem einen Großteil seines Hirns weggekifft hatte. Der arme Kerl hatte einfach den Absprung nicht geschafft. Insofern musste man Florian Ehrmann direkt Respekt zollen. Denn es zu lassen, kostete unglaublich viel Überwindung.

»Hauptsache, Sie sind davon weg«, meinte Lisa und lächelte aufmunternd. Sie war wohl von der Drogenbeichte etwas peinlich berührt.

»Und mit der Monika und mir, das ist rein platonisch. Wir sind halt Freunde.«

Lisa rührte in ihrem Kaffee, obwohl darin eigentlich nichts war, was man verrühren musste. Sie legte den Löffel weg und fragte: »Bei der Vorgeschichte? Also entschuldigen Sie, aber ich an Ihrer Stelle«, sie nickte Monika zu, »könnte das nicht.«

»Was heißt Vorgeschichte.« Monika warf bedächtig ein Zuckerstück in ihre Tasse. »Unsere Beziehung war schon vorher kaputt. Klar war ich wütend, aber das war wohl eher …«, sie schien nach dem passenden Ausdruck zu suchen, »Besitzdenken. Kennen Sie so was?«

Lisa dachte nach. Ja, das war ihr auch schon passiert. Trotzdem. »Also ich kann ja verstehen, dass man da noch miteinander redet, mal einen Kaffee trinken geht und so … aber …«

»Aber wir kommen Ihnen doch sehr eng befreundet vor«, beendete Monika den Satz.

Lisa zuckte die Achseln und lächelte entschuldigend.

Die Majorette trank Kaffee und betrachtete sinnend die gelben Vorhänge. Dann sagte sie: »Freunde zu finden, ist nicht leicht. Ich meine, nicht so Bekanntschaften, so, hach, wie geht's dir denn, das ist aber toll, bla-

blabla. Ich meine richtige Freunde. Freunde, denen man alles erzählen und denen man vertrauen kann.«

Lisa verstand durchaus. Zu Hause in Wesel hatte sie einen großen Freundeskreis gehabt. Einen gewachsenen Freundeskreis. Hier war er eher improvisiert. Heikos Freunde waren auch ihre Freunde geworden. Mit den Kollegen war sie befreundet, konnte man sagen, zumindest mit Uwe und Simon. Aber ihr bester Freund war zugleich ihr Partner. Von Garfield einmal abgesehen.

»Jedenfalls, Sie wissen vielleicht, wie das ist, man kennt sich in- und auswendig, weiß um die Stärken und Schwächen des anderen, was ihn belastet, wie er tickt … man versteht sich.«

»Und haben Sie denn auch einen richtigen Freund?«, wollte Heiko dann wissen. Monika lächelte charmant, warf die Haare schwungvoll zurück und sagte dann: »Nein, ich bin Single.«

Täuschte Lisa sich, oder hatte die Rothaarige ihrem Heiko zugezwinkert? Auf die müsste sie aufpassen. Unmerklich berührte sie Heikos Arm, um ihren Besitzanspruch zu illustrieren. »Wo waren Sie denn am Freitagabend?«, wechselte die Kommissarin das Thema.

Monika Silberschmidt zuckte die Achseln. »Nach dem Leuchtstabauftritt waren wir noch im Bacchuskeller. Und dann bin ich halt heim. Wieso?«

»Hm. Und Sie, Herr Ehrmann, wollten Sie sich nicht an Ihre Schwester halten?«

»Schon. Aber so viel Idylle, wie bei der in der Familie herrscht, vertrage ich grad nun wirklich nicht«, rechtfertigte sich der Mann.

Heiko rührte in seiner Kaffeetasse. »Mal was anderes: Bei den Majoretten, welche Position üben Sie da aus?«

Monika lächelte und fläzte sich auf ihrem Sessel wie Kleopatra auf ihrem Thron. »Nun, ich bin da so was wie eine Zweite Vorsitzende.«

»Offiziell?«, hakte Lisa nach.

Monika lachte glockenhell. »Nein, nicht offiziell. Aber wissen Sie, das ist eh ein Scheißjob, viel Arbeit, und alles ehrenamtlich. Die sind froh, wenn das einer macht. Und irgendjemand muss der armen Tanja ja schließlich helfen.«

»Na dann, wenn wir noch Fragen haben, melden wir uns«, meinte Heiko und erhob sich.

»Ich nehm der das nicht ab«, meinte Lisa kopfschüttelnd, als sie wieder in Heikos M3 saßen. Der Crailsheimer Kommissar ließ es sich nicht nehmen, ihn auch als Dienstwagen zu benutzen. Welche Polizeikarre war schon so cool schwarzglänzend lackiert und verfügte über fürstliche 321 PS? Lisa grinste, als Heiko kurz nach dem Ortsschild das Gaspedal voll durchdrückte und damit einmal mehr bewies, dass sein Baby von Fünfzig auf Hundert nur drei Sekunden benötigte.

»Prolet«, lachte sie und wuschelte ihm durch die Haare.

Heiko brummte und sagte dann: »Die wirkt schon sehr abgeklärt. Wenn das meine Ex wär …«

»Also, ich rede mit meinem Ex keinen Ton mehr«, unterbrach Lisa. »Und wenn, dann fände ich das schwierig. Kann doch sein, dass man sich wieder ineinander verliebt, so wegen der alten Zeiten und so.«

»Finde ich auch komisch. Aber vielleicht ist ja da auch was im Busch?«, vermutete Heiko.

»Die einfachste Theorie wäre natürlich, dass Florian und Monika Jessica um die Ecke gebracht haben, weil sie doch wieder zusammen sein wollten.«

»Da hätte es aber doch gereicht, die Jessica zu verlassen. Deshalb bringt man doch keinen um.«

»Außer, es gäbe eine Lebensversicherung«, gab Lisa zu bedenken. »Das kann der Simon ja überprüfen.«

Den Nachmittag verbrachten sie bei Lisa zu Hause, wo sie sich einfach ins Bett legten und aneinander gekuschelt Mittagsschlaf hielten. Schließlich war Wochenende, Sonntag noch dazu, und da musste man sich ja auch mal ausruhen, bei dem ganzen Gerenne unter der Woche.

Gegen halb sechs waren sie wieder in der Stadt, auf dem Weg zum Volksfest. Heiko bog ab zum Berufsschulzentrum, wo er den Wagen zu parken gedachte. »Wann treffen wir uns mit Till?«, fragte Lisa. »Um sechs am Riesenrad. Er bringt noch einen Kumpel mit.«

Der Volksfestplatz war in abendliches Leuchten getaucht. Rot glühte das restliche Tageslicht und gleißte auf den Metallteilen des Riesenrades, die wiederum von unzähligen gelben Glühlampen illuminiert wurden. Von allen Buden drangen die Stimmen der Anpreiser herüber und vermischten sich mit dem Murmeln der Menge zu einem ständigen Lärm. Lisa musterte ungläubig den riesigen Besucherstrom, den sie eigentlich nur dem Münchener

Oktoberfest zugetraut hätte. Und einmal mehr bestätigte sich ihre Theorie, dass die Hohenloher eine Subkultur waren. Denen war ihr Volksfest geradezu heilig. Heiko hatte ihr erzählt, dass alle Crailsheimer, die woanders wohnten und die nicht krank oder tot waren, am Volksfest in ihre Heimat zurückkehrten, um dort zu feiern. »Sind sie das?«, fragte Lisa und wies auf Till und einen kleineren jungen Mann mit schwarzen Haaren, der neben dem Hünen herlief, was insgesamt eine etwas groteske Erscheinung abgab. »Ja, Till und Hassan.« Schon hatten die beiden Männer sie entdeckt und kamen auf das Paar zu.

»Hi«, sagte Till.

»Hassan«, stellte sich der kleinere vor, und Lisa registrierte seine enorme Nase und dass er ebenfalls in ein Volksfest-T-Shirt gewandet war.

»Lisa Luft. Ach, bist du Türke?«, fragte sie neugierig. Allzu viele Migranten gab es in Hohenlohe nicht, das war direkt mal eine Sensation.

Hassan schüttelte den Kopf. »Hohenloher. Papa ist Türke. Alevit. Aber ich bin evangelisch.« Lisa unterdrückte ein Grinsen. Ein hohenlohischer Halbtürke namens Hassan. Interessante Kombination.

»Und?«, fragte Till und boxte Heiko in die Seite, woraufhin dieser Schwierigkeiten hatte, sich aufrecht zu halten.

»Ja, recht.«

»Womit fangen wir an?«, fragte Hassan und reckte seine große Nase.

»Fisch?«, schlug Heiko vor.

Eine Viertelstunde später kauten alle vier an einem Schollenfiletweckle. Ja, »Weckle«, denn kein Mensch sagt in Hohenlohe »Brötchen«.

»Gut, gell?«, meinte Hassan zu Lisa.

Die nickte.

»Da scheint der Heiko ja mal eine zu haben, die was im Kopf hat«, lobte er dann. »Bisher hatte er immer so strunzdumme Tussis.«

»Hassan!«, tadelte Heiko und lächelte entschuldigend.

»Stimmt doch aber.«

»Fahren wir Riesenrad?«, fragte Till, um das Thema zu wechseln.

Wie elegant, dachte Lisa und grinste in sich hinein. Das Fischbrötchen schmeckte hervorragend, etwas fettig zwar, aber gut.

»Später«, meinte Hassan und schlug vor, als nächstes eine Wurst zu essen.

»Ist das nicht verboten? Haram?«, fragte Lisa. »Ist doch Schwein.«

Hassan verdrehte die Augen. »Ich bin doch evangelisch, Mädle. Ich bin kein Moslem.«

»Ach so«, erinnerte sich Lisa. »Stimmt ja. Wollt ihr jetzt wirklich noch was essen? Also, ich kann eigentlich nicht mehr.«

Die drei Männer sahen sie verständnislos an, gerade so, als käme sie von einem anderen Planeten.

»Aber dafür sind wir doch hier, oder nicht? Und wir fangen doch gerade erst an. Der Fisch war doch nur die Vorspeise.«

Lisa ergab sich und trottete mit. Die drei Männer

stellten sich am Grillstand des Engel-Zeltes an. Wobei von einem Stand eigentlich keine Rede sein konnte, eher von einer Grillfront. Sie wartete etwas abseits, bis sich die anderen ihre Wurst geholt hätten. Doch Heiko hielt zwei Würste in der Hand, als er aus der Schlange wieder auftauchte. Ach was, das war nicht nur eine Wurst. Das da reichte für eine vierköpfige Familie als Mittagessen.

»Was ist das denn?«, meinte Lisa fassungslos und starrte auf das Baguette in Heikos linker Hand, das er ihr begeistert grinsend hinstreckte.

»Ein halber Meter Festwurst«, informierte er sie. Die anderen hatten bereits herzhaft in ihre Halbmeterwürste gebissen. Heiko wedelte weiterhin auffordernd mit dem Baguette, das wohl wirklich 50 Zentimeter lang war. Lisa seufzte. Ihr blieb anscheinend nichts anderes übrig, als den Weck zu nehmen und daran zu knabbern. »Gut, gell?«, sagte Till kauend, und Lisa stimmte zu. Es blieb nicht dabei. Als nächstes vernichteten die Männer eine Portion Schupfnudeln, die sie aus unerfindlichen Gründen »Buawaspitzla« nannten, dann aß Till einen gebratenen Maiskolben und die anderen einen Eisneger. Zu guter Letzt kaufte Heiko noch eine Tüte gebrannter Mandeln und ließ sie kreisen. Lisa hatte bereits nach einer halben Halbmeterwurst kapituliert. Kopfschüttelnd sah sie der Fressorgie zu. Und dann, so gegen viertel neun, schlug Till vor, Riesenrad zu fahren. Zweifelnd blickte Lisa, die durchaus nicht ganz schwindelfrei war, an dem Ding hoch. Sie war sich nicht ganz sicher, ob sie wollte, konnte … nun ja. Heiko wischte ihre Zweifel jedenfalls mit einem »Awwa« weg und zog sie lachend in Richtung Kasse. Kurze Zeit später wurden sie von einem mürrisch dreinblickenden Rumänen in blauer Steppweste in eine der für Lisas Geschmack einen Tick zu offenen Gondeln verfrachtet. Mit einem schnarrenden Geräusch schloss sich die Tür, oder vielmehr das Türchen. Es gab einen gewaltigen Ruck, und die Männer blickten erwartungsvoll und Lisa etwas ängstlich nach oben. »Brauchsch kei Engscht hoowa, Maadle«, lachte Till und tätschelte ihr Knie, was ihm einen bitterbösen Blick von Heiko eintrug. Lisa lächelte gequält und fühlte, wie sie vom Boden abhoben. Deutlich und rasant. Sie blickte nach unten und sah die Prilblumen auf dem Dach des Autoscooterzelts. Hübsch waren sie, nur leider klein, sehr klein, obwohl sie in Wirklichkeit natürlich viel größer waren. Was daran lag, dass sie sich bereits auf gut 40 Metern Höhe befanden – schließlich handelte es sich um das größte Riesenrad Deutschlands, insgesamt 55 Meter hoch, wie Lisa auf der Tafel am Boden gelesen hatte. Zweifelnd betrachtete die Kommissarin die metallenen Gelenke und Schrauben, die melodisch im Abendwind quietschten. »Schön, gell?«, sagte Heiko und gab ihr einen flüchtigen Kuss. »Ach, und gleich wird's noch viel schöner. Wir haben's nämlich genau erwischt«, meinte Hassan und sah auf die Uhr. »Was, erwischt?«, fragte Lisa und registrierte nur beiläufig, dass sie sich auf dem höchsten Punkt des Riesenrades befanden und dass es gleich wieder abwärts gehen würde. Und in diesem Moment gingen die Lichter aus. Die Gondel ruckte und blieb stehen. Das ganze Riesenrad stand. »Tja, da müssen wir wohl runterklettern«, meinte Till und wies auf die metallene Leiter, die in gut zwei Metern Entfernung ins Gestänge integriert war. Panik kroch in Lisa hoch, als Hassan mit einer einladenden Handbewegung ein »Ladies first« hinzufügte. Die Kerle lachten schadenfroh, und Lisa sah zu Heiko hin, der ebenfalls ein Grinsen unterdrückte. »Keine Panik«, beruhigte er dann, »ist nichts Schlimmes.« So langsam begann Lisa, diese Option in Betracht zu ziehen, weil ihr nämlich drei Dinge auffielen: Erstens schien niemand aus den anderen Gondeln ihre Bedenken zu teilen, im Gegenteil hatte sich eine gespannte Erwartung über die Menschen gelegt. Und nicht nur hier, auch unten, ganze 55 Meter tiefer, auf dem Festplatz, war alles ruhig. Und nicht nur ruhig, sondern auch dunkel. Alle Lichter waren aus. »Stromausfall?«, vermutete Lisa mit piepsiger Stimme. Heiko deutete statt einer Antwort in eine bestimmte Richtung. Zu dem Hügel mit dem gelb beleuchteten, komischen Haus. »Schau zur Villa«, riet er. »Was …«, begann Lisa, und dann hatte sie die Antwort. Es gab einen lauten Knall und dann explodierte die erste Rakete als goldener Sternenregen. Anschließend folgten mehrere grüne und rote Geschosse, dann silberne, die prasselnd als flirrende Funken zur Erde sanken. Der typische Schießpulvergeruch breitete sich aus, und hellgrauer Nebel hüllte den Himmel ein. Lisa schnupperte. Sie mochte Feuerwerksduft. »Ich hab's noch nie geschafft, während des Feuerwerks ganz oben zu sein«, meinte nun sogar Till andächtig. Heiko nickte. »Ich au net.« Lisa begann sich zu entspannen und vergaß, dass sie sich so hoch oben befand. Sie lehnte sich an Heiko, der schützend den Arm um sie legte, und kuschelte sich an ihn wie ein kleines Kind an seinen Vater. Und genoss das Feuerwerk. Und dass sie hier mit Heiko saß. Und dass sie in Hohenlohe war, auf dem Fränkischen Volksfest.

Eberhard Waldmüller lauschte in die Dunkelheit hinein. Die gleichmäßigen Atemzüge seiner Frau verrieten ihm, dass sie schlief. Kein Wunder, bei der Dosis Beruhigungsmitteln, die sie intus hatte. Er hatte keine andere Möglichkeit mehr gesehen. Sie war völlig verstört, hatte seit zwei Tagen nicht richtig geschlafen und war total weggetreten. Nun schlief sie einen gnädigen Schlaf. Er tastete im Halbdunkel nach der schmalen Hand seiner Frau. Sie war warm, und das war gut so. Wenn der Herrgott sie ihm auch noch nehmen würde … nicht auszudenken. Wobei es ja nicht der Herrgott gewesen war, der ihm seine Jessica genommen hatte, korrigierte er sich innerlich. Sondern irgendein feiger Schweinehund, der sich nachts an seine Tochter herangepirscht hatte und ihr kaltblütig ein Messer ins Herz gerammt hatte. Das musste ein Monster sein, ein Teufel, jemand, der direkt aus der Hölle kam. Eberhard Waldmüller hoffte inständig, dass der Mörder dereinst auch in der Hölle schmoren würde. Denn nichts anderes verdiente ein solcher Mensch. Er seufzte und sah zum Wecker. 2.43 Uhr. War sowieso egal. Es war alles egal. Die Zeit war zeitlos geworden. Und trotzdem musste es weitergehen. Er trug Verantwortung. Für seine Frau. Und für Claudia. Obwohl Claudia weitgehend ihr eigenes Leben lebte. Sie waren so verschieden, seine Töchter, und er liebte sie beide, hatte sie beide geliebt. Claudia war ernsthaft und verlässlich. Erfolgreich. Die Jessi war lustig und fröhlich gewesen, ein wenig sprunghaft vielleicht, ja, aber das hätte sich noch ausgewachsen, da war er sich ganz sicher, sie war ja erst 26 gewesen. So jung, viel zu jung, um zu sterben. Eltern sollten ihre Kinder nicht überleben müssen, dachte er. Er schüttelte den Kopf, änderte damit aber nichts. Seine Frau bewegte sich im Schlaf und murmelte undeutliche Wortfetzen vor sich hin. Er schloss seinen Griff fester um ihre Hand. Er durfte nicht aufgeben. Er musste weitermachen, wenn schon nicht für sich selbst, dann für sie.

VOLKSFESTMONTAG, 23. SEPTEMBER

Sie hatte es geahnt. Sie kannte das Wort einfach nicht. Kutteln. Und sie hatte sich dazu verleiten lassen, Kutteln zu bestellen, weil sich das so gehörte, wie Heiko ihr versicherte. Am Volksfestmontag muss man Kutteln essen, einem geheimen Gesetz folgend. Da darf man keinen Salat oder so Zeugs essen. Da müssen es Kutteln sein. Und noch dazu war auch vorgeschrieben, mit wem man zu essen hatte. Nämlich mit den Kollegen. Verwundert hatte

Lisa festgestellt, dass am Volksfestmontag alle Betriebe, Kaufhäuser und Läden geschlossen blieben, und dass sich die Belegschaften an jenem Tag im »Zelt« trafen, um Kutteln zu essen. »Ein Proooohsit, ein Proooohsit, der Gemüüüüüht-liiiihch---keit, ein Proooohsit ein Proo-ho-sit der Gemüüüüüht-liiiiihch-keit«, sang der Bandleader, vielmehr ein Trachtenmensch, der offenbar einer Blaskapelle, die dasselbe hässliche Outfit wie er trug, vorstand. Und sie saß hier am Tisch mit den engsten Kollegen. Mit Heiko, mit Simon, mit Uwe und sogar mit Schorsch, ihrem Chef. Die anderen Polizisten saßen am Nachbartisch. Inzwischen war auch sie dazu übergegangen, Georg Ullrich in seiner Abwesenheit »Schorsch« zu nennen, obwohl es für sie nicht leicht war, das auszusprechen. Und gerade lachte Schorsch dröhnend über einen unanständigen Witz von Uwe, seine Wampe hob und senkte sich, während eben diese Kutteln serviert wurden. Lisa starrte voller Abscheu, gleichzeitig aber mit einer Art von wissenschaftlichem Interesse auf das, was da in ihrem Teller lag beziehungsweise schwamm. Der Optik nach schien es sich um Bandwurm in brauner Sauce zu handeln. Weiße, wurmartige Stücke mit ausgefransten Rändern tauchten hier und da aus der Brühe auf, es kam Lisa vor, als zuckten sie noch. Sie blickte um sich, um herauszufinden, ob das ein Scherz war, ein schlechter Scherz. Aber voll Entsetzen sah sie, wie ihre Kollegen mit großem Appetit ihre Löffel in das Zeug tauchten, und wie Heiko gerade einen Wurmabschnitt in seinem Mund verschwinden ließ. »Ja, die schauen schon schlimm aus. Aber wenn die gut gemacht sind … und das sind sie …«, ermunterte Schorsch, als er Lisas Zögern bemerkte. Lisa wurde ganz langsam weiß, wandweiß, man konnte dabei zusehen. Sie legte den Löffel, den sie aus Höflichkeit und Opportunismus inzwischen aufgenommen hatte, wieder hin, entschuldigte sich und verschwand aufs Klo.

Eine Viertelstunde später kam sie zurück. Die anderen hatten ihre Teller bereits geleert, und Heiko taxierte mit hungrigen Blicken ihre Portion. Mit einer matten Handbewegung schob sie ihm den Teller zu, und Heiko begann zu essen. Lisa beschloss in diesem Augenblick, ihren Freund nie wieder zu küssen, nie nie wieder, mindestens heute nicht.

Nach dem Essen rauchten Uwe und Heiko, während Simon vorwurfsvoll wedelte und über das Krankheitspotential von Nikotin referierte.

»Ruhe, Schwoob«, befahl Uwe und blickte drohend.

»Immer noch ganz der Alte, gell?«, kam es von hinten.

Uwe drehte sich um und vor ihm stand – Silvia.

»Hallo … äh … was machsch du denn hier?«, fragte er und wirkte erneut wie ein Siebenjähriger, der zu seiner Mama will.

»Das Gleiche wie ihr. Kollegenessen. Obwohl, jetzt ist es schon komisch, ohne die Jessi!« Ungefragt setzte sich Silvia an den Tisch.

»Ach ja, die Ermordete war ja auch bei der Uschi«, erinnerte sich Uwe.

Silvia nickte. »Jaja, wir waren quasi in doppelter Hinsicht Kollegen. Erstens bei den Majoretten. Und zweitens schaffen wir halt beide bei der Uschi!«

»Als Friseuse«, stellte Heiko fest.

Die Majorette, die auch in zivil nicht schlecht aussah, lächelte verkniffen. »Als Hairstylistinnen, ja«, präzisierte sie.

Lisa unterdrückte ein Grinsen, während Heiko peinlich berührt wirkte. »Und, wie war da das Verhältnis so zwischen den Kollegen?«, fragte Heiko weiter und trank einen Schluck Cola. »Ha, okay halt. Wir sind ja nicht viele, da ist es schon familiär. Drei Mädels, also ich, die Jessi und die Katja, dann der Conny und halt die Uschi.«

»Conny?«

»Konradin Breiter«,

präzisierte Silvia und beugte sich nach vorne. »Schwul ist er wohl nicht, aber er lackiert sich die Fingernägel.«

»Metrosexuell?«, vermutete Lisa.

Silvia nickte grinsend. Heiko fragte sich, was das denn Perverses bedeuten könnte. Metrosexuell. Hörte sich ziemlich verboten an. Vielleicht stand dieser Konradin auf Transvestiten. So in der Mitte halt. Oder auf Zwitter. Oder auf Zwitter, die erst noch zu Transvestiten werden würden. Falls es so was überhaupt gibt, überlegte Heiko. Falls das rein technisch überhaupt möglich wäre. Dann fiel ihm ein, dass er das ja schon mal gehört hatte. Das waren doch die Kerle, die alles taten, um gepflegt zu wirken, wie der Beckham, der eigentlich überhaupt kein richtiger Kerl war. Komisch, dass die Weiber den alle so toll fanden. Na ja.

»Und wo sitzt ihr?«, fragte er weiter.

»Da hinten, im Separée«, informierte die Hairstylistin und deutete in eine bestimmte Richtung.

»Ja, Heiko und Frau Luft, geht doch mal hin und befragt die Damen,« schlug Schorsch nun vor, der die ganze Zeit stumm vor seiner Maß gehockt hatte, während Uwe den mittlerweile sehr verschüchtert aussehenden Simon mit seinen allerbösesten Blicken davon abgehalten hatte, Silvia anzustrahlen. Lisa erhob sich, und Heiko sah noch, wie Uwe sich zu seiner Ex über den Tisch beugte und sein strahlendstes Lächeln aufsetzte.

Auf dem Weg zu den Friseuren bzw. Hairstylisten mussten die Kommissare an mehreren umherhetzenden Bedienungen mit riesenhaften Tabletts voller Kutteln vorbei, was bei Lisa unweigerlich einen Brechreiz auslöste. Sie zwang sich, nicht auf das Gewürm auf den Tellern zu schauen und blickte starr zu Boden. Heiko grinste deshalb amüsiert, während der Bandleader schon wieder ein Prosit der Gemütlichkeit sang und allen einen Guten Appetit wünschte. Lisa hatte ja keine Ahnung, welch eine Delikatesse Kutteln waren. Na ja. Norddeutsche halt.

Endlich hatten sie den Bereich erreicht, wo die gesondert abgeteilten Bierbänke standen. Die Leute hier waren dem allgegenwärtigen Lärm und dem Dunst von Europas größtem Bierzelt nicht ganz so hilflos ausgeliefert, da sie sich unter einem recht niedrigen Holzgerüst befanden. Lisa entdeckte als Erstes das Schild mit der Aufschrift »Uschis Hairstyling«. Am Tisch saßen drei Leute. Die erste, um die dreißig, war in jeder Hinsicht normal. Ihre normale Figur korrespondierte mit ihrem normal braunen Haar und einem normal hübschen bzw. hässlichen Gesicht. Sie steckte in normal blauen Jeans und einem normal grauen T-Shirt. Geschminkt war sie auch nicht, abgesehen von dem Labello (natürlich einem normalen, blauen), den sie nervös zwischen den Fingern rotieren ließ und den sie jetzt öffnete, um sich die Lippen einzufetten. Auf keinen Fall eine Klischee-Hairstylistin. Die Dame um die vierzig, die neben ihr saß, entsprach diesem Klischee schon viel eher. Vom toupierten, schwarz gefärbten Haupthaar bis zu den bestimmt ebenso kreativ wie die Fingernägel gestylten Fußnägeln war diese Frau vor allem eines: gepflegt, von Kopf bis Fuß. Wobei Lisa in Gedanken offen ließ, ob sie das gut oder schlecht fand. Diese Frau verwendete offenbar größtmögliche Sorgfalt auf ein optimales Erscheinungsbild. Von Kopf bis Fuß eben. Der junge Mann neben ihr musste Konradin Breiter sein. Er war im Emo-Look gestylt, man sah der ganzen Sache allerdings an, dass es nicht aus Überzeugung, sondern des Trends wegen geschehen war. Zu gewählt die schwarze Lederhose, zu modisch das hellrote, enge T-Shirt. Auch fehlte der schwarze Kajal um die Augen. Ein Mode-Emo sozusagen. Einzig das Haar entsprach völlig der Emo-Norm: asymmetrisch und fransig geschnitten verdeckte es das linke Auge, was dazu führte, dass der junge Hairstylist die betreffenden Strähnen alle paar Sekunden mit einem überaus elegant wirkenden Schwung seiner schmalen Hand aus dem Gesicht befördern musste, um etwas sehen zu können.

»Grüß Gott, wir sind von der Polizei«, begann Heiko, als sie direkt beim Tisch standen. »Ist bei euch noch frei?«

Alle drei sahen auf, und es war die Gestylte, die zuerst zu reden begann. »Ach, die Polizei. Sie kommen bestimmt wegen der Jessi. Also, nicht, dass Sie jetzt schlecht von uns denken, weil wir hier im Zelt hocken ... so nach allem, was passiert ist. Ich hab halt gedacht, das ist gut fürs Team, aber Sie sehen ja, wir sitzen hier, und alle sind traurig, und das ist doch auch eine Form des Trauerns, oder nicht, und wir ...«

Lisa legte der Frau eine Hand auf den Arm. »Sie müssen sich nicht rechtfertigen. Ist schon in Ordnung.« Bestätigend setzte sie sich neben sie.

Heiko machte ein »Hm« und setzte sich dann ebenfalls dazu.

»Lisa Luft, und das hier ist Heiko Wüst.«

Auch die drei Hairstylisten stellten sich vor. Die Normale hieß Katja Blum, der metrosexuelle Konradin Breiter und die Chefin Uschi Seibold.

»Routinemäßig befragen wir die Kollegen und Freunde des Opfers. Sie brauchen sich nichts dabei zu denken«, informierte Lisa lächelnd. »Also?«

Sie sah auffordernd Uschi an. Die schluckte merklich. »Samstagabend, nicht?«

Lisa nickte.

»Also, wo soll ich da schon gewesen sein, da, wo halt jeder normale Crailsheimer um die Zeit ist, im Zelt halt.«

»Ich auch«, warf Conny nervös dazwischen.

»Und mein Freund kann das bestätigen«, fuhr Uschi aufgeregt fort. »So kenn ich das aus den Krimis, das braucht ihr doch, gell?«

Lisa erklärte: »Ach, uns geht es erst mal eher darum, wer die Jessica an diesem Tag noch gesehen hat. Und was sie so getan hat.«

Heiko hingegen grinste in sich hinein und fragte sich

unwillkürlich, ob das beim Konradin wohl auch der Freund würde bestätigen können. Er hatte ja nichts gegen Schwule, die waren schon mal keine Konkurrenz. Aber sie waren ihm ein bisschen suspekt. Bei Conny konnte es allerdings tatsächlich sein, dass er einfach nur gepflegt war und nicht etwa schwul. Sehr gepflegt, wenn man die farblos lackierten Fingernägel dazurechnete.

»Ja, und ich war mit ein paar Kumpels unterwegs. Mit dem Sven Probst zum Beispiel. Und die Jessi hab ich an dem Abend nicht gesehen, gar nicht. Die war aber, glaub ich, beim Leuchtstabauftritt«, informierte Conny ungefragt. Seine Finger trommelten nervös auf die Tischplatte und umfassten schließlich einen enormen Maßkrug, wie um Halt zu finden.

»Und Sie? Frau …«

»Blum«, sagte die Normale, »Katja Blum.«

»Entschuldigen Sie«, sagte Lisa, die den Namen der Normalen bereits kurz, nachdem sie sich vorgestellt hatte, wieder vergessen hatte.

»Also, ich war daheim. Und meine Eltern können das bestätigen. Und wo die Jessi war, weiß ich nicht.«

»Sie wohnen noch zu Hause?«, meinte Heiko.

»Ja«, war die einfache Antwort. Ohne selbst zu werten oder eine Wertung zu erwarten. Einfach normal. Neutralnormal. Kein Wunder, dass diese Frau noch bei ihren Eltern wohnte, dachte sich Heiko. Die Kerle werden die so schnell wieder vergessen, wie sie sie kennen lernen.

»Und wie war das Verhältnis so zwischen euch und der Jessica Waldmüller?«, fuhr Heiko fort.

»Also, ich hab sie gern gehabt, die Jessi«, meinte Uschi sofort. »Die war eine ganz Liebe.«

Conny nickte und brummte zustimmend. »Ich hab sie auch gern gehabt.«

Lisa sah auffordernd zur Normalen hin.

Die seufzte und sagte dann: »Wenn ich ehrlich bin, so ganz grün waren wir uns nicht. Wir waren halt einfach verschiedene Typen.«

»Haben aber trotzdem immer sehr professionell zusammengearbeitet«, beeilte sich Uschi zu versichern und tätschelte der Normalen die Hand.

»Bin ich jetzt verdächtig?«, fragte die Normale, und erstmalig schwang in ihrer Stimme so etwas wie Emotion mit.

»Neinnein«, beruhigte Lisa, »aber es ist gut, dass Sie so ehrlich sind. Wissen Sie, viele Mordopfer mutieren nach ihrem Tod zu engelsgleichen Gutmenschen.«

»Also, wir waren ja nicht wirklich böse aufeinander, nur halt eben … sehr verschieden.«

»Ich verstehe.«

»Und Frau Landmann?«, fragte Heiko weiter.

Uschi winkte ab. »Oh, die waren ein Herz und eine Seele. Wie Geschwister.«

Lisa konnte sich schon vorstellen, wie die Normale sich im Job fühlen musste, mit zwei ach-so-guten-Freundinnen als Kolleginnen und dieser Styling-Matrone als Chefin, sie selbst als graue Maus eher außen vor. So was war nicht zu unterschätzen. Sie beschloss, das Ganze im Hinterkopf zu behalten.

Sie waren nur ganz kurz zu Hause gewesen, um sich ein wenig auszuruhen. Und um fit zu sein für den Volksfestshowdown. Auf dem Plakat an der Litfasssäule vor dem Engelzelt stand: »Montag, ab 20 Uhr: Wir tragen das Volksfest zu Grabe.« Na dann. Lisa wunderte sich keine Sekunde über den pathetischen Unterton. Schon den ganzen Tag hatte sie das wehmütige Glitzern in den Augen der Crailsheimer bemerkt. Auf der offiziellen Volksfest-Homepage gab es nicht umsonst einen Countdown, der die Tage bis zum nächsten Volksfest herunterzählte. Das Fest schien gleichsam die Seele der Stadt zu sein, ein Ereignis, das alle Bürger miteinander verband. Das Ereignis, zu dem jeder kam, egal, wo er sich gerade befand, egal, wie es ihm ging. Alle kamen zum Volksfest, die Crailsheimer selbst und auch die ehemaligen Crailsheimer, die in ihrem Herzen doch nie aufhörten, echte Hohenloher zu sein. Und Hohenloher liebten eben ihr Volksfest. Umso wehmütiger stimmte sie dessen Ende. Schon am Dienstag würde der Zähler auf der Homepage auf »364« rücken. »Und jetzt ist also das letzte Mal Party«, stellte Lisa fest, als sie Hand in Hand unter den prüfenden Blicken des Eilooders durch das mit Tannenreisig behängte Tor schritten. »Na ja. Bis nächstes Jahr halt«, gab Heiko zu bedenken. »Aber heut dürfen wir nicht so viel trinken, morgen ist schließlich wieder Dienst«, mahnte Lisa. Heiko winkte ab. »Heut gehen wir das Ganze gemütlicher an. Wie wäre es mit ein, zwei Weißherbstschorle im Weinzelt?«

Drei Stunden später betrat Lisa alleine ihre Wohnung. Garfield taxierte sie mit vorwurfsvollen Blicken, die sie augenblicklich dazu veranlassten, eine Dose Thunfisch zu öffnen und den Inhalt in den Futternapf zu schütten. Sofort war der Kater versöhnt und fiel gierig schleckend über das Futter her. Lisa legte das Lebkuchenherz, das Heiko ihr in etwas weinseligem Zustand gekauft hatte, auf den Küchentisch. Sie lächelte, denn auf dem Herz stand in Schnörkelzuckerschrift das, was Heiko sich sonst so selten zu sagen traute: »Ich liebe Dich.«

DIENSTAG, 24. SEPTEMBER

»So, seid ihr auch schon da«, begrüßte Uwe die beiden Kommissare, als sie sein Reich betraten. Er wippte lässig auf seinem Drehstuhl hin und her und zückte nach einer angemessenen Wartezeit die Akte. »Ich hab interessante Neuigkeiten, sehr interessante, wirklich«, sagte er und gab jedem einen gefüllten Kaffeebecher in die Hand. Er legte die Akte wieder weg, es sichtbar genießend, Spannung aufzubauen und so lange konzentriert flüssigen Süßstoff in seinen Kaffee zu mixen, bis Heiko auffordernd »Und?« machte.

»Erster Knaller: Die Frau Waldmüller war schwanger.« Er schien auf eine euphorische Reaktion seitens der Kollegen zu warten, die aber ausblieb.

»Ja, wäre doch die Krönung des jungen Glücks gewesen, oder?«, fand Lisa.

»Dieses Kind nicht. Denn es war nicht von Florian Ehrmann.«

»Aber woher weißt du …« Uwe winkte ab. »Datenbank. Ein paar ziemlich alte Drogengeschichten.«

»Und weißt du, von wem die DNA ist?«

»Keine Ahnung.« Uwe schlürfte seinen sicherlich untrinkbar süßen Kaffee. »Unbeschriebenes Blatt, der Mann. Und das zweite ist: Das Kind hatte Trisomie 21.«

»Was ist das …«, begann Heiko.

»Down-Syndrom«, erklärte Lisa.

Uwe nickte bestätigend. »Ja, ein Down-Syndrom-Kind. Ein Junge wäre es geworden. Aber über die drei Monate war sie bereits hinaus, sie wollte das Baby also wohl behalten.«

Lisa konnte nicht umhin, der toten Jessica für ihren Entschluss Respekt zu zollen. Das war eine mutige Entscheidung. Wobei sie persönlich davon überzeugt war, dass jedes Kind, behindert oder nicht, lebenswert war. Aber sie konnte die Notlage der Frauen, die vor einer solchen Entscheidung standen, nachvollziehen. Sie hatte mal eine Reportage darüber gesehen. Ein behindertes Kind veränderte das ganze Leben. Während andere Eltern mit den Leistungen ihrer Sprösslinge angaben, musste man sich beispielsweise bei Kindern mit Down-Syndrom mit kleinen Fortschritten zufrieden geben. Ein solches Kind brauchte Betreuung rund um die Uhr, lebenslang. Andererseits war in der Reportage darüber berichtet worden, dass solche Menschen meist sehr positive Charaktereigenschaften hatten. Sie waren liebevoll, freundlich, immer fröhlich. Charakterstark, durchaus. Trotzdem, dachte sie. Respekt.

»Und was sagen die Ulmer zum Todeszeitpunkt?«, wollte Heiko wissen.

»Dasselbe wie ich. Zwischen zehn und zwölf. Aber verlassen kann man sich darauf nicht.« Heiko nickte.

»Und dann noch zur Tatwaffe«, fuhr Uwe fort. »Es war wohl ein handelsübliches Küchenmesser.«

»Oh, na prima. Dann suchen wir also jemanden mit einer Küche«, bemerkte der Kommissar sarkastisch grinsend.

Die Majoretten trainierten in der Realschule am Karlsberg. Mittlerweile gab es in Crailsheim sogar zwei Realschulen, aber die am Karlsberg war die ältere von beiden. Sozusagen die Traditionsrealschule. Heiko parkte an der Kistenwiesenturnhalle, von echten Crailsheimern kurz »Kiwi« genannt. Sie betraten das Schulgelände, und Heiko hatte das seltsame Gefühl, dass alles geschrumpft war: Die Großsporthalle war viel näher am Schulgebäude, der Schulhof war viel kleiner, als er es in Erinnerung hatte. Sie hatten vom Albert-Schweitzer-Gymnasium immer diesen Weg zur Großsporthalle genommen. Nur, dass das 20 Jahre her war und er damals wohl schlichtweg kleiner war. So war das eben, wenn man älter wurde. Heiko hielt Lisa die Tür auf, und nach kurzem Suchen entdeckten sie den Weg in den hell erleuchteten Keller der Schule, aus dem rhythmisches und geradezu mitreißendes Trommeln drang. Unten angekommen wandten sich die beiden nach rechts, wo die Schule ihren Gymnastikraum hatte.

Sie platzten mitten ins Training hinein. Die dicke Tanja stand zusammen mit einer bisher unbekannten Majorette hinter etwa zwanzig Mädels, die in Trainingskleidung vor einer Spiegelwand standen. Die Mädchen waren circa zwischen 12 und 25. Tanja schlug wieder die Landsknechttrommel, die andere Majorette spielte hingegen die Snear-Drum, die Heiko noch aus Schulbandzeiten kannte. Die Trommeln waren mit Stofffahnen mit dem Crailsheimer Wappen geschmückt. Beide Trainerinnen hatten sich ihre Instrumente umgeschnallt, und Tanja wirkte irgendwie eingeschnürt. Dennoch war es unglaublich, welch einen entfesselten Rhythmus die beiden Frauen mit nur zwei Instrumenten fabrizierten. An der rechten Spitze der Stabmajoretten stand Monika Silberschmidt, die sich nun mit herrischer Pose zu den Mädels umdrehte. Sie hielt drei Finger hoch. Und die Majorette, die links vorne stand, streckte ihren Stab dreimal hoch in die Luft, wohl zum Zeichen, dass gleich die Choreografie beginnen würde. Mit großem Können wirbelten die Majoretten dann die Stäbe herum, die Mädchen hoben die Beine, um den Stab geschickt darunter hindurch zu bugsieren, sie wechselten den Stab von einer Hand in die andere, sie gingen in die Knie und schwangen den Stab hinter dem Rücken vorbei, sie machten einen Ausfallschritt nach vorn, und der Stab wirbelte weiter. Und all das geschah völlig simultan, perfekt, und es sah so fantastisch aus, dass sich in Lisa das Gefühl einstellte, das sie als Kind oft gefühlt hatte: Das könnte ich auch gern. Es handelte sich um das gleiche Phänomen, dass alle kleinen Mädchen nach einem Ballettbesuch Ballettunterricht nehmen wollten. Das hätte Lisa auch gefallen als Kind, und sanfte Wehmut stellte sich ein. So etwas wie die Majoretten gab es in Wesel nicht. Unwillkürlich wippte sie mit dem Fuß und schnippte mit den Fingern, während Heiko seelenruhig und unberührt wartete, bis die Damen ihre Trainingseinheit beendet hatten. Monika wedelte mit der Hand, und die Majoretten senkten die silberfarbenen Stäbe, die weiße Gummipfropfen an den Enden trugen. Die Trommeln hörten schlagartig auf, und alle blickten erwartungsvoll zu ihrem Ersten Leutnant. »Ihr müsst die Finger strecken«, korrigierte Monika und machte die entsprechende Bewegungsfolge vor. »Und die Beine durchdrücken, so. Und ein bisschen tiefer runter bitte, meine Damen, wir sind hier ja schließlich nicht im Altersheim.« Verhaltenes Kichern flammte auf, als Monika mit einem Augenzwinkern illustrierte, wie man es nicht machen sollte. Dann klatschte Monika, die ja nun automatisch in den Rang des Ersten Leutnants aufgerückt war, in die Hände und die ganze Choreografie begann von vorne. Lisa und Heiko schlichen sich hinter der Gruppe vorbei und setzten sich auf den Holzbänken, die an der Wand standen, nieder. Geduldig warteten sie, bis die Trainingseinheit vorüber war, Lisa beständig mit dem Fuß wippend und Heiko relativ gleichgültig, aber trotzdem einigermaßen interessiert. »Okay, Leute, zehn Minuten Pause«, bestimmte Monika endlich und kam auf die Kommissare zu. Zwei Mädchen setzten sich neben Lisa auf die Bank, und so schnappte sie auf, was sie sagten. »Also, die Moni macht das viel besser als die Jessi, die war immer voll gemein«, beschwerte sich eine etwas füllige 15-Jährige bei ihrer Kameradin. »So redet man nicht über Tote«, tadelte die Angesprochene. »Stimmt aber«, beharrte die andere. Inzwischen waren Monika und Tanja bei den Kommissaren angelangt. »Soso, die Polizei«, stellte Monika fest, und Tanja lächelte verlegen. Heiko machte einladende Bewegungen, und Monika und Tanja setzten sich neben sie auf die Bank, welche vernehmlich knarzte, als Tanja sich ächzend niederließ.

»Wir haben die Hierarchie noch immer nicht ganz begriffen«, begann Heiko und sagte dann, zu Tanja gewandt: »Also, Sie sind die Chefin?«

»Ja. Der Erste Leutnant vom Musikzug, und ich bin auch die offizielle Leiterin.«

»Und die Jessica war der Erste Leutnant, und die Monika der Zweite, und jetzt, wo die Jessica tot ist …?«

Tanja schluckte. »Na ja, wissen Sie, das ist jetzt alles provisorisch, aber nun ist erst mal die Monika Erster Leutnant, die macht das ja ganz gut. Und Silvia ist der Zweite Leutnant, so provisorisch.«

Lisa entging nicht, dass die Dicke Monikas Fähigkeiten lediglich als »ganz gut« bezeichnet hatte und war sich nicht sicher, ob das abwertend gemeint war oder nicht.

»Und wer bestimmt dann, wer Erster Leutnant wird und wer Zweiter?«, fragte Heiko weiter. Nun war es Monika, die mit einem charmanten Lächeln antwortete.

»Ganz einfach. Die Jessi war besser als ich. Länger dabei. Versierter. Auch, wenn sie pädagogisch manchmal etwas fragwürdig war.«

»Wie meinen Sie das?«

Monika räusperte sich. »Sie hat den Mädels schon mal geraten, abzunehmen oder ihnen eine Pickelcreme empfohlen. Sie können sich ja vorstellen, wie so was bei pubertierenden 15-Jährigen ankommt.«

»Aber Monika«, tadelte Tanja und lächelte die Kommissare versöhnlich an.

»Nein, nein, lassen Sie nur, Sie brauchen sich nicht zu genieren. Genau solche Sachen interessieren uns«, erklärte Lisa.

»Also, Sie denken doch aber nicht, dass eine von den Mädels die Jessi auf dem Gewissen hat?«, hoffte Tanja.

Die Kommissarin ließ ihren Blick über die anwesenden Mädchen schweifen. »Nein, das denken wir nicht, keine Sorge«, befand sie dann. »Es sei denn, die Jessica hätte sich auf ein Opfer ganz besonders eingeschossen?«

Tanja schüttelte vehement den Kopf, und Monika antwortete: »Das nicht. Haben eigentlich viele mal was abgekriegt, die Jessi hat immer was gefunden. Es gab natürlich durchaus auch welche, die ihren Ansprüchen genügt haben.«

Lisa entging der anklagende Unterton, den diese Aussage in sich trug, nicht.

»Sicherlich nicht leicht, mit so jemandem zusammenzuarbeiten«, lockte Heiko und wartete gespannt auf die Antwort.

Monika winkte ab. »Ach, die Jessi war trotz allem schon in Ordnung. Der ging es um Perfektion. Die wollte es eben besonders gut machen.«

»Haben Sie ihren Ansprüchen genügt?«, hakte Heiko nach. Monika nickte lächelnd, während Tanja den Blick starr auf den Boden gerichtet hielt.

Auch eine Antwort.

»Und wie haben Sie denn den Freitagabend nach dem Leuchtstabauftritt verbracht?«, fragte Lisa. Immerhin hatten die zwei ein Motiv, wenn auch ein recht verqueres. Es war offensichtlich, dass Tanja von Jessi wegen ihrer unschönen Optik gemobbt worden war, und wer konnte wissen, ob Monika nicht doch aus Imagegründen hinter diesem Leutnantsposten her war. »Wir waren noch im Bacchuskeller, bis um … halb eins, glaub ich? Gell, Tanja?«

Die Brünette nickte heftig. »Ja, bis halb eins. Und die Silvia war auch dabei«, schob sie nach.

Sie hatten noch Simon mit der Überprüfung der Alibis beauftragt und nun folgten sie der Straße nach Cröffelbach. In zwei großen Serpentinen wand sich die Steige wie eine riesenhafte Schlange ins Tal hinab. In Cröffelbach wohnte Heikos Oma, und sein Onkel Sieger nutzte das Elternhaus bei seinen Holzmachausflügen in den umgebenden Wald als Tagesstützpunkt. Auf halbem Weg zwischen Crailsheim und Schwäbisch Hall duckte sich der Weiler ins Tal. Der BMW nahm die letzte Kurve, und sie folgten der Hauptstraße, bis Heiko endlich nach links in den Hof einbog.

Das alte Bauernhaus entstammte noch dem vorletzten Jahrhundert. Ein Fachwerkhaus, das ziemlich marode wirkte, aber dessen pechschwarze Balken der Zeit immer noch trotzten. Sofort erschien Mohrle, die Mäusejägerkatze. Lisa kraulte das schwarze Fell, das eher struppig war und nicht so glänzend wie das von Garfield. Wie immer war die Türe nur angelehnt, und sie betraten die enge Wohnstube, wo Sieger am Tisch saß und die Oma wie immer auf dem Sofa lag, um »Gute

Zeiten, schlechte Zeiten« zu sehen. »Hallo«, grüßte der Onkel sofort, wobei er vom Tisch aufstand und beinah an der niedrigen Decke anstieß. Natürlich war die Decke hoch genug, damit Sieger aufrecht im Raum stehen konnte. Trotzdem hatte Lisa immer den Eindruck, er müsste sich ein wenig ducken. Sie setzte sich neben die Oma aufs Sofa und wechselte einige Worte mit ihr, während Sieger und Heiko sich auf Hohenlohisch über die heutige Holzausbeute unterhielten. Sieger hatte einen ganz speziellen Hohenloher Slang drauf, der für Lisa noch schwerer zu verstehen war als das Crailsheimer Hohenlohisch. »Gemmer?«, fragte Heiko nach fünf Minuten Smalltalk. Sie verabschiedeten sich von der Oma, die sich während des Gesprächs wiederholt nach etwaigen Urenkelplänen erkundigt hatte, und fuhren los. »Soll mer der Lisa amol die Wollschweine zeicha?«, schlug Sieger vor, als sie sich auf die beiden Autos verteilten. Onkel Sieger fuhr stets seinen silberfarbenen Transporter, in den auch eine Fuhre Holz gut hineinpasste. »Kömmer«, stimmte Heiko zu.

Minuten später bogen sie zum Schweinegehege nach Haßfelden ab.

»Was bitte sind Wollschweine?«, fragte Lisa. »Ich dachte, es gäbe nur das Schwäbisch-Hällische Landschwein?«

»Das heißt Hällisch-Fränkisches Landschwein«, korrigierte Heiko. »Die andere Bezeichnung haben die Haller erfunden.«

Lisa grinste. »Also. Aber was, bitte, ist ein Wollschwein?«

»Das wirst du gleich sehen.«

Heiko parkte den M3 an einer Landstraße, die von

Obstbäumen gesäumt war. Gegenüber befand sich eine Art Schafsweide. Heiko wies auf den Pferch. »Das sind Wollschweine.« Sieger hatte den Transporter hinter dem BMW geparkt und war zu ihnen gestoßen. Er leckte am Papier eines selbstgedrehten Glimmstängels, rollte ihn vollends zusammen und zündete ihn sich an. Zuerst sah Lisa gar kein Schwein. Denn in ihrer Vorstellung waren Schweine rosa. Schweinchenrosa, hieß es ja schließlich. Aber dann entdeckte sie die Schweine, die sich farblich kaum vom Boden der Weide abhoben. Es gab nur wenig Grün, das meiste war von den Schweinen zerwühlt worden. Lisa ging zum Gatter und stieß schließlich einen entzückten Schrei aus, als sie einige braune Ferkel entdeckte, die sich glücklich im Staub wälzten.

»Sind die aber süß«, befand sie, und Heiko und Sieger wechselten einen belustigten Blick. »Vor allem sind die gut«, präzisierte Sieger. »Hervorragendes Fleisch.«

Lisa bedachte den Onkel mit einem bitterbösen Blick und schnalzte missbilligend mit der Zunge. »Also die kann man doch nicht essen.«

Die Wollschweine hatten wohl ihren Namen von ihrem wolligen Aussehen. Ihre Borsten waren braun, nussbraun, wie Lisa festlegte, und einige Tiere trugen ganz entzückende Löckchen. Ein junger Eber näherte sich Lisas ausgestreckter Hand und ließ es zu, dass sie ihn an der Schnauze berührte. Es kratzte, und etwas Staub löste sich von der Schweineschnauze, die von braunen Knopfaugen flankiert wurde. Zu Lisas großem Bedauern schaffte sie es auch mit viel gutem Zureden nicht, eines der Ferkel zum Zaun zu locken, die Muttersau war viel zu aufmerksam und beäugte die Besucher misstrauisch. Sieger warf die Kippe zu Boden und trat sie aus.

»So, jetzt gehmer zum Mühler. Schweinebraten essen«, bestimmte er.

Lisa hatte sich strikt geweigert, nach dem Besuch bei den niedlichen Wollschweinen Schweinebraten zu essen, obwohl die Männer ihr versichert hatten, dass der ganz ausgezeichnet sei. Sie saßen im »Mohrenköpfle«, einem Restaurant, das nach dem Kosenamen für das Hällisch-Fränkische Landschwein benannt war, und hatten gut gegessen, Lisa aus Trotz ein Pilzomelette, die beiden Männer Medaillons vom Hällisch-Fränkischen Landschwein. Im Gegensatz zu Heiko und Sieger hatte sie den »komischen Zweig«, das frische Rosmarinästchen, nicht achtlos beiseite gelegt, sondern mitgegessen. »Ist das eigentlich ein Supermarkt?«, fragte Lisa nun, als sie einen Kaffee vor sich stehen hatten. Sie wies auf den linksseitigen Teil der großen Halle, in der sich auch das Restaurant befand. »Das ist der Regionalmarkt. Der wird von der Bäuerlichen Erzeugergemeinschaft betrieben«, erläuterte Heiko. »Hier gibt es fast ausschließlich Hohenloher Produkte.«

»Echt? Können wir da kurz rein?« Anders als in die meisten anderen Läden ging Heiko gern in den Regionalmarkt. Mit Sieger im Schlepptau begutachteten sie eine halbe Stunde später diverse Hohenloher Spezialitäten. Sieger deckte sich bei der Gelegenheit mit Bichsawuurschd, dem hohenlohischen Fastfood, und frischer Blutwurst ein, und Heiko kaufte Heuholzer Eiswein, sogenannten Beerus. Lisa hingegen entdeckte etwas, was erneut ihr Entzücken weckte und was sie sofort kaufte:

Ein Hällisch-Fränkisches Landschwein aus Plüsch, das garantiert niemand essen würde.

Silvia stand vor dem Spiegel. In voller Montur, das heißt in Uniform. Sie hatte einen Ganzkörperspiegel im Schlafzimmer, freistehend, sodass sie sich gut sehen konnte. Groß war dieser Spiegel und breit. Die Uniform stand ihr ganz ausgezeichnet, sie achtete auf ihre Figur, sie trug noch dieselbe Größe wie vor zehn Jahren. Sie rückte die hohe Kappe zurecht, die das Wappen der Stadt trug. Ausnehmend gut kontrastierten dazu ihre grünen Augen. Ihre Stupsnase war zierlich, und die Lippen weder zu schmal noch zu voll. Sie war schön, das wusste sie, sie gefiel sich. Es hatte Spaß gemacht, Uwe verrückt zu machen, am Samstag nach dem Auftritt und am Montag im Zelt. Er war ihr hoffnungslos verfallen, wieder mal. Die arme Jessica war für ihn nur ein prima Vorwand gewesen, dass er sich mit ihr unterhalten konnte, das hatte sie wohl bemerkt. Sie stemmte die rechte Hand in die Hüfte und ließ den Stab mit der linken rotieren. Hoffnungslos verfallen war er ihr. Denn sie war schön. Und sie war auch gut, das wusste sie, und sie verdiente den Posten des Zweiten Leutnants, mindestens. Die Moni würde irgendwann aufhören, und dann wäre sie endlich der Erste Leutnant. Jessica hatte den Job nicht schlecht gemacht. Silvia wechselte die Stabhand und wirbelte mit rechts weiter. Nicht schlecht. Wie die Jessi überhaupt in allen Dingen nicht schlecht gewesen war, verdammt harte Konkurrenz, um genau zu sein. Aber das hatte sich ja nun erledigt. Silvia Landmann lächelte ihrem Spiegelbild zu. Der Weg war frei.

MITTWOCH, 25. SEPTEMBER

»Florian Ehrmann?«, fragte Heiko und hielt dem Mann im Blaumann mit Reiss-Logo auf der Brust seinen Ausweis unter die Nase. »Da hinten«, meinte der ältere Mann, der auf einmal sehr verschüchtert wirkte. Die Luft war stauberfüllt, und Heiko musste husten. Vielleicht sollte er doch ein bisschen weniger rauchen. So langsam konnte er den morgendlichen Hustenreiz nicht mehr als Dauererkältung deklarieren, das war unglaubwürdig. Lisa hob fragend die Augenbrauen und wisperte »Geht's?« Heiko nickte, und zusammen steuerten sie auf die Ecke zu, in der Florian Ehrmann an einem Säulenkapitell arbeitete. Als er die beiden kommen sah, nahm er die Atemschutzmaske ab und legte Hammer und Meißel weg. »Ich musste wieder arbeiten«, meinte er fast entschuldigend. »Ich kann einfach nicht zu Hause sein. Da, wo sie auch immer war, das ist so … ich weiß nicht.«

Lisa lächelte dem jungen Mann aufmunternd zu. »Können Sie eine Pause machen? Wir müssten da was besprechen.«

»Gibt es Neuigkeiten?«

Die beiden nickten. Florian geleitete die Kommissare in den Aufenthaltsraum und bot ihnen einen Kaffee an. Als der Besuch abwinkte, schenkte er sich achselzuckend selbst einen ein und rührte nervös in dem Becher herum. Sie setzten sich um den billigen Holztisch, um den weiße Plastikstühle standen, die wenig einladend aussahen. Die Küchenzeile und die Gardinen schienen historischen Wert zu haben.

»Also, wir haben eine Nachricht für Sie, die, nun, nicht ganz so erfreulich ist.« Heiko räusperte sich und wusste nicht so recht, wie er anfangen sollte.

Der Steinmetz schnaubte. »Wieso, ist die Jessi nochmal gestorben?«

Heiko räusperte sich erneut. »Wussten Sie, dass Ihre Freundin schwanger war?« Der Kommissar beobachtete den jungen Steinmetz genau. Solche Momente waren sehr wertvoll. Denn in diesen Augenblicken kamen die wahren Gefühle der Menschen ungefiltert zum Vorschein. Auf Florian Ehrmanns Zügen zeichnete sich ganz eindeutig Bestürzung ab. Tiefe Bestürzung, noch tiefere als zuvor. Er stellte die Tasse auf den Tisch. Etwas Kaffee schwappte heraus und bildete einen kleinen See auf der Platte.

»Nein. Woher wisst ihr das jetzt?«

»Autopsie«, informierte Heiko und zündete sich eine Zigarette an, da er auf der Fensterbank einen Aschenbecher entdeckt hatte.

»Und im wievielten Monat?«

»Im vierten.«

»Hm. Ein Junge?«

Heiko bestätigte. Ehrmann stützte den Kopf in beide Hände und sah aus, als würde er gleich abrutschen und auf die Tischplatte knallen.

»Es gibt allerdings eine Besonderheit. Eigentlich zwei«, fuhr Lisa fort.

Weil Ehrmann statt einer Reaktion nur aus seiner Tasse trank, redete sie einfach weiter. »Erstens hatte der Junge Down-Syndrom.«

»Was heißt das?«

»Ein behindertes Kind«, erklärte Heiko zwischen zwei Zügen seiner rotglühenden Zigarette.

»Hm. Und zweitens?«

»Zweitens … nun … es fällt mir nicht leicht, wissen Sie, Sie dürfen das nicht zu schwer nehmen. Aber wir möchten es Ihnen trotzdem sagen …«, um deine Reaktion zu testen, setzte Heiko in Gedanken hinzu. »Also, das Kind war nicht von Ihnen.«

Ehrmann schüttelte den Kopf, ganz leicht. Dann rührte er wieder in seiner Kaffeetasse. »Da müsst ihr euch irren«, sagte er dann ganz leise, so leise, dass er Lisa leid tat, sehr leid. »Ihr müsst euch irren«, sagte der junge Mann noch einmal, noch leiser, sofern das überhaupt möglich war.

»Leider nicht«, bedauerte Heiko.

»Die DNA-Analyse war eindeutig.«

Ehrmann rührte. »Und da ist nichts … ich meine … vertauscht worden oder so?«

»Unmöglich«, erklärte Lisa.

»Hm.« Das Klappern des Löffels in der Tasse wurde noch lauter.

»Können Sie sich vielleicht vorstellen, wer … ich meine, haben Sie eine Idee, wer der Vater des Kindes … Sie verstehen.«

Ehrmann stand auf und sah zum Fenster hinaus. »Ich hätte nicht gedacht, dass sie fremdgegangen ist, meine Jessi, das muss ein Irrtum sein.« Er setzte sich wieder an den Tisch und nahm nun endlich einen Schluck Kaffee. Florian Ehrmann behielt das Gebräu lange, lange im Mund, bevor er schluckte. Sein Adamsapfel hüpfte merklich. »Sie hatte einige Verehrer«, meinte er endlich, »von früher. Aber ich kann mir nicht denken, dass einer von denen … die haben sie mehr so aus der Ferne angehimmelt, versteht ihr.«

»Vollkommen. Wenn Sie uns trotzdem die Namen geben …«

Ehrmann seufzte vernehmlich. »Das sind alte Geschichten. Aus der Schulzeit noch. Da wird nichts dabei rauskommen, da bin ich mir ganz sicher. Von denen war keiner mit ihr im Bett. Zumindest nicht in letzter Zeit.«

»Wir überprüfen das trotzdem. Oder haben Sie noch eine andere Idee?«

Der junge Mann zuckte die Achseln und trank wieder Kaffee. »Männer gibt es viele.«

»Ja, aber mit wem hatte sie Kontakt?«

»Ich hab eigentlich gedacht, mit niemandem außer mir«, gab Florian Ehrmann leise zu.

»Das hat ihn ja schon ganz schön mitgenommen«, befand Heiko, als er und Lisa im Cafe Kett ihre Mittagspause verbrachten. Es war sonnig, und so konnten sie draußen sitzen. Der Brunnen mit den zerfetzten Bronzeschweinen plätscherte dekorativ vor sich hin. Nicht unbeträchtliche letzte Wespenschwärme umsummten an diesem goldenen Herbsttag die Tische. Ein sonores Brummen lag deshalb in der Luft. Heiko blies eine Wespe vom Löffel, um seine Gulaschsuppe essen zu können. Im Kett gab es nämlich immer einen hervorragenden Mittagstisch, den Herr Kett höchstpersönlich zubereitete. »Nicht pusten, das macht sie noch aggressiver«, riet Lisa. Heiko steckte sich den nun wespenfreien Löffel in den Mund. Gut war die Suppe, sehr gut. Er könnte grad noch einen Teller essen. Heiko nahm ein Stück Weck und tunkte es in die Soße. Er wusste, dass das nicht salonfähig war. Aber es schmeckte ganz hervorragend. Lisa schnalzte tadelnd mit der Zunge, als er zudem noch seinen Daumen ableckte. Er grinste verlegen und sah dabei ein bisschen wie ein Schuljunge aus. »Ein schöner Tag, wirklich. Euer Schweinemarktplatz hat schon was. Da hat Mutter ganz recht«, meinte Lisa versöhnlich und spielte damit darauf an, dass ihre Mutter nicht von dem Gedanken abzubringen war, hier würden samstags immer noch Schweine verkauft. Und Crailsheim sei ein Kuhkaff voller unkultivierter, trampeliger schwäbischer Bauern. Vor allem mit ihrer Aussage, die Crailsheimer seien Schwaben, hatte sich die alte Frau Luft bei Heiko extrem unbeliebt gemacht. Ein Spatz setzte sich auf den Nachbarstuhl und äugte neugierig herüber. Heiko streute einige Weckleskrümel auf das Pflaster und sah zu, wie der ziemlich beleibte Vogel die Spende aufpickte. Lisa knabberte an ihrem Baguette. Es sah so ähnlich aus wie beim Spatz. Tomate-Mozzarella. Ohne Fleisch. Nix Gescheites halt.

»Wenn ich sterben würde, fändest du das doch auch schlimm, oder etwa nicht?«, fragte Lisa fast ein bisschen beleidigt und kam damit auf ihr eigentliches Thema zurück.

»Klar«, murmelte Heiko und riss mit den Zähnen etwas weißen Teig aus seinem Weckle. Tunken durfte er ja nicht. Die Wespen hatten sich nun der älteren Dame am Nebentisch und ihrem Zwetschgenkuchen zugewandt. Sie wedelte ungehalten mit der Hand, wobei ihre welligen, hellen Haarsträhnen energisch wackelten. Heiko kannte die Frau, er wusste, dass sie jeden Tag hier war, seit dem Krieg oder so. Sie verteilte großzügig Bonbons an die Gäste des Cafés. Auch Heiko und Lisa hatten schon öfters Süßigkeiten von ihr zugesteckt bekommen. Er lächelte der Frau freundlich grüßend zu.

»Das hab ich doch gar nicht gemeint«, nahm Heiko das Gespräch wieder auf.

Lisa trank einen Schluck ihres heißgeliebten Latte Macchiato, der so überhaupt nicht zum Tomate-Mozzarella-Baguette passte. Igitt. Da lobte sich Heiko doch die Gulaschsuppe. Mit ordentlich Fleischbollen drin.

»Ich meine, das mit dem Kind. Das ist schon ein Schock, wenn du auf einmal feststellst, dass dir deine Frau fremdgegangen ist.«

»Ein prima Motiv, nebenbei bemerkt«, gab Lisa zu bedenken.

Heiko schüttelte den Kopf. »Wenn der Ehrmann kein wahnsinnig talentierter Schauspieler ist, und das glaube ich nicht, dann hat er da wirklich noch nichts davon gewusst.«

Lisa rührte nachdenklich in ihrem Glas und wirbelte den Milchschaum durcheinander. »Warum bleibt er eigentlich nicht zu Hause? Er könnte doch Urlaub nehmen. Also ich würde mich einschließen und heulen, wenn dich einer umbringen würde.«

»Kann ich verstehen«, meinte Heiko kauend und fuhr dann fort: »Der will sich ablenken, ist doch klar.«

»Vielleicht. Und die Freundinnen von der Jessica?«

»Ob die alle so gut befreundet waren mit der, wie sie tun?«

»Also, wie ich das sehe, konnte die Monika die Jessica

nicht leiden. Und ob die Silvia der so ganz grün war … nun, wer konnte die Jessica denn überhaupt leiden? Die Tanja jedenfalls nicht. Das ist halt das Los der hübschen Frauen.«

Heiko lachte leise.

»Neinnein, wirklich. Das ist ein Problem. Wenn du extrem hübsch bist als Frau, dann hassen dich die Hässlichen, weil du hübscher bist als sie, und die Hübschen hassen dich, weil du Konkurrenz bist. Eigentlich kann dich keine so richtig leiden.«

»Weißt du das aus Erfahrung?«, frotzelte Heiko und grinste.

Lisa zog die Augenbrauen hoch und sog scharf die Luft ein. »Natürlich. Schließlich bin ich immer unter den Hässlichen, die die Hübschen beneiden.«

Heiko verdrehte die Augen. Lisa war aber auch empfindlich.

»Aber bei den Männern war sie bestimmt beliebt, ganz offensichtlich nicht nur bei ihrem Freund.«

»Sicher ist das Kind vom Conny«, witzelte Heiko.

»Der ist nicht schwul, falls du das meinst. Der ist nur metrosexuell.«

»Ach so, ich vergaß.«

»Ja.« Lisa schlürfte Latte Macchiato. Ihre Lippen waren wunderschön. Zum Küssen, dachte Heiko und lächelte sie liebevoll an. Seine Freundin lächelte wiederum versöhnt zurück.

»Und was machen wir jetzt?«

»Der Simon soll überprüfen, ob die Jessica bei einem der Crailsheimer Frauenärzte in Behandlung war. Und wenn er den Arzt hat, dann soll er auch gleich einen richterlichen Beschluss wegen der Aufhebung der Schweigepflicht besorgen. Und er soll die Herren Verehrer aus Jessicas Schulzeit zum DNA-Test laden«, schlug Heiko vor.

»Und was machen wir?«

»Wir machen heut mal früher Feierabend«, beschloss er, »und gehen nach Hall in die Sauna.«

Lisa sah umwerfend aus, wie sie so nur in ihr orangefarbenes Handtuch gewickelt war. Aber noch umwerfender sah sie ohne Handtuch aus. Zufrieden und wohlwollend betrachtete Heiko seine Freundin, wie sie in der Erdsauna des Schenkenseebades ihr Handtuch auf der Bank ausbreitete und sich dann neben ihn setzte. Heiko legte ihr eine Hand aufs Knie und nickte ihr lächelnd zu. Er war froh, dass Lisa seine Freundin war. Sie war eine tolle Frau, und wenn er es genau überlegte, vielleicht sogar seine Traumfrau. Ziemlich sicher sogar. Er war glücklich mit ihr, das konnte man so sehen. Und deshalb genoss er auch diesen Moment. Er schloss die Augen, er spürte die trockene Hitze, fühlte, wie der reinigende Schweiß aus allen Poren drang. Er lehnte sich zurück, in Erwartung dessen, was gleich kommen würde: Der weltbeste Saunameister, Csaba, würde die Tür öffnen und einen seiner berühmten Euka-Menthol-Aufgüsse zelebrieren. Einer neben ihm hustete, und Heiko hörte, wie die Tür geöffnet wurde und sich wieder schloss. Er blinzelte und öffnete die Augen. Irritiert. Das da war nicht Csaba. Der Typ da hatte lange braune Haare, die er zu einem lockeren Pferdeschwanz gebunden hatte. Nicht Csaba. Aber wer? »Allo isch aißä Jean-Pierre«, sagte der Kerl, der schon wegen seiner Haare eher wie ein Mädchen aussah. Lisa neben ihm sog scharf die Luft ein. »Isch vertrete oitää Abend Schabba. Isch masche jetzt für Sie eine ganz schöne Aufguss mit ein bisschen Musik. Und isch habe für Sie Kardamom-Mangoooh.« Lisa seufzte, ebenso wie alle anderen anwesenden Frauen. Heiko konnte es kaum fassen. Wer war dieser Kerl? Und was bitte sollte das sein – Kardamom-Mangoooh? Was, um Himmels willen, war Kardamom? Mango war halt widerlich süß, das wusste er. Aber Kardamom? War das nicht dieses Gewürz? Ja, war der Typ denn des Wahnsinns? Wollte der tatsächlich Gewürze auf den Ofen streuen? »Aigäntlisch müsste glaisch …«, sagte Jean-Pierre und blickte sich suchend um. Schließlich ertönte Musik. Hier drin war noch nie Musik. Heiko wollte keine Musik in der Sauna. Er wollte seine Ruhe. Und wenn Musik, dann könnte man vielleicht den Holzmichel singen. Vielleicht. Wenn es unbedingt sein musste. Das, was da ertönte, war ein nichtssagendes Geklimper, und dann fing auch noch einer zu singen an, auf Französisch. »Hach, ich liebe Chansons«, entfuhr es Lisa. Jean-Pierre schenkte ihr ein Lächeln und gurrte dann: »Oh, die wundärschöne Madame liebt gutä Musik.« Verschämt lächelnd senkte Lisa den Blick und strich sich eine verschwitzte Haarsträhne aus dem Gesicht. Heiko legte demonstrativ den Arm um sie, was Jean-Pierre aber schon gar nicht mehr bemerkte, weil er bereits begonnen hatte, eine pappige Brühe auf die Steine zu kippen. Sofort stieg ein ekelhaft süßlicher Geruch auf und verbreitete sich rasend schnell im ganzen Raum. »Isch wünschä Ihnen gutä Ärholung«, schmalzte der Franzose und begann zu wedeln. Eigentlich war es kein Wedeln. Es war eher ein Schlenkern. Eine schlechte Imitation eines Toreros. Ja, genau, er wedelte, als sei irgendwo im Raum ein Stier. Aber einer, von dem er nicht wusste, wo er sich befand. Planlos sah das Ganze aus, richtiggehend verpeilt. Und das Schlimmste war: Er wackelte mit dem Arsch. Auf eine richtig obszöne Weise, wie ein schlechter Lambadatänzer. Hätte der Typ keine blaue Hose angehabt – die ihm nebenbei etwas zu eng war, aber nicht etwa, weil er so Eindrucksvolles vorzuweisen gehabt hätte, sondern vielmehr wegen einer zwar kleinen, aber dennoch unübersehbaren Wampe, die bestimmt vom Saufen kam – nicht auszudenken. Heiko schielte zu Lisa hinüber, die die Augen träumerisch auf Jean-Pierre gerichtet hielt, ebenso wie alle anderen Frauen im Raum. Der Franzose lächelte verzückt und begann nun auch noch, mitzusingen. Irgendeinen französischen Schmalz. Die Frauen seufzten wieder, einige gackerten verhalten. Heiko schüttelte langsam den Kopf. »Ah, ist äs Monsieur zu aiß?«, fragte der Möchtegern-Saunameister grinsend in seine Richtung. In Heiko brodelte es und er verbrachte den Rest des Aufgusses damit, gegen den Drang anzukämpfen, den Kerl zu packen und ihn auf den Ofen zu setzen.

Florian Ehrmann saß auf dem Sofa. Er stank und war ungekämmt, aber das war ihm egal. Die Technobeats wummerten in seinem Kopf – er hatte die Musik bis zum Anschlag aufgedreht. Vielleicht könnte sie seinen Schmerz übertönen. Oder aus seinem Gehirn herausprügeln. Er betrachtete die Wodkaflasche, die auf dem Tisch stand. Jessi hatte sie gekauft. Es war teurer Wodka, sie hatten damit auf ihren Jahrestag anstoßen wollen. Heute. Heute vor vier Jahren waren er und Jessi zusammengekommen. Seit vier Jahren war er der glücklichste Mensch der Welt gewesen, bis zu diesem verdammten Junggesellenabschied. Schon oft hatte Florian sich das Gehirn zermartert, wer seine Jessi auf dem Gewissen haben könnte. Und Szenarien gesponnen, was passiert wäre, wenn er nicht auf diese blöde Party gegangen wäre. Und sich gefragt, ob er vielleicht schuld sei, wenigstens ein bisschen. Aber letztlich war es egal, denn das Ergebnis war dasselbe. Er schraubte die Flasche auf und nahm einen tiefen Zug. Der Alkohol brannte in seiner Kehle, aber die erhoffte Reinigung blieb aus. Plötzlich ein Vibrieren an seinem Körper. Er tastete nach seinem Handy, das er wohl in die einzige Tasche des Jogginganzugs gesteckt haben musste. Das Display zeigte die Nummer der alten Waldmüllers an. Schon wollte Florian den Anruf wegdrücken, dann besann er sich und griff zur Fernbedienung, um die Stereoanlage stumm zu schalten. Die Stille kam trotzdem plötzlich, unerwartet und gänzlich ungnädig. Der junge Mann schluckte, bevor er den Anruf annahm. »Ja?«, krächzte er ins Telefon. »Guten Abend, Herr Ehrmann, hier Waldmüller«, meldete sich die Stimme. Lächerlich. Auch nach vier Jahren duzten sie ihn nicht. Sie hassten ihn eben. Diese elenden Spießer, und die Jessi war so wunderbar gewesen, so spontan, prickelnd wie Sekt. »Ja?«, machte Florian noch einmal. »Also, Herr Ehrmann, wir wollten Ihnen nur sagen, dass, also, wir kümmern uns um die Beerdigung. Sie müssen nichts tun.« Florian schwieg. »In Ordnung?«, insistierte der Alte. Florian sagte immer noch nichts. Stattdessen legte er einfach auf.

DONNERSTAG, 26. SEPTEMBER

»Sobieczki«, sagte Simon sofort, als sie zur Türe herein kamen.

»Gesundheit«, wünschte Lisa und

»Wie bitte?«, fragte Heiko.

»Sobieczki heißt der Frauänarzt von der Jessica Waldmüller. Und dieh hatte in letzter Zait mährere Tärmine bei ihm. Ihr könnt glaich nachher hin. Den Beschluss hab ii nämlich au.« Er wedelte mit einem Blatt Papier, das er Heiko reichte.

»Danke, Simon«, meinte Lisa und schenkte dem Schwaben ein bezauberndes Lächeln. Simon nickte knapp. Er schien immer noch ein bisschen beleidigt zu sein, weil Lisa sich für Heiko entschieden hatte. Aber so langsam renkte sich die ganze Sache wieder ein, was auch Heiko sehr recht war.

»Und ich habe heutä die Leut da für den DNA-Test, ich schick die dann gleich zum Uwe weiter.«

»Simon, du bist spitze«, meinte Lisa. Wieder nickte der Schwabe. Ernst und würdevoll. »Und eine Lebensversicherung gab es übrigens nicht, das wolltet ihr doch wissen. Und ihr sollt zum Chef«, fügte er hinzu.

»Was ist eigentlich mit den Alibis?«

»Ich kümmere mich drum.«

Georg Ullrich saß wie immer in seinem mächtigen Ledersessel vor seinem enormen Rechner, den er hauptsächlich zum Solitär-Spielen benutzte. Kam einer seiner Mitarbeiter herein, so minimierte er stets das Fenster mit dem Spiel und glaubte, es würde keiner bemerken. »Moorcha«, begrüßte der Chef die beiden Kommissare. Er faltete die Hände über seinem recht ansehnlichen Wanst, der heute von einem beigefarbenen Hemd plus rotkarierter Krawatte verhüllt war, und lehnte sich erwartungsvoll zurück.

»Und?«

Heiko räusperte sich. »Ja, also, wir checken grad das Umfeld von der Jessica Waldmüller.«

»Und?«

»Die Ulmer Pathologen haben herausgefunden, dass das Opfer schwanger war. Mit einem Trisomie-21-Kind, das nicht von ihrem Freund war«, fuhr Lisa fort.

Ullrich lehnte seinen massigen Oberkörper nach vorne und zog erwartungsvoll die Augenbrauen hoch.

»Und?«

So langsam vermutete Heiko, dass der Chef gerade wohl eine besonders spannende Solitär-Partie spielte. Anders war seine Wortkargheit nicht zu erklären.

»Wir haben den Vater nicht in der Datenbank.«

»Na, dann findet den Kerl«, befahl Ullrich und maximierte ohne weitere Kommentare und mit erwartungsvollem Blick das Solitär-Fenster.

»Na, dann findet den Kerl«, äffte Heiko und zündete sich eine Zigarette an. »Also, die Gespräche mit dem Chef werden immer konstruktiver.«

Lisa grinste und legte ihm eine Hand auf die Schulter. »Mach dir nichts draus, er ist halt so. Hier ist es«, sagte sie und wies auf ein helles Gebäude, das ganz offensichtlich zum Kreiskrankenhaus, das seit Neuestem aus irgendwelchen Gründen »Klinikum Crailsheim« hieß, gehörte.

»Frauenarzt ist doch ein Traumberuf. Den ganzen Tag lang Brüste abtasten«, grinste Heiko und zog erneut an dem Glimmstängel.

Lisa verdrehte die Augen. »Ja, ein besonderes Vergnügen ist das bei den Über-Achtzigjährigen«, frotzelte sie.

Heiko wollte nicht darüber nachdenken und versuchte, die Bilder, die sich in seine Gedanken schlichen, zu verdrängen. »So, wenn du dann fertig geraucht hast …«, meinte Lisa tadelnd.

Heiko betrachtete sinnend die Kippe in seiner Hand. Er rauchte tatsächlich zu viel, da hatte sie schon recht. Aber er musste selbst aufhören wollen. Und er wollte nicht. Nicht wirklich. Es schmeckte ihm. Es beruhigte. Es wirkte entspannend. Es half gegen Hunger. Und gegen Stress. Lisa verschränkte die Arme und zog auffordernd die Augenbrauen hoch. Heiko seufzte, zog noch ein letztes Mal und warf den Stummel dann zu Boden.

In der Frauenarztpraxis roch es nach Medikamenten. Heiko erschnupperte die seltsame Mischung aus Chemie, menschlichen Ausdünstungen und Sterilium, die für Arztpraxen so typisch war. An der Theke saß eine junge Frau mit Brille und einem dicken dunklen Zopf, der ihr bis zum Po reichte. Ihre Finger durchwühlten irgendwelche Papiere, und schließlich sah sie auf. Heiko registrierte sehr braune Augen mit enorm langen Wimpern, die durch die dicken Brillengläser noch vergrößert beziehungsweise verlängert wurden. »Wir haben einen Termin beim Herr Sobieczki«, meinte Heiko lächelnd und hielt der Brünetten seinen Ausweis hin. »Ach ja, nehmen Sie noch kurz im Wartezimmer Platz, der Herr Doktor hat gleich Zeit für Sie.«

Die nächsten zehn Minuten verbrachten die beiden im völlig überfüllten und relativ kleinen Wartezimmer. Frauen jeden Alters saßen schweigend an den Wänden. Die Seiten von Zeitschriften raschelten. Ab und zu beugte sich eine der Frauen zum kleinen Couchtisch hin, um eine neue Illustrierte zu nehmen. Freundin. Brigitte. Gala. Nichts für Männer. Heiko beobachtete seine Freundin verstohlen und folgte ihrem glasig-schwärmerischen Lächeln zu einem Anderthalbjährigen, der gerade über eines der Spielzeuge, die für Kinder bereitstanden, sabberte. Seine schwangere Mutter nahm ohne Umschweife ein Papiertaschentuch aus der Tasche und putzte die Spucke vom Holzspielzeug ab. Heiko verzog angewidert das Gesicht. Die Luft hier drin war stickig, und niemand redete. Eine etwa fünfzigjährige Frau strickte an einem unförmigen Gebilde in grellen Farben. Die Nadeln klapperten. Dann endlich knackte die Sprechanlage, und die Stimme der Brünetten sagte: »Luft und Wüst, Zimmer 2.« Etwas peinlich berührt stand Heiko auf. Die Wartenden schienen daran nichts Ungewöhnliches zu finden. Die Fünfzigjährige strickte weiter, die junge Mutter putzte ihrem Kind den Mund ab. Die Zeitschriften raschelten. »Komm, Schatz«, meinte Lisa grinsend.

Wenig später saßen sie in Zimmer 2. Dem Doktor gegenüber, unter einer modernen Acryllampe mit bunten Klunkern. Doktor Sobieczki war etwa 45. Er war schlank, geradezu asketisch, und hatte rote Haare, die strähnig an seinem Kopf klebten. Zudem trug er eine Hornbrille, an der er beständig herumnestelte. Statt des sonst obligatorischen Arztkittels hatte er einen beigefarbenen Rolli und eine braune Cordhose an. Doktor Sobieczki erinnerte Heiko schwer an einen Streber aus seiner alten Klasse, er kam aber auf die Schnelle nicht auf den Namen.

Der Doktor räusperte sich. »So, und Sie sind nun also von der Polizei«, sagte er in perfektem Hochdeutsch.

Heiko faltete die Hände. »Wie Sie ja wissen, sind wir wegen Frau Waldmüller hier«, begann er. Der Arzt hatte einen silberglänzenden Kugelschreiber aufgenommen und begann, ihn schnell zwischen den Händen zu drehen. Gerade so, als wäre er bei den Majoretten. »Ich nehme an, Sie haben einen richterlichen Beschluss?«

Heiko zog den zusammengefalteten Wisch aus seiner Hosentasche und legte ihn auf den Tisch. Stirnrunzelnd nahm der Arzt das Blatt, rückte seine Brille zurecht, entfaltete den Beschluss umständlich und überflog ihn. Dann lehnte er sich in seinen Lederstuhl zurück. Es knarzte. »Und? Was möchten Sie wissen?«

»Frau Waldmüller war bei Ihnen in Behandlung«, begann Lisa. »Worum ging's denn?«

»Frau Waldmüller war im vierten Monat schwanger. Ich habe für sie die Vorsorgeuntersuchungen gemacht. Dabei haben wir festgestellt, dass der Fötus ein Down-Syndrom hat.«

»Und dann?«

Der Kugelschreiber hörte auf, sich zu drehen. »Nun, ich habe die Patientin darüber informiert. Und ich habe ihr angeboten, ein Gespräch mit ihr und ihrem Partner zu führen. Aber das wollte sie auf keinen Fall. Von einer Abtreibung wollte sie aber auch nichts wissen. Sie sagte, das sei kompliziert, was immer das bedeutet hat.«

Lisa warf Heiko einen schnellen Blick zu, und der nickte.

»Die DNA-Untersuchung hat ergeben, dass das Baby nicht vom Partner des Mordopfers war, sondern von jemand anderem. Können Sie sich denken, um wen es sich handelt?«

Der Arzt schüttelte den Kopf. »Manche Frauen erzählen solche Sachen. Frau Waldmüller nicht. Ich glaube, sie wollte ihrem Freund das Kind unterschieben. Das kommt öfter vor, als Sie denken.«

Heiko nickte. Kinder waren generell ungut. Sie waren laut und anstrengend. Und man konnte nicht mehr so einfach abends in die Sauna, wenn man Kinder hatte.

»Und Frau Waldmüller hat also nie über eine Abtreibung nachgedacht? Nicht eine Sekunde?«

»Das war eine klare Sache für sie. Sie war da auch sehr vehement. Sie hat gesagt, sie kriegt das schon irgendwie hin.«

»Kennen Sie noch jemanden aus ihrem Umfeld?« Der Arzt schüttelte wieder den Kopf. »Nein, damit kann ich Ihnen leider nicht dienen.«

»Und wo gehen wir jetzt hin?«, fragte Lisa wieder, weil sie sich diesen komischen Namen nicht merken konnte.

Heiko grinste und spielte mit dem Gaspedal. »In die Crailsheimer Mensa. Wird dir gefallen.« Lisa zog die Augenbrauen hoch und beschloss, sich die Sache einfach anzuschauen. Ihres Wissens hatte Crailsheim weder eine Universität noch eine Hochschule. Also dürfte es auch keine Mensa geben. Heiko fuhr Richtung Altenmünster und bog dann in ein Fabrikgelände ein. Ungläubig sah sich Lisa um. Mehrere große Backsteingebäude standen im Karree um einen großen Innenhof, der voller parkender Autos war. »Hier? Ist es etwa hier?«, fragte sie etwas zweifelnd, während Heiko den Wagen parkte. Wie immer stellte er das Auto so ab, dass es möglichst wenig Nachbarn gab, die seinem Baby mit ihren Türen Dellen in den Lack hauen könnten. Lisa blickte sich um und entdeckte den Schriftzug »EBERL« über einem der Gebäude.

»Was ist ein Eberl?«, fragte sie.

Heiko zündete sich eine Zigarette an und nahm einen Zug. Dann grinste er. »Die Crailsheimer Mensa, sag ich doch.« Wieder ein Zug.

Lisa schaute immer noch genauso verständnislos drein.

»Der EBERL ist so eine Art Karstadt, eine Ur-Mall, laut Definition ein »Großmarkt für Jedermann«, denn hier kannst du alles kaufen. Es gibt Lebensmittel, Klamotten, Geschirr, sogar rosa Klopapier gibt es.«

Lisa taxierte ungläubig die Backsteinriesen, die so gar nicht nach Modehaus aussahen.

»Und hier kann man eben auch essen.«

»Hoffentlich keine Kutteln?«, fragte Lisa.

Heiko grinste. »Sicher nicht.«

Wenig später betraten sie eines der Gebäude. Links befand sich ein Lottostand, geradeaus ein Supermarkt. Eine Rolltreppe führte in die Textilabteilung. Und rechts war das Restaurant, das einfach ›Gastwirtschaft‹ hieß. Sie betraten den großen Gastraum. Das Restaurant war rustikal eingerichtet. Die Tische und Bänke aus dunklem Holz waren gut besetzt. An den Wänden, die natürlich auch aus Backstein waren, prangten mehrere große Hirschgeweihe. In einer Ecke hockten fünf ältere Damen um einen Tisch, eine davon mit grauem Dutt und weißer Kittelschürze. »Die alte Frau Eberl«, wisperte Heiko. »Es heißt, die sei schon fast neunzig. Und die schafft immer noch mit.« Die beiden setzten sich an einen Tisch. Heiko deutete auf die Tafel am Eingang. »Was willst du – Schnitzel oder Bratwurst?«

»Gibt es keinen Salat?«, hauchte Lisa, und Heiko verdrehte die Augen. »Ess doch was G'scheits«, ermunterte er sie.

»Also gut. Bratwurst.«

»Mit Kraut und Brot oder mit Eebirasalood?«

Lisa grinste. Sie wusste mittlerweile, das Eebirasalood Kartoffelsalat war. »Mit Kraut und Brot«, bestellte sie. »Und eine Cola.«

Während Heiko ging, um die Bestellung aufzugeben, sah sich Lisa verstohlen um. Über der Theke entdeckte sie ein Holzschild, auf dem ein Satz eingebrannt war: »Als der Herrgott die Arbeit der Wirtsleute mit ihrem Verdienst verglich – drehte er sich um und weinte bitterlich.« Ah ja. Mit Hirschgeweihen konnte sie auch nicht unbedingt viel anfangen. Sie schielte zum Stammtisch, wo mehrere Männer um die sechzig hockten und Hefeweizen tranken. Hohenlohische Wortfetzen drangen zu ihr herüber. Endlich setzte sich Heiko zu ihr. Er stellte die beiden Colas auf den Tisch.

»Und? Wie findest du unsere Mensa?«, fragte er grinsend.

»Ja, äh, interessant«, befand Lisa und nippte an ihrem Getränk.

»Weißt du, was ich denke? Wir wissen noch zu wenig vom Umfeld des Mordopfers. Wir haben einfach keine Ahnung, mit wem das Opfer zu tun hatte. Denn die paar Hansel vom Friseursalon und die drei Verehrer – das können ja nicht alle sein. Und von irgendwem muss schließlich auch das Kind sein.«

»Wenn wir eine Adressliste hätten oder so was«, meinte Lisa.

Die Bedienung kam und stellte zwei Teller vor den Kommissaren ab, die tatsächlich sehr appetitlich aussahen.

»An Guada«, wünschte Heiko und schnitt ein großes Stück von seinem Schnitzel ab.

»Florian wird uns dabei nicht weiterhelfen können«, sinnierte Lisa. »Der wird wohl kaum den Geliebten seiner Freundin kennen.«

Heiko kaute zufrieden und schluckte dann geräuschvoll. »Na ja. Was denkst du denn, wer es war?«

Lisa hob ihre Bratwurst prüfend mit der Gabel an, um dann ein Stück abzuschneiden und sie zu probieren. Gut war die Wurst, wirklich ganz außergewöhnlich gut. Nicht zu fettig und sehr schmackhaft. Und das Brot war frisch und hatte eine herrliche Kruste, und das Kraut passte ganz wunderbar dazu. »Eine von den Damen?«, schlug die Kommissarin eher halbherzig vor.

Heiko schüttelte den Kopf. »Ich denke, der Schlüssel zum Ganzen ist die Schwangerschaft. Wir müssen unbedingt herausfinden, wer der Vater von dem Kind ist.«

Eine halbe Stunde später saßen die beiden im Büro und tranken Automatenkaffee. Simon streckte den Kopf zur Tür herein und nickte grüßend. »Es gibt Neuigkeiten«, sagte er. Lisa und Heiko sahen den Sekretär fragend an.

»Der DNA-Test?«

Simon schnalzte missbilligend mit der Zunge. »So schnell schießen die Preußen nicht. Aber was anderes. Also erstens hab ich die Alibis überprüft. Und der Kellner vom Bacchuskeller meint, die Rothaarige sei aber schon früher aufgestanden. So um elf.«

Heiko und Lisa wechselten einen Blick. Das war ja interessant.

»Aber ich hab noch was anderes. Kommt mal mit«, sagte er und führte die beiden zum Verhörzimmer, wo ein älterer Mann im Karohemd saß, der unablässig seine Hände knetete. »Der hat heut die Handtasche vom Opfer vorbeigebracht«, informierte Simon. »Ich hab sie schon dem Uwe gegeben.«

Die Kriminalkommissare bedankten sich und betraten das Zimmer. Sofort erhob sich der Mann. Schweiß stand ihm auf der Stirn, und er wirkte nervös.

»Ii hob se net umbroochd, Herr Wachtmeischder«, sagte er mit zitternder Stimme.

Heiko unterdrückte ein Grinsen. »Beruhigen Sie sich erst mal.« Die beiden setzten sich zu dem Mann an den Tisch.

»Ii bin doch jetzt net verdächtig, odder?«, fragte der Besucher wieder »Wenn ii des gwisst hätt, no hätt ii mir des nochamol iwwerleicht!«

Lisa lächelte ihr beruhigendes Lächeln. »Neinnein«, sagte sie. »Erzählen Sie doch mal, wo Sie die Tasche gefunden haben.«

»Is des die Dasch von dem tota Maadle, gell?« Der Mann wirkte auf einmal sehr neugierig. »Ha, ii bin iwwer da Jagststeeg gfoohra, wissa S, do beim Rota Buck, un ii gugg do immer noo und gugg in des Wasser nei, un no denk ii uff oomol, was issn des, do hängt doch ebbes in da Bisch. Un noo bin ii nookraxelt un hobb plötzlich die Dasch in der Hend ghett.«

Lisa blinzelte. Sie hatte kein Wort verstanden.

»Sie haben die Tasche also bei der Jagstbrücke gegenüber der Auffahrt zum Roten Buck gefunden«, übersetzte Heiko.

»Haja, un no howwi denkt, die hat bestimmt ooner verloura, un no howwi den Geeldbeidel rauszoucha, un no wor des von dem Maadle, wos umbroochd hen.«

»Sie haben in die Tasche reingegriffen?«, fragte Heiko und zog tadelnd die Augenbrauen hoch.

»Ha, des denkt mer ja net, dass die von dem Maadle is«, versetzte der Mann.

Heiko nickte einsichtig. »Vielen Dank, Herr …«

»Dollinger.«

»Herr Dollinger. Sie haben uns sehr geholfen.«

Der Mann nickte eifrig. »Geera gscheha, Herr Wachtmeischder, wirklich geera gscheha. Un wenn ich noch irchendwie helfa kou …«

»Dann melden wir uns, versprochen.«

Uwe streifte frische Latexhandschuhe über und inspizierte die Tasche. Es war eine billige schwarze Lacktasche. Eine, die durchaus zur Majorettenuniform gepasst hätte. Aber nun war das Ding arg in Mitleidenschaft gezogen worden. Die Lackschicht hatte sich gelöst und klebte in hässlichen Krümeln auf dem Stoff, der eine grünliche Färbung angenommen hatte.

»Also wegen dem Reinlangen braucht ihr euch wohl keine Gedanken zu machen. Die Spuren wären auch so weg gewesen.«

Heiko trank einen Schluck Automatenkaffee. Er schmeckte stark und intensiv.

»Und was ist drin?«, fragte Lisa neugierig und beugte sich über die Tasche.

Uwe fischte und kommentierte alles, was er zu Tage förderte. »Ein völlig durchnässtes Tempopäckle … Schminksachen … ein Kamm … ein Geldbeutel … ein Kalender … und ein Handy.«

Die Augen der beiden Kommissare begannen zu glänzen.

»Das Handy?«, fragte Heiko.

»Könnt ihr vergessen«, desillusionierte Uwe sie umgehend. »Mit viel Glück können die Jungs von der Technik vielleicht noch was retten. Aber der Einzelverbindungsnachweis ist schon beantragt.«

»Der Kalender?«

Uwe langte nach dem triefenden Buch und klappte es

auf. Die Seiten klebten aneinander, und wenn man nicht aufpassen würde, würden sie zu einem pappigen Papiergemisch zerbröseln. »Das muss unbedingt erst getrocknet werden«, diagnostizierte der Spurensicherer. »Sonst können wir das auch vergessen. Wollen wir hoffen, dass das Mädchen kein Faible für Tintenfüller hatte.«

Heiko schlürfte Kaffee. »Und der Geldbeutel?«

Uwe betrachtete den Gegenstand, der vielmehr als Portemonnaie zu bezeichnen war. Denn wie alle Frauengeldbeutel war er groß, riesig. Nicht, dass den Damen dieser Welt ein Geldbeutel gereicht hätte, der seinen Zweck erfüllte – nämlich einfach ein Beutel für Geld zu sein – nein. Vielmehr beinhalteten Frauengeldbeutel alle möglichen Zettel, Quittungen, Visitenkarten, Rabattkarten, Punktesammelkarten und dazu noch das Übliche, also Ausweis, Führerschein, EC-Karte und manchmal sogar noch Geld. Und so ein Geldbeutel war auch das Portemonnaie von Jessica Waldmüller, das hier vor ihnen lag. Uwe klappte das Ungetüm vorsichtig auf. Ein schmatzendes Geräusch entstand, als die Lederteile auseinandergezogen wurden. Wie erwartet kam eine immense Anzahl von Karten zum Vorschein, verteilt auf fünf Fächer. Außerdem Bargeld, um genau zu sein 18 Euro 73, und ein hoffnungslos zusammengepappter Stapel mit Quittungen.

»Ich seh mir das alles in Ruhe an und geb euch dann Bescheid«, versprach Uwe.

»Vor allem den Kalender will ich bald haben. Und das Handy, wenn's geht«, meinte Heiko. »Kalender ja, Handy dauert.«

Die Kommissare wandten sich zum Gehen.

»Ach, übrigens, die Ulmer haben die Leiche freigegeben. Und morgen um eins ist Beerdigung auf dem Friedhof in Ingerscha«, informierte Uwe sie.

»Denkst du an übermorgen?«, erinnerte Lisa. Heiko nickte. Verdammt, das hätte er beinahe vergessen. Lisas Geburtstag. Und er hatte noch kein Geschenk. Und keine Ahnung, was er ihr schenken könnte. Na ja, bis Samstag würde ihm schon noch was einfallen. »Ich habe einen Tisch beim Serben reserviert – beim »Kronprinzen« – kennst du das? Mein Vater steht nämlich total auf serbische Küche. Meine Mutter will ja eher was Exaltiertes, aber Papa liebt was Handfestes.« Heiko verdrehte unmerklich die Augen. Schlimm genug, dass er den Eltern seiner Freundin vorgestellt wurde. Und dass seine Eltern auch dabei sein würden. Aber dass er Lisas Mutter noch einmal würde ertragen müssen, das war nun nicht wirklich zu toppen. Und noch immer hatte er keine Ahnung, was er schenken sollte. »Und dann wollte ich dich noch fragen, ob du mir bei etwas behilflich sein könntest.« Heiko runzelte die Stirn. Das hörte sich ja bedrohlich an. »Ich bräuchte noch ein Kleid, für den Geburtstag.«

»Aber du hast doch ein Kleid«, hielt Heiko dagegen. Lisa verdrehte erneut die Augen. »Jedenfalls brauch ich was Neues, und da hätte ich gern ein bisschen Beratung.«

Zwei Stunden später saß Heiko apathisch auf einem Stuhl im TC Buckenmaier. Das TC war das letzte Traditionskaufhaus für Kleidung, das nicht zu einer überregionalen Kette gehörte, und das das allgemeine Lädensterben in der Crailsheimer Innenstadt, das unter anderem den Oechsle und den Burkhardt dahingerafft hatte, überstanden hatte. Der Stuhl war unbequem, verdammt unbequem. Heiko rückte auf dem Ding hin und her, aber auch davon wurde seine Lage nicht bequemer. Er vermutete, dass die Kaufhausmenschen die Stühle vor den Umkleidekabinen extra unbequem machten, weil … nun, ihm fiel gar kein Grund ein, wahrscheinlich aus purer Bosheit. Er sah auf die Uhr und seufzte. Seit einer geschlagenen dreiviertel Stunde hockte er jetzt hier vor der Kabine, in der Lisa ein Kleid nach dem anderen anprobierte. Beliefert wurde sie von einer spindeldürren Verkäuferin, die sich mit ihrem Magerlook wohl für attraktiv hielt und die Kleider in rauen Mengen anschleppte. Gerade war die Dame wieder auf der Jagd. Heiko seufzte und sah erneut auf die Uhr. Immer noch nicht später. Der Vorhang der Kabine öffnete sich. Wieder einmal. Lisa trat heraus, in ein blaues Kleid gewandet.

»Und?«, fragte sie. »Wie findest du's?«

»Hattest du das nicht vorhin schon an?«

»Nein, das war ein hellblaues, und das davor war azur.«

Heiko hatte keine Ahnung, was azur war.

»Und?«, beharrte Lisa.

Heiko nickte. »Kleid«, stellte er fest.

»Ich weiß, dass das ein Kleid ist«, meinte Lisa nun etwas beleidigt. »Ich will wissen, ob es ein schönes Kleid ist.«

»Ja, gut«, befand Heiko. Und er fand das Kleid auch wirklich gut.

»Guuuut?«, äffte Lisa ihn nach. »Was bitte ist denn gut?«

Heiko zuckte die Achseln. »Ha, gut halt.« Er verstand

die Aufregung nicht. Gut war doch gut. Das Optimum sogar, wenn man von der Hohenloher Devise »Nix gsocht is gloubt gnuach« ausging. Im Verhältnis dazu war gut doch gut. Wie sollte es auch sonst sein? »Sehr gut?«, versuchte er probeweise. Lisa verdrehte wieder die Augen und schloss mit einem Ruck den Vorhang der Kabine, während die dürre Tussi einen weiteren Berg Kleider anschleppte, unter dem sie fast zusammenbrach.

Nach anderthalb Stunden hatte sich Lisa mit Heikos Hilfe und der noch größeren Hilfe der wahnsinnig netten Verkäuferin für ein honigfarbenes Kleid entschieden, dessen Schnitt ihren Körper schmeichelnd umspielte und dessen Farbe ihren Teint ganz außergewöhnlich gut zur Geltung brachte, wie die Expertin fand.

Heiko und Sita waren heute weit gelaufen. Von Altenmünster bis zur Heldenmühle, das war ein gutes Stück. Er war eher durch Zufall hier gelandet. Nun. Vielleicht war es doch Absicht gewesen. Jedenfalls stand er jetzt hier am Jagstufer. Die Dackelhündin Sita schien gerade zu überlegen, ob sie ins Wasser sollte und taxierte das Ufer mit kritischen Blicken. Hier, genau an dieser Stelle, hatten sie die junge Frau aus dem Wasser gezogen. Hier, bei der Trauerweide. Da hatte sich der Körper verfangen. Heiko bückte sich, um unter den tiefhängenden Ästen des Baumes hindurchzuschlüpfen und zum Stamm zu gelangen. Sita hatte sich nun endgültig gegen ein Bad entschieden und trottete hinter ihm her. Der Baum war fast wie ein geschlossener Raum, weil die Äste bis zum Boden hingen. Als Kind hätte er Stunden hier zugebracht und sich eingebildet, in einer Hütte mitten im Wald zu leben. Heiko berührte den Stamm und strich über die kühle, raue Rinde. Lisa hatte ganz recht, Trauerweiden hatten etwas Morbides. Gleichzeitig waren sie aber auch faszinierend. Erstens wegen der Sache mit der Hütte. Und dann waren da noch diese Äste, teils knorrig und wie tot, teils flexibel wie Arme. Die Äste mit langen, fahlgrünen Blättern, die wie Perlen an einer Schnur aufgereiht waren und zu Boden fielen beziehungsweise im Fallen begriffen schienen. Und dann dieses Licht. Gedämpftes Licht, anders als das, welches man im Wald antraf. Aber nicht unangenehm, durchaus nicht, irgendwie schläfrig. Bedächtig trieb der Fluss einen Meter neben Heiko vorbei. Es gab Religionen, da glaubte man, dass der Körper noch etwas spürt, nachdem man gestorben ist. Erst neulich hatte er das irgendwo gelesen. Wenn es so wäre, dann wäre es bestimmt nicht schlecht, hier zu liegen, unter den Trauerweiden, im kühlen Wasser der Jagst.

FREITAG, 27. SEPTEMBER

Es war fast das ganze Dorf erschienen. Auf dem Land war es üblich, dass zu einer Beerdigung alle kamen. Man zeigte sich solidarisch. Und gleichzeitig war erstens natürlich eine große Portion Neugier dabei. Würde der Chor schön singen? Der Pfarrer passend predigen? Würden die Angehörigen weinend oder gefasst am Rande des Grabes stehen? Zweitens kam im Fall von Jessica Waldmüller noch hinzu, dass ein Mord natürlich interessant war. Interessant, auf eine voyeuristische Weise, der man aus Gründen des Anstands eigentlich nicht nachgeben wollte, die aber doch ein angenehmes Gruseln bei den Leuten hervorrief. Und drittens war nach der Beerdigung der Leichenschmaus, der ja in Ingersheim immer im »Fuchsen« stattfand und der daher überaus beliebt war. Ein dünnes Glöckchen läutete. Die Menschen in der Kapelle rückten unruhig auf ihren dunkelgrün gepolsterten Stühlen herum. Kalt war es geworden, sehr kalt. Der Atem wurde vor den Mündern zu weißem Nebel. Vor dem Altar stand der Sarg aus weiß lackiertem Holz. Schon jetzt war er begraben unter einem Berg aus weißen Lilien. Dazu kamen etliche Kränze und Schalen. Heiko las auf den Bändern: »Du bleibst für immer in unseren Herzen, Deine Eltern mit Claudia«, »Wir werden Dich vermissen, Deine Kollegen«, »Du wirst immer in unseren Herzen bleiben« von den Majoretten und »Ich werde Dich immer lieben. Dein Verlobter Florian«. Linkerhand leuchtete ein gelb-blaues Glasfenster mit einem Kreuzigungsmotiv. Schließlich kam der Pfarrer, eine hagere Gestalt mit langem, braunem Bart und stellte sich hinter den Altar. Heiko betrachtete sinnend die erste Reihe. Von hinten, gut, er konnte die Gesichter nicht sehen. Aber er konnte sehen, wer da war. Da war zum einen natürlich Florian Ehrmann, im schwarzen Anzug. Rechts neben ihm die alten Waldmüllers, und noch daneben eine junge Frau, die Jessicas Schwester sein konnte. Links vom jungen Steinmetz saßen wohl seine Eltern, zwei dralle Mittsechziger, und neben denen wiederum eine junge Familie: Eine Frau mit blondem Dutt, vielleicht Florians Schwester, ein sehr muskulöser Kerl und zwei ganz entzückende kleine Mädchen, die die Haare zu Zöpfen geflochten trugen und schwarze Hüte auf den Köpfchen hatten. In der zweiten Reihe saßen die Damen – und der eine Herr – von Uschis Friseursalon sowie die Frauen von den Majoretten. Heiko konnte die dicke Tanja ausmachen, deren Schultern doppelt so breit waren wie die von Monika und Silvia, zwischen denen sie saß. Beinahe übersehen hätte er Katja, die sich neben Uschi gesetzt hatte. Der Pfarrer hatte begonnen, vom ewigen Leben zu predigen. Er betonte, dass das Leben nicht vorbei sei, wenn einen der Tod ereile. Dass es immer noch Hoffnung auf ein Wiedersehen im Jenseits gebe. Und dass man sich bei einer so jungen Frau, noch dazu, wenn sie schwanger gewesen sei, nicht in Verzweiflung stürzen dürfe. Ein fast unmerkliches Raunen ging durch die Menge, und die Alte, die neben Heiko saß, wisperte der, die neben Lisa, also drei Plätze weiter, saß, über Heikos Schoß hinweg zu: »Hasch du des gwisst?« Die Zipfel ihres dunkelblauen Kopftuchs streiften Heikos Hand.

Die andere Oma, die einen braun gefärbten Dutt trug, antwortete wispernd: »Ha, bei der Uschi henn ses verzehlt. Awwer verheiert wooras doch nouni, odder?«

»Noooh«, machte die erste und schnalzte missbilligend mit der Zunge.

Der braune Dutt winkte ab. »Ach, des is heit nimmi

sou. Früher henn ses doch aa triewa. Bloss hatt's kooner gmerkt.«

»Ja, wenn's Glück ghett henn.« Beide Frauen unterdrückten ein Grinsen.

»Lasst uns beten«, forderte die Stimme des Pfarrers auf, und augenblicklich nahmen die Mienen der älteren Damen wieder einen geradezu professionellen Trauerausdruck an. Das Gebet war ergreifend, und Heiko registrierte vereinzeltes Schniefen. Anschließend sang der Chor »Ich bete an die Macht der Liebe«. Florian senkte den Blick und schluchzte, und seine Schultern hüpften auf und ab. »Der Arme«, wisperte Lisa. Heiko betrachtete sinnend seine Freundin. Wenn jemand seiner Lisa auch nur ein Haar krümmen würde, dann würde er für nichts garantieren. Wahrscheinlich würde der Mörder das nicht überleben. Wie musste sich erst der junge Ehrmann fühlen, der den Mörder nicht einmal selbst suchen konnte? Heiko beschloss, sich bei der Suche noch mehr anzustrengen. Sie würden alles noch einmal genau durchgehen müssen, exakter analysieren. Sie hatten irgendetwas übersehen. Aber was? Die dünne Glocke ertönte wieder, und der Chor sang »So nimm denn meine Hände«. Danach wurde der Sarg von sechs uniformierten Trägern mit weißen Handschuhen aufgenommen und hinausgetragen. Die alten Kastanien und Linden bewegten sich leicht im Herbstwind und rauschten, einzelne gelbe Blätter schwebten wie Vogelfedern zu Boden. Alle Menschen folgten dem Sarg und scharten sich schließlich um das Grab. Die grau uniformierten Träger senkten den Sarg hinunter, und für einen Moment befürchtete Heiko, er könnte ihnen entgleiten. Nun waren die

Menschen doch andächtig still. Niemand redete, niemand tuschelte. Nur die Glocke war zu hören. Schließlich trat der Pfarrer vors Grab und nahm die Erdschaufel. »Asche zu Asche, Staub zu Staub. Von der Erde bist du genommen, und zur Erde gehst du wieder zurück. Jessica Waldmüller, wir übergeben deinen Leib nun der Erde. Der Herr hat's gegeben, der Herr hat's genommen, der Name des Herrn sei gelobt.« Jetzt traten die Angehörigen vor und warfen nacheinander eine Schaufel Erde ins Grab. Florian war gar nicht zu trösten, genau wie die alte Frau Waldmüller, beide brachen in Tränen aus. Die blonden Hutmädchen warfen schmucke Blumensträußchen hinab. Auch Lisa wischte sich verstohlen eine Träne weg. Anschließend nahm die Familie am Grab Aufstellung, und dann defilierte die ganze Trauergemeinde vorbei, um noch einmal zu kondolieren. Es dauerte eine halbe Stunde, bis alle durch waren. Dann kamen die Eltern des Mordopfers auf die Kommissare zu. »Ihr seid natürlich auch noch zum Leichenschmaus eingeladen«, meinte Herr Waldmüller. »Wir treffen uns im »Fuchsen««.

Die Angehörigen, Freunde und Bekannten von Jessica Waldmüller hatten sich in der traditionsreichen Ingersheimer Gastwirtschaft versammelt. Die Kriminalkommissare hatten sich an einem der hinteren Tische niedergelassen. »Hier ist der Mörder dabei, da bin ich mir ganz sicher«, flüsterte Heiko und ließ seinen Blick über die Anwesenden schweifen. »Oder die Mörderin«, gab Lisa zu bedenken und zog die Augenbrauen hoch. Heiko wiegte den Kopf. Wer weiß. Zwar sprach die Statistik gegen Frauen als Mörderinnen – nur zehn Prozent aller Mörder waren weiblich – aber es war immerhin möglich. Warum nicht. Bei der Frauenquote in Jessicas Bekanntenkreis. Und noch immer war kein plausibles Motiv in Sicht. Eifersucht, weil die andere hübscher war, ja, vielleicht. Aber selbst, wenn man davon ausging, dass es sich bei den anderen Damen sämtlich um Psychopathinnen handelte, so wäre Neid auch dann kein Grund, jemanden umzubringen. Vielleicht doch Monika, die Florian zurückhaben wollte. Oder Katja, weil … nein, das ergab keinen Sinn. Tanja, weil sie insgeheim auch hinter Florian her war und … nein, so toll war der jetzt auch wieder nicht. Heiko sah zu Tanja hin, die bescheiden an ihrem Orangensaft nuckelte. Ihre schwarze Bluse spannte sich über ihrer enormen Oberweite. Dicht darunter wölbte sich der leider sehr unansehnliche Bauch. Die Haare hatte sie zu einem Pferdeschwanz zurückgebunden, was wegen ihrer überaus runden Gesichtsform auch nicht gerade vorteilhaft wirkte.

»Schnitzel oder Bratwurst?«, fragte plötzlich jemand und riss damit Heiko aus seinen Spekulationen. Zerstreut sah er zu der Bedienung hoch, die bereits ungeduldig die Stirn runzelte.

»Schnitzel«, murmelte er, und Lisa sagte: »Für mich auch.«

Bisher hatten er und Lisa allein am Tisch gesessen, aber nun kamen die beiden alten Damen von der Beerdigung auf ihren Tisch zu.

»Is do noch frei?«, fragte die mit dem Dutt, und Heiko machte eine einladende Bewegung. Die Damen stellten ihre Weißherbstschorlen auf dem Tisch ab und setzten sich umständlich. Dabei raschelten ihre schweren, langen Röcke.

»Schood, mit dem Maadle, swor sou a Hübsche, gell«, meinte die mit dem Kopftuch.

»Und a Nette aa«, ergänzte die andere.

Lisa lächelte und nickte.

»Sie sin doch die Bollizischda, odder?«, fragte nun die Duttfrau, und ihre graubraunen Augen funkelten dabei. Lisa lächelte und fragte sich, woher die Damen denn das nun schon wieder wussten. »Lisa Luft, Kriminalkommissarin. Und das ist Heiko Wüst.«

»Ach, jetz gugg awwer amol doo nou, haja, warum soll a Fraa aa ko Kommissarin sei, heitzudooch, gell?«

Lisa hatte nichts verstanden, nickte aber zustimmend.

»Schnitzel oder Bratwurst?«, fragte die Bedienung.

Die Damen bestellten Schnitzel. »Muss mer doch ausnutza, wenn's amol a Schnitzel ummasunsch gibt«, kommentierte die mit dem Kopftuch.

»Und wer sind Sie?«, fragte Heiko und trank einen Schluck Cola.

»Martha Kirchner«, meinte die mit dem Dutt und »Rosa Glock«, stellte sich die Kopftuchfrau vor. »Mir sin die Nachbarinna von dem junga Paar.«

Heiko kämpfte mit sich. Er wusste, dass alles, was er den beiden erzählen würde, gnadenlos die Runde machen würde, und womöglich nicht nur im Dorf, sondern in ganz Crailsheim. Andererseits waren solche Quellen wertvoll, und die Gerüchte, die diese Leute streuten, hatten oft einen nicht unerheblichen Wahrheitsgehalt. »Sou a schääns Boor woora die zwaa«, meinte nun Martha Kirchner und nippte an der Weißherbstschorle.

Heiko schluckte. Es war ihr Job, den Mörder zu finden. »Und hat die Jessica … ich mein … hatte die nur … den Herrn Ehrmann?«

Die Damen sahen sich fragend an, gleichzeitig funkelten die Augen. »Also, mir wissa von nix, dass die dem neewa naus wär, awwer … wieso?«

»Nur so«, meinte Heiko. »Ja, und wer war da so zu Besuch bei denen?«

»Ha, die Familie halt. Ab und zu die Waldmüllers, aber die könna den Florian ja net sou leida, wissa Se scho, dass der früher rauschgiftsüchtig wor?«, sagte Frau Kopftuch mit mahnend erhobenem Finger.

»Ja, awwer des macht der ja nimmi«, wandte Frau Dutt schnell ein.

»Also, ii wellt für mei Dochter aa koon Schankie.«

»Was?«

»An Schankie. Secht mer des net sou heizudooch?«

Heiko unterdrückte ein Grinsen.

»Jedafalls woora die do net so oft, und als amol is halt die Schweschder mit ihrara Familie kumma. Und irchendwelche Freindinna von der Jessi. Die Eltern von der Jessica … ha, ii glaab, do sind's bloss an Weihnachta immer nou, gell, Martha?«

Der Dutt nickte. »Und mit ihrara Schweschder hat's aa net sou vill zum doona ghett. Die sin recht verschieda. Was hat die ander studiert? Anwalt, gell?«

»Ja, sou Anwaltssach halt. Awwer die is in Heidelberg und kummt bloss all Schaltjohr hamm.«

Die Bedienung erschien mit vier Tellern, auf denen

knusprig aussehende Schnitzel dampften. Daneben befand sich ein ordentlicher Schöpfer Kartoffelsalat mit Speck. Mmmmh. Heiko wollte gerade zum Besteck greifen, als jemand mit einem Löffel gegen ein Glas klimperte. Alle Anwesenden wandten sich in diese Richtung. Es war Florian Ehrmann, der sich nun räusperte und sich zögernd erhob. »Liebe Familie, liebe Freunde, wir alle sind hier versammelt zum traurigsten Anlass, den man sich nur vorstellen kann. Irgendjemand hat mir, hat uns, unsere Jessi weggenommen. Ich bin unendlich traurig und ich hoffe, dass ihr alle immer an sie denken werdet.« Er schluckte und kämpfte sichtlich mit den Tränen. Jemand hüstelte. »Ich bin zuversichtlich, dass … dieses Schwein … gefunden wird und seiner gerechten Strafe zugeführt wird. Aber jetzt … ein letztes Mal … auf dich, Jessi.« Er hob sein Glas und trank, und die Anwesenden taten es ihm nach. Schweigen stellte sich ein, und Heiko blickte sehnsüchtig auf das verlockend dampfende Schnitzel. Florian setzte sich wieder, und alle begannen zu essen. »Schee hatter's gmacht«, lobte Martha kauend. »Is a reechder Bua.« Rosa nickte. »Ja, nett.« Nun schnitt auch Heiko ein Stück vom Schnitzel ab und aß es. Es schmeckte wirklich ganz hervorragend, die Leute vom »Fuchsen« verstanden eben ihr Handwerk.

Wie erwartet hatte er die Hälfte von Lisas Schnitzel bekommen, da diese das Fleischstück wieder mal nicht geschafft hatte. Er hegte ja den Verdacht, dass sie es eigentlich schon schaffen würde, dass es sich aber um eine verkappte Diätmarotte handelte. Aber ihm war das nur recht. So hatte er anderthalb Schnitzel, denn von Fleischbollen konnte man nie genug haben. »Setzen wir uns mal an den Familientisch? Wir kennen die Schwester von der Jessica und die Familie vom Florian noch gar nicht.« Heiko nickte, sie entschuldigten sich und gingen auf den Tisch zu, an dem sich die beiden Familien platziert hatten. Man sah den Gruppen an, dass sie sich nicht ganz grün waren. Die alten Waldmüllers wirkten schon sehr konservativ. Den Inbegriff des Spießertums stellte aber die junge Frau dar, die neben den Eltern des Mordopfers saß. Sie trug ein schwarzes Wollkostüm mit weißer Bluse, dessen Rock eine unmodische, mittlere Länge hatte. Trotzdem hatte man nicht den Eindruck, dass sie sich keine modische Kleidung würde leisten können. Im Gegenteil. Das Kostüm war edel. Aber wenig kleidsam und überaus hässlich. Dabei hatte die eigentlich noch junge Frau, die bestimmt nicht älter als 35 war, eine geradezu asketisch dünne Figur, die jeglichen Sinn für Sinnlichkeit vermissen ließ. Ein Übriges tat die Hornbrille, die auf ihrer Nasenspitze aufsaß und über die sie misstrauisch herüberäugte, als Lisa fragte, ob sie sich kurz setzen dürften. Insgesamt wirkte sie wie eine Lehrerin aus einem dieser Internatsromane aus dem vorletzten Jahrhundert, etwa für Hauswirtschaft oder ähnlich Biederes. »Aber natürlich«, sagte sie dann in perfektem Hochdeutsch und mit einer für eine Frau ungewöhnlich tiefen Stimme. Rechts davon saß Florian, aber, wie sein weggedrehter Oberkörper verriet, sicherlich nicht aus Sympathie, sondern eher aus strategischen Gründen. Er war eben das Bindeglied zwischen den beiden Familien. Neben ihm saß eine sehr blonde und recht üppige Frau, die Heiko vorher ja nur von hinten gesehen hatte. Die beiden Mädchen, die ihre Hüte mittlerweile arg schief am Kopf trugen und deren Zöpfe sich merklich gelockert hatten, saßen ihr gegenüber. Neben der Frau, die durchaus adrett hergerichtet war, saß Florians Schwager, Mario Schuster, ein recht gutaussehender, dunkelhaariger Mann. Noch daneben Florians Eltern, die einfach nur rund und gemütlich wirkten und sicherlich auch gute Laune ausgestrahlt hätten, wäre der Anlass nicht so traurig gewesen. Sie stellten sich wie erwartet als Herr und Frau Ehrmann vor. Lisa und Heiko nickten allen zu, und Lisa schenkte den beiden blonden Mädchen ein so strahlendes Lächeln, dass es Heiko ganz anders wurde. Hoffentlich käme sie nicht auf dumme Gedanken.

»Erstmal herzliches Beileid«, wünschte Lisa, und die Anwesenden murmelten ein Dankeschön.

»Sie sind die Schwester der Verstorbenen?«, wandte sich die Kommissarin nun an die Asketische, die bedeutsam nickte. Lisa registrierte ihren sehr teuren, aber ungemein blassen Lippenstift. Nude-Look.

»Und wie standen Sie zu Ihrer Schwester?«

Claudia Waldmüller nippte an ihrem Rotwein und zuckte die Achseln. »Wissen Sie, wir waren sehr verschieden, wir zwei.«

Die alte Frau Waldmüller neben ihr schniefte.

»Die Jessica war … nun … ich will mal sagen, auch mit wenig zufrieden, wenn Sie verstehen, was ich meine.«

»Nein?«

Claudia räusperte sich. »Sehen Sie, wir waren damals beide auf dem Gymnasium, und ich habe eben das Abitur gemacht und Jura studiert, und die Jessica hat nach der Zehnten aufgehört und Friseuse gelernt. Aber nicht etwa, weil sie schlecht gewesen wäre. Sondern weil sie keine Lust mehr auf Lernen hatte. So war eben die Jessica.«

»So Zeug war der egal«, warf nun Florian ein und bedachte seine Schwägerin mit einem giftigen Blick. »Die Jessi war glücklich.«

»Also, meine Schwester war dann eben mit dem Florian zusammen, der natürlich ein braver Mann ist«, fuhr Claudia fort, und Heiko fühlte sich in seinem Eindruck, was das vorletzte Jahrhundert betraf, bestätigt. Auch entging ihm nicht die beißende Ironie, die geradezu an Bösartigkeit grenzte und die durch Claudias spöttisches Lächeln noch verstärkt wurde.

»Ich hingegen bin mit einem Mediziner verheiratet.«

»Der ist aber nie da, weil er in Afrika bei den Negern rumschwirrt. Echt ein toller Kerl«, warf Florian gehässig ein.

Claudia Waldmüller rümpfte die Nase. »Mein Mann baut im Kongo eine Klinik für misshandelte Frauen auf. Und ich selbst bin Richterin am Heidelberger Strafgericht.«

Lisa lächelte, und Heiko nickte beiläufig. Die hatte er gefressen, das war ja ein unmögliches Weib. Trotzdem konnten sie die Dame wohl getrost von der Liste der Verdächtigen streichen, denn die würde sich ganz bestimmt nicht nachts aus dem Hinterhalt auf ihre Schwester stürzen und ihr ein Küchenmesser ins Herz rammen. Die hätte einen afrikanischen Speer verwendet, der Kultur wegen. Heiko unterdrückte ein Grinsen. Obwohl. Möglich war alles. Und diese überkandidelte Dame im Frauengefängnis, so mit einmal die Woche duschen und einem Stück Seife und so … das war durchaus eine interessante Vorstellung. Der alten Frau Waldmüller war die ganze Sache nun wohl doch unangenehm.

»Sie kennen das vielleicht, wenn Mädchen so unterschiedlich sind?«, versuchte sie lächelnd zu vermitteln.

Heiko brummte »Hm«.

»Mama, dürfen wir aufstehen?«, fragte plötzlich eines der bezopften Mädchen.

Die Blonde lächelte ihre Töchter huldvoll an. »Ja, aber seid nicht laut. Das hier ist eine Beerdigung.«

Artig nickten die beiden und erhoben sich.

»Da haben Sie aber brave Töchter«, lobte Lisa, obwohl sie die beiden für ihre vielleicht sieben und neun Jahre insgeheim fast etwas blutleer fand.

»Ja, nicht?«, strahlte die Frau. »Sie sind auch mein ganzer Stolz – unser Stolz, nicht wahr, Liebling?«, meinte sie und versetzte ihrem Mann, der gerade so aussah, als wäre er unendlich müde, einen Stoß. Der nickte ergeben und versuchte ebenfalls ein Lächeln. »Ja, die Heidemarie und die Annabella sind wirklich liebe Kinder, ganz liebe.«

Heidemarie und Annabella, oh mein Gott, die armen Kinder, dachte Heiko, verzog aber keine Miene. Sein Blick wanderte zu den Mädchen, die sich an einem der Nachbartische niedergelassen hatten und mit steinerner Mimik »Schwarzer Peter« spielten. »Wissen Sie, die Familie ist mir das Wichtigste überhaupt«, erklärte die Frau. »Deshalb bin ich auch zu Hause, seit die Heidemarie auf der Welt ist. Ich möchte, dass meine Kinder sich bestmöglich entwickeln. Die Heidemarie kommt in zwei Jahren aufs Gymnasium.«

Heiko fragte sich, woher sie wohl wusste, dass ihre Tochter in zwei Jahren auf dem Gymnasium landen würde, aber er konnte sich nach kurzem Nachdenken schon vorstellen, warum. Sicherlich würde diese Übermutter ihre Kleine so lange mit Hausaufgaben und Zusatzaufgaben triezen, bis die nur noch Einser schriebe, egal, wie schlau oder wie dumm das Kind war.

»Meine Frau macht das alles sehr gut«, meinte der Mann, und es klang eher auswendig gelernt.

»Ja, und weil bei uns die Familie so wichtig ist, nimmt mich das mit der lieben Jessi auch so mit«, fuhr die Frau fort, und Heiko wusste nicht, ob ihre Trauer echt war oder gespielt. Nun gut, es kam ja oft vor, dass Frauen sich eigentlich nicht verstanden, aber eben so taten.

»Wir alle finden das ganz, ganz furchtbar schlimm«, schaltete sich nun der alte Ehrmann ein. »Meine Elke ist eine ganz Gute, müssen Sie wissen. Die macht das alles perfekt. Und sie backt einen phantastischen Kuchen. Und jetzt, das mit der Jessi … wissen Sie, das wirft uns alle richtig aus der Bahn.«

Die Frau neben ihm blieb stumm. Sie saß mit undeutbarer Miene vor einem Glas Bier, an dem sie sich regelrecht festklammerte. Trotzdem konnte man in ihrem Gesicht Trauer lesen, echte Trauer. Heiko beschloss, die Angehörigen mit den Fakten zu konfrontieren. War ja schließlich allerengster Familienkreis.

»Sie wussten ja bereits, dass die Jessica schwanger war.« Spätestens vom Pfarrer hatten sie es ja erfahren. Er beobachtete die Gesichter. Dann senkte er die Stimme, sodass die Tratschweiber den Rest nicht mitbekommen konnten: »Und das Kind war auch nicht von Florian, leider.«

Nach einer kurzen Pause, in der er die Gesichter studiert hatte, fuhr er fort: »Hat irgendjemand von Ihnen eine Idee, von wem … « Er ignorierte Florians traurig-anklagenden Blick.

Nun meldete sich Herr Waldmüller, die Stimme zu einem Zischen verzerrt. »Passen Sie ja auf, dass das nicht die Runde macht, denn das wäre eine Katastrophe.«

»Katiiii!«, schallte es von unten herauf. Katja Blum blinzelte. Das durfte doch nicht wahr sein. Nicht nur, dass sie am Wochenende wieder kein Date hatte, trotz ihres Clix-Mix-Profils, das angeblich Wunder wirken sollte. Keiner wollte die langweilige, unscheinbare Katja, weder die Chefin noch die Kerle. Sie starrte an die Decke und schloss die Augen, als sie die energisch-fordernden Schritte ihrer Mutter auf der Treppe hörte. Die Tür zu ihrer Dachkammer schwang mit schnarrendem Geräusch auf. So war es immer schon gewesen. Anklopfen war unüblich in diesem Hause, man hatte ja schließlich nichts zu verbergen, und Schlüssel gab es nicht. Wie sehr sehnte sie sich nach einem Ort, an dem ihre Mutter nicht zu jeder Sekunde ihr Refugium stürmen konnte. Eine eigene Wohnung. Sie müsste ja gar nicht groß sein, wirklich nicht. Genauer gesagt täte es sogar die letzte Absteige. Vollkommen egal. Hauptsache, sie hätte ihre Ruhe. Aber Jessica hatte alles kaputt gemacht. Jetzt war sie über 30 und wohnte noch immer zu Hause. Gut, sie sparte Geld. Aber zum Ausziehen reichte es definitiv nicht. Ihre Mutter kochte für sie. Aber das war nicht alles. Sie ertrug die langweiligen Tischgespräche, die stets den Tenor »Na, wie war euer Tag so« hatten, nicht mehr. Ihr Vater berichtete dann umständlich und in allen Einzelheiten von seinem heldenhaften Job in der Fabrik, und wenn sie selbst dann mühsam ein »Geht so« heraus brachte, fühlte sie sich wie eine unzufriedene Pubertierende, die aufsässig im Essen stochert und unlustig rüberkommt. Furchtbar war das, und es schlug ihr aufs Gemüt. »Schatz?«, kam es von der Türe, wohl schon zum zweiten Mal. »Mh?«

»Ist alles in Ordnung mit dir?«

»Ja, ja.«

»Dann ist es ja gut.« Wenigstens besaß ihre Mutter so viel Takt, die Türe nun doch leiser zu schließen. Katja richtete sich auf und blickte ein letztes Mal zum Computerbildschirm, ob da, links oben im Profil, nicht etwa das kleine Briefchen blinkte, als Symbol dafür, dass ihr vielleicht doch jemand eine Nachricht hatte zukommen lassen, dass sich wenigstens IRGENDJEMAND für sie interessierte, sie überhaupt wahrnahm. Manchmal reichte auch schon Werbung für eine Party, zu der sie eh nie hinging. Aber immerhin. Werbung war auch eine Nachricht. Aber das Briefchen blinkte nicht. Sie wartete noch ein paar Sekunden. Dann stand sie auf, ging zum Computer und schaltete ihn ab, bevor sie endgültig zu Bett ging.

Die hohen Stängel mit den langen, dunkelgrünen Blättern schoben sich vor ihnen zusammen und schienen geradezu in den Himmel hinein zu wachsen. Sie überragten sie um gut zehn Zentimeter, an einigen Stellen waren die Pflanzen auch größer. Jedenfalls zeichneten sich aus Lisas Perspektive die Blätter scharf gegen den nächtlichen Himmel ab, dessen Grauschwarz das im Licht der Taschenlampen fahle Grün der Pflanzen hervorhob.

»Na, verhungern werden wir wenigstens nicht«, konstatierte sie trocken, riss einen Maiskolben ab und schälte die äußeren Blätter ab. Schon stieg der unverkennbare, süßlich-mehlige Duft auf.

»Jetzt musst du ihn aber auch essen, wenn du ihn schon klaust«, tadelte Heiko.

»Iiich? Ich hab gar nichts geklaut. Das …«

»… das ist Mundraub«, stellte Heiko fest. »Bis zu drei Früchte darf der hungrige Wanderer vom Baum verzehren, so ist die Regel. Aber er muss sie VERZEHREN.«

»Hungrige Wanderer sind wir ja wohl, oder?«, verteidigte sich Lisa.

Heiko grinste. Das Maislabyrinth war seine Idee gewesen. Und deshalb waren sie hierher gefahren, nach Gebsattel bei Rothenburg. Eine witzige Idee, wie Lisa zuerst gefunden hatte, durchaus. Dass ein Bauer ein Labyrinth in sein Maisfeld geschnitten hatte, quasi als ländliche Version einer Geisterbahn und durchaus auch als kleines Zubrot. Witzig, ja. Und auch die Idee, hier eine Geisternacht zu veranstalten war durchaus toll, die Leute mit Taschenlampen in das nächtliche Labyrinth zu schicken und zu behaupten, es gebe hier echte Geister. Lächerlich natürlich, wahrscheinlich hatten die Bauern irgendwo ein paar Bettlaken aufgehängt. Aber so langsam wurde ihr doch etwas mulmig hier drin. Nicht, dass sie klaustrophobisch veranlagt gewesen wäre. Eigentlich überhaupt nicht. Aber da war dieses Rascheln. Das Knistern der Blätter, die durch eine Bewegung oder den Wind aneinander streiften, aneinander entlang kratzten und manchmal auch dieses schabende Geräusch verursachten. Unheimlich war das, ein bisschen wenigstens. Lisa sah sich um. Ob es hier drin wohl Schlangen gab? Man sagte sich ja, dass Schlangen in Maisfeldern lebten. Der Mais lockte Mäuse an, und die waren perfekt portioniertes Schlangenfutter. Quasi Häppchen. Hors d'oeuvre.

»Beiß rein«, forderte Heiko.

»Wie bitte?«

»Na, in den Maiskolben. Du sollst ihn essen. Der schmeckt gut. Oder willst du ihn wegwerfen?« Seine Stimme klang missbilligend.

Lisa schüttelte den Kopf und betrachtete das gelbe Gemüse im Schein der Taschenlampe näher. Aus dem Laden kannte sie Mais aus der Dose, vielleicht noch als Kölbchen oder Kolben in der Packung. Jedenfalls ohne die grünbraunen Haare. Und ohne die Blätter. Sie zupfte mit einem etwas pikierten Blick akribisch die Haare weg, stülpte die restlichen Blätter, die alle verschiedene Grüns hatten, nach unten und schabte schließlich mit den Zähnen versuchsweise einige Körner ab.

»Mh«, lobte sie kauend, fuhr jedoch sofort wieder herum, als sie hinter sich ein Geräusch gewahrte. »Hast du das gehört?«

Heiko unterdrückte ein Grinsen. Er fand es absolut putzig, wie viel Angst Lisa hier drin hatte. Es war einfach nur hinreißend, wie sie sich wohlig gruselte. Und er, er würde dann immerhin als Held dastehen, wenn er sie gerettet hätte.

»Ja, das war vielleicht ein Geist«, meinte er todernst.

Lisa zog eine Grimasse. »Haha.«

»Nein, im Ernst. Und der kommt und schnappt dich und dann …« Lachend ließ sich Lisa von ihm küssen.

»Nein, aber jetzt ohne Quatsch, so langsam würde ich jetzt schon wieder gerne hier raus.«

Sie löste sich von Heiko, reichte ihm den angebissenen Maiskolben und leuchtete in den nächsten Gang. Prüfend. Der Lichtkegel reichte nicht so weit, dass sie hätte feststellen können, wie tief der Gang in das Feld hinein führte, ob es sich um eine Sackgasse handelte oder ob es sogar der gesuchte Ausweg war. Lisa setzte probeweise einen Fuß in die eingeschlagene Richtung, aber immer noch war nicht mehr zu sehen.

»Na, was meinst du?«

Heiko zuckte die Achseln. »Probieren wir's.«

Lisa ging ein paar Schritte, und plötzlich entglitt ihr die Taschenlampe und fiel zu Boden. Mit leisem Fluchen hob sie die Lampe auf, wollte sich nach Heiko umsehen, hörte aber dann wieder dieses Rascheln. Sie sah nach vorne und erschrak zu Tode, als der Mörder aus »Scream« auf sie zustürzte.

Heiko kaute zufrieden an seinem Steak.

»Du hättest dein Gesicht sehen sollen«, wiederholte er zum zehnten Mal. »Das war soooooo witzig!«

»Haha«, machte Lisa missgelaunt und knabberte an ihrer Bratwurst.

»Ja, früher hatten wir ja immer so Bettlakengeister«, meinte nun der dunkelhaarige Mann mit roter Schürze aus seinem Schäferwagen heraus. Er war wohl der Vater der Familie, die das Maislabyrinth betrieb. An dem umgebauten Schäferwagen gab es nämlich zur Stärkung der Verlorenen immer Würstchen und Steak.

»Aber dann haben die jungen Leute meinen armen Sohn immer gejagt. So ist es für meinen Jungen nicht mehr so stressig und natürlich auch ein bisschen spannender.«

Lisa murmelte ein »Ja, total spannend«, fand es aber nun auch ein klein bisschen witzig. Die Nacht war kühl, aber am Lagerfeuer, das die Familie entzündet hatte, war es anheimelnd warm. Und hier saßen die beiden Kommissare noch ein Stündchen, genossen das Mondlicht und den überwältigenden Sternenhimmel, die unheimliche Geisternacht und das leckere Essen und feierten so ganz entspannt in Lisas Geburtstag hinein.

SAMSTAG, 28. SEPTEMBER

Die vier Menschen, die um den schön gedeckten Frühstückstisch versammelt waren, falteten andächtig die Hände. Elke Schuster wollte, dass man vor dem Essen betete, und auch ihr Mann billigte das.

Annabella sagte mit heller Stimme und geröteten Wangen: »Komm, lieber Herr Jesu, sei unser Gast, und segne, was du uns bescheret hast. Amen.«

Ihre Schwester und ihr Vater murmelten ebenfalls ein Amen.

Nur Elke Schuster setzte hinzu: »Und sei der lieben Jessica im Himmel gnädig.«

Wieder ein gemurmeltes Amen.

»Guten Appetit«, wünschte die Mutter.

»Gibst du mir ein Brot, Mama?«, fragte die jüngere Annabella.

»Wie heißt das?«

»Bitte.«

»Richtig. Bitteschön.«

Elke Schuster reichte ihrer Tochter eine Brotscheibe.

»Heidemarie?«

Ihre ältere Tochter wirkte heute seltsam verschlossen.

»Ist alles in Ordnung, Heidi?«, fragte Mario Schuster.

Das Kind senkte den Blick und schüttelte ganz leicht den Kopf.

»Aber was ist denn, meine Kleine?«, erkundigte sich Elke mit besorgtem Unterton.

»Ist es wegen Jessica?«, fragte der Papa nun vorsichtig.

Heidemarie nickte und presste eine Träne zwischen den Lidern hervor.

Elke streichelte ihr tröstend über die Wange. »Meine arme Kleine. Aber du brauchst doch nicht traurig zu sein. Die Jessi ist doch jetzt im Himmel, beim lieben Gott.«

Eine weitere Träne rann über Heidemaries Gesicht.

»Ich fand die Tante Jessi aber lieb. Und hübsch war sie auch«, brachte sie mühsam heraus.

Elke Schuster versuchte ein Lächeln. »Ich vermisse sie doch auch, Kind, wir alle mochten sie. Aber glaub mir, sie ist jetzt an einem besseren Ort.«

»Wie ist es denn im Himmel?«, erkundigte sich nun Annabella, die bereits begeistert an einem Wurstbrot kaute.

»Och.« Elke Schuster breitete euphorisch die Arme aus. »Da ist es ganz toll! Das ist das Paradies.«

»Und was ist im Paradies?«, beharrte Annabella.

»Löwen und Lämmer, viele niedliche Tiere und ganz viele Regenbögen.«

»Und Blumen?«

»Ja, ja, Blumen auch. Und Wasserfälle, und das Wetter ist immer schön. Niemand streitet sich, und alle sind freundlich zueinander.«

»Und gibt es im Himmel auch Pferde?«

»Klar, jede Menge Pferde. Schwarze und weiße und braune …«

»Dann will ich da auch mal hin«, beschloss Annabella und biss wieder in ihr Brot.

Lisa schloss die Tür auf. Sie streichelte Garfield gedankenlos und kontrollierte dann nervös ein weiteres Mal das Bad, ob es auch sauber war. Schließlich griff sie zum Glasreiniger und putzte nochmals den Spiegel. Der rotgetigerte Kater hatte sich im Gang aufgebaut und stimmte nun ein ohrenbetäubendes Maunzen an, weil er erstens nicht ausreichend beachtet wurde und zweitens noch nichts zu Fressen bekommen hatte. Lisa schnalzte mit der Zunge. »Oh, Katze«, schimpfte sie und ging, um seinen Futternapf mit den seltsam riechenden Fleischstückchen zu befüllen, die er aus unerfindlichen Gründen so liebte. Schnell kehrte sie dann zurück und kontrollierte nochmals den Rand der Badewanne, aber der war sauber. Das Waschbecken und die Spüle in der Küche, sauber. Ihr Bett war gemacht, schnell zog sie noch eine Falte im Bettbezug glatt. Garfield hatte seinen Imbiss beendet und sah seinem Frauchen nun interessiert und gleichzeitig etwas irritiert bei ihren ungewöhnlichen Tätigkeiten zu. Lisa rauschte ins Wohnzimmer, um die Raffung der Vorhänge zu überprüfen und den Blumenstrauß auf dem Tisch zurechtzurücken. Dann setzte sie sich hin und wartete. Garfield hechtete zu ihr aufs Sofa, und sie streichelte sinnend das tigerartig gemusterte Fell, aus dessen Tiefen alsbald ein sonores Brummen ertönte. So lange, bis es klingelte und ihre Eltern kamen.

Heiko zog nervös an der Zigarette. Verdammt. Es war ja nicht so, dass er keine Zeit gehabt hätte. Aber ihm war einfach nichts eingefallen und er wollte Lisa auch nicht irgendwas schenken. Sie verdiente mehr als irgendwas, denn sie war etwas Besonderes. Also bräuchte er auch ein besonderes Geschenk für sie. Aber was, verdammt? Er hatte schon beim Floristen im Lidl einen schönen Blumenstrauß besorgt und von der freundlichen Dame sogar einen Pappbecher mit Wasser erhalten, damit der Blumenstrauß die Zeit im Auto überstehen würde. Die Zeit, in der er das richtige Geschenk kaufen würde. Denn ein Blumenstrauß war Beiwerk. Er war kein Geschenk. Ihm fehlte noch das richtige Geschenk. Und in anderthalb

Stunden würden sie sich beim Bogdan treffen, und er musste sich noch rasieren. Seit zwei Stunden irrte er nun schon durch die Stadt, auf der Suche nach einem Präsent für seine Lisa. Eine Uhr? Nein. Ein Kuli? Lisa schrieb mit Füller und besaß bereits einen edlen von ihrem Ex. Was zum Anziehen? Er wusste nicht mal ihre Größe. Damit fielen Dessous auch flach. Er konnte Lisa auch schlecht ein Paket mit sündiger Unterwäsche überreichen, wenn ihre Mutter daneben hockte. Unmöglich. Ein Buch? Aber er hatte keine Ahnung, was Lisa so gefiel, und er konnte seiner Freundin auch nicht bloß ein Buch für 10 oder 20 Euro schenken. Er wanderte die Lange Straße entlang und bog endlich ziellos ab. Und dann blieb sein Blick an einem Schaufenster hängen. Seine Miene hellte sich auf, denn er wusste sofort, dass er sein Geschenk gefunden hatte.

Eineinhalb Stunden später wartete die Familie Luft beim ›Bogdan‹ einträchtig versammelt auf Heiko und seine Eltern. »Ich hab gewusst, dass er zu spät kommen würde. Wahrscheinlich füttert er gerade noch die Schweine.« Wütend flog die graue Bobfrisur der alten Frau Luft, als sie wieder mal energisch mit dem Kopf ruckte. Sie trug heute ein lindgrünes Seidenkostüm mit dunkelgrauer Bluse. »Beruhige dich, Mutter, er wird sicher bald da sein. Und er füttert NICHT die Schweine.«

Frau Luft trank einen Schluck Rotwein. »Sicher ist er nicht mal rasiert. Vielleicht hat er sogar noch die Stallklamotten an.«

Lisa verdrehte die Augen. »Er ist kein Bauer, Mutter. Er ist Kriminalkommissar.«

Frau Luft schnalzte mit der Zunge. »Sicher. In Schwaben, im Hinterland bei den Hinterwäldlern.«

»Das hier ist nicht Schwaben, Mutter, wir sind hier in Hohenlohe.«

»Bestimmt ist er nett«, versuchte nun Herr Luft zu vermitteln, der die ganze Zeit stumm daneben gesessen hatte. Die Tür ging auf, und Heikos Eltern kamen herein. Suchend huschte der Blick von Heikos Mutter, die eine enorme Orchidee unter dem Arm trug, umher.

»Lisa, mei Maadle«, rief sie dann aus, stürmte auf ihre Schwiegertochter in spe zu und knuddelte diese heftig. »Alles, alles Gute zum Geburtstag.«

Verlegen kam der alte Wüst hinterher und drückte Lisa die Hand. »Wie alt bisch jetz?«, fragte er.

»33«, informierte Lisa. »Das sind meine Eltern, Maria und Roland Luft. Das sind Heikos Eltern, Doris und Werner Wüst«, stellte sie dann vor.

Allgemeines Lächeln und Händeschütteln. Wieder ging die Tür auf, und herein kam Heiko, im Hemd, rasiert und frisch geduscht. Trotzdem wirkte er reichlich abgekämpft und umklammerte mit links den Blumenstrauß, in seiner rechten Faust hielt er das kleine Päckchen. Etwas schüchtern kam er auf seine Freundin zu, die das honigfarbene teintschmeichelnde, figurumspielende neue Kleid trug. Er umarmte sie und wünschte ihr mit einem Küsschen alles Gute.

»Da, für dich«, meinte er etwas unbeholfen und reichte ihr den Blumenstrauß und das Päckchen.

Sofort erhob sich seine Mutter. »Ich hole eine Vase«, informierte sie.

Lisa nahm lächelnd und gleichzeitig mit fragendem

Gesichtsausdruck das kleine Geschenk, das eindeutig vom Juwelier war, in die Hand. Während Frau Luft Todesängste ausstand, das Päckchen könnte einen Verlobungsring enthalten, nestelte Lisa am Seidenband. Es glitt geschmeidig von der kleinen Schachtel. Behutsam legte sie es zur Seite und öffnete das Döschen. Und dann lachte sie los.

»Du weißt halt, was ich mag, nicht wahr?«, sagte sie und bedankte sich mit einem Küsschen.

»Was ist es denn?«, fragte ihre Mutter neugierig.

Lisa zog das Kettchen heraus und hielt es hoch.

»Ein Horaff«, erkärte sie.

»Ein – was?«

»Ein Horaff.«

»Schaut aus wie ein Frauenhintern«, ließ sich nun erstmals seit Langem der alte Herr Luft vernehmen.

»Aber Roland«, tadelte ihn seine Frau und versuchte ein Lächeln.

»Doch, doch, das ist es ja auch«, schaltete sich Heikos Vater ein. »Im 14. Jahrhundert wurde Crailsheim von drei Feinden – Schwäbisch Hall, Rothenburg und Dinkelsbühl – belagert. Und als sie es fast geschafft hatten, uns auszuhungern, backten die Crailsheimer aus dem letzten Mehl Horaffen, und dic dicke Bürgermeisterin hängte dazu ihren Allerwertesten über die Stadtmauer, was die Belagerer dazu veranlasste, entmutigt abzuziehen. Und Crailsheim war gerettet. Und seither ist der Horaff das Symbol für Crailsheim.«

Frau Luft nippte dezent am Rotweinglas und legte die Stirn in Falten. Die Sorge, dass der Bauer ihrer Tochter einen Verlobungsring schenken würde, war tatsächlich völlig unbegründet gewesen. Nun gut, immerhin etwas. Vielmehr hatte er ihr einen goldenen Hintern zum Umhängen geschenkt. Wie passend.

»Horaffen kann man auch essen, denn es gibt sie als leckeres Hefegebäck. Und Heiko weiß eben, dass ich das Zeug liebe.«

Lisa bat Heiko, ihr die Kette umzulegen, und er brauchte lange, um mit seinen großen Fingern den Verschluss zuzunesteln. Bogdan kam und brachte die Speisekarten. Der kleine Serbe mit der enormen Nase war bereits eine Institution in Crailsheim. Was wohl daran lag, dass die serbische Küche der hohenlohischen Vorstellung von einem Essen – nämlich »a Bolla Fleisch und a Rängele Eebira« (ein großes Stück Fleisch und eine Menge Kartoffeln beziehungsweise Kohlehydrate dazu) – sehr entgegen kam.

»Hvala ljepa«, sagte Lisa und demonstrierte damit ihre Kenntnisse einer weiteren Sprache. Schon beim letzten Fall hatte sie Heiko mit ihren Italienisch-, Spanisch- und sogar Arabischkenntnissen beeindruckt.

Bogdan strahlte. »Molim«, sagte er freundlich und verschwand.

»Ich nehme den ›Räuberspieß‹«, entschied Heiko.

Frau Luft nickte. Wie überaus passend. Besser hätte nur noch ein »Bauernschnitzel« gepasst, sofern es das geben würde.

Eine halbe Stunde später hatten alle ihr Essen und taten sich daran gütlich. Besonders Lisas Vater war ganz angetan von seinen Cevapcici.

»Wirklich ganz hervorragend«, lobte er immer wieder.

Frau Luft beobachtete Heikos Tischmanieren ganz genau, und zu ihrer heimlichen Verblüffung und vielleicht auch Enttäuschung legte er nicht den Ellenbogen auf und beugte sich auch nicht wie ein Schwein über den Teller, auf dem sein Räuberspieß lag. Besteck benutzte er auch. Na ja. Hatte ihm seine Mutter eben doch was beigebracht. Vielleicht. Für ihre Lieselotte war er trotzdem nichts.

»Und wie lange seid ihr zwei schon zusammen?«, fragte Lisas Vater jetzt kauend.

»Och, so ein knappes halbes Jahr«, informierte Lisa.

»Wir hätten ja gern mal Enkel«, schaltete sich Heikos Mutter ein.

»Na, das kann noch ein bisschen warten«, sagte Heiko sofort, während Lisa zwar nickte, aber verzückt strahlte.

»All meine Freundinnen sind schon Oma«, schmollte Doris.

Frau Luft lächelte beflissen. »Ich wünsche mir natürlich auch einmal Enkel«, meinte sie ausweichend und setzte in Gedanken »zivilisierte Enkel« hinzu.

»Schmeckt's?«, fragte Werner Wüst Lisas Vater, und der nickte zufrieden kauend.

»Und, wie läuft euer neuer Fall?«, fragte nun Doris ihren Sohn.

»Wir checken grad das Umfeld des Mordopfers. Aber wir müssen alles nochmal ganz genau analysieren. Irgendetwas haben wir übersehen.«

»Wissen Sie, Frau Wüst, ich hätte mir für meine Lieselotte ja gewünscht, dass sie Jura studiert. So auf der Straße gefährliche Verbrecher jagen – also ich weiß nicht, aber das ist doch kein Beruf für eine Frau. Anwältin, Richterin vielleicht. Da lässt sich das große Geld machen, und man ist nicht in Gefahr. Ich stehe ja immer Todesängste um meine Kleine aus.« Sie langte über den Tisch und zwickte Lisa in die Backe, sodass ein hässlicher roter Fleck zurückblieb. Heiko versteckte sein Grinsen hinter dem Weinglas. Wie Lisa dreinschaute, wenn ihre Mutter sie Lieselotte nannte, war wirklich unbezahlbar.

»Finde ich auch, das ist auch für Kerle gefährlich, aber bei dem da« – Doris ruckte den Kopf in Richtung ihres Sohnes – »redet man gegen eine Wand. Wenn der was will, dann macht der das, ganz egal, was man sagt.«

Die nächsten Minuten drehte sich das Gespräch um die »bösen Kinder«, die einfach nicht einsehen wollten, dass die »Erwachsenen« es gut mit ihnen meinten. Schließlich, als alle mit Essen fertig waren, brachte Bogdan seinen berühmten »Rakija«.

»Sdravej«, sagte Lisa, und alle tranken.

»Unsere Lieselotte ist ja so sprachbegabt. Sie hat im Urlaub Kroatisch gelernt, stimmt's, Kind?«

»Aber Mutter, ich kann doch nur was zu essen bestellen.«

»Immerhin was. Dein Freund kann das bestimmt nicht.«

»Der kann dafür Autos reparieren.«

»Ach was.«

»Lisa sagt, Sie haben einen M3?«, ließ sich nun Herr Luft vernehmen, der ansonsten eher still gewesen war, vielleicht aber auch nur deshalb, weil er einfach nicht zu Wort kam.

»Ja, möchten Sie ihn einmal sehen?«, fragte Heiko.

Herr Luft nickte, und die beiden erhoben sich. Das war Heiko nur recht. Er hatte schon nach einem Alibi gesucht, um abhauen zu können. Er musste dringend eine rauchen.

»Die Frauen reden manchmal ganz schön viel, nicht wahr?«, meinte Herr Luft, als sie nebeneinander her in Richtung Parkplatz liefen.

Heiko machte »Hm« und zündete sich eine Zigarette an.

»Wissen Sie, meine Frau mag Sie nicht.«

Heiko rauchte. »Das ist mir noch gar nicht aufgefallen«, meinte er dann trocken und grinste.

»Meine Frau mag überhaupt nicht viele Menschen. Aber sie meint es nicht so. Ihr oberstes Ziel ist, dass es Lisa gut geht. Und sie hat sich nun mal in den Kopf gesetzt, dass dieser Stefan der ideale Mann für unsere Lisa wäre.«

Heiko blies Rauch aus und machte ein weiteres »Hm«.

Herr Luft räusperte sich. »Ist das Ihrer?«, fragte er und wies auf Heikos BMW.

Heiko nickte, die Spitze der Zigarette glühte auf, als er abermals daran zog.

»Schönes Auto«, lobte Herr Luft und tätschelte anerkennend den schwarzen Lack. Heiko murmelte ein »Danke«.

Luft räusperte sich. »Aber ich will Ihnen jetzt was sagen, junger Mann: Ich mag Sie, und Sie sind mir sehr sympathisch. Sie sind mir vom ersten Moment an sympathisch gewesen, und zwar viel mehr als dieser blöde Lackaffe Stefan, den meine Frau so toll findet. Aber warten Sie ab, geben Sie ihr eine Chance, und seien Sie ihr nicht böse, bitte. Sie meint es nicht so.«

»Ich hab da kein Problem damit.«

»Ich bin sicher, sie wird Sie eines Tages mögen.«

Heiko wiegte den Kopf. »Na, ich weiß nicht.«

»Doch, glauben Sie mir. Ich sehe, dass Sie es ehrlich mit Lisa meinen, und das gefällt mir. Und Lisa liebt Sie auch, das ist ganz offensichtlich.«

»Was habt ihr geredet, als ihr nach dem Mittagessen draußen wart?«, fragte Lisa und brachte den Kaffee. Die Eltern waren schon wieder abgereist, und nun hatten sie die verbliebenen Stunden des Tages für sich. Endlich allein. Sie stellte die Tasse vor Heiko ab und setzte sich neben ihn aufs Sofa.

»Nix«, log Heiko.

»Komm.«

»Was?«

»Wie, nix?«

Heiko trank Kaffee. »Übers Auto halt.«

»Und?«

»Was, und?«

Lisa seufzte und verdrehte die Augen. »Und außerdem?«

»Und über deine Mutter«, gab Heiko zu und legte den Arm um Lisa. »Dass sie mich nicht leiden kann.«

Lisa schluckte und sparte sich ein Leugnen. »Macht dir das was aus?«, fragte sie stattdessen. Heiko zuckte die Achseln. »Weiß nicht. Ach, egal.«

»Die ändern sich nicht so schnell. Aber glaub mir, eines Tages wird sie dich mögen.«

Wieder hob Heiko die Schultern. »Ist doch unwichtig.«

»Hm.«

»Hm. Gefällt dir die Kette?«

Lisa betastete den Anhänger und lächelte. »Sehr schön«, sagte sie und gab Heiko einen Kuss. Es blieb nicht bei dem einen.

Später lagen sie eng aneinandergekuschelt im Bett. Lisa atmete tief und hatte den Kopf auf seinen linken Arm gelegt. Ihre gleichmäßigen Atemzüge verrieten, dass sie schlief. Heiko strich ihr eine verschwitzte Haarsträhne aus dem Gesicht. Schön war sie, seine Lisa. Und er war glücklich. Er drehte den Kopf und sah zur Decke. Immerzu musste er an den Fall denken. Sie hatten etwas übersehen. Aber was? Also: Das Opfer geht allein nach Hause und trifft seinen Mörder, praktisch mitten in der Stadt. Gut, es war Nacht, und immerhin bestand die Chance für einen Mord ohne Zeugen. Aber woher konnte der Mörder wissen, dass das Opfer allein sein würde? Dafür gab es nur eine einzige Erklärung: Der Mörder musste gewusst haben, dass Florian Ehrmann an diesem Abend unterwegs sein würde, und, noch genauer, dass er auf dem Junggesellenabschied seines Kumpels sein würde. Ja. Genau. Das war es. Da würden sie ansetzen müssen. Wer hatte gewusst, dass der Junggesellenabschied an jenem Volksfestfreitag stattfinden würde und noch dazu, dass Florian Ehrmann dort eingeladen war?

SONNTAG, 29. SEPTEMBER

Heiko beugte sich über Lisa, die immer noch friedlich schlummerte. Sie sah so süß aus, wenn sie schlief. Umwerfend. Seine Freundin gab einen missbilligenden Laut von sich und zog die Nasenwurzel kraus. »Lass mich noch«, murmelte sie, »ich bin noch so müde.« Heiko strich ihr das Haar aus der Stirn und drückte ihr einen Kuss auf die Lippen. Ein kleines Lächeln stahl sich auf Lisas Gesicht und sie blinzelte erstmalig, um die Augen, geblendet von dem hellen Licht, gleich wieder zuzumachen.

»Komm, Lisa, du weißt doch, die Überraschung!«

Lisa öffnete nun doch die Augen und richtete sich leicht auf. Ihre ungekämmte, blonde Mähne hing in wilden Strähnen wie ein Wildwasserfall auf das Betttuch.

»Hm?«, fragte sie.

»Ja, wir müssen doch deinen Geburtstag auch noch ein bisschen feiern, oder soll das mit deinen Eltern schon alles gewesen sein?«

Sita erschien in der Tür, peilte die Lage, setzte zum Sprung an und landete schließlich mit einem mehr oder weniger eleganten Satz auf dem Bett.

Da befahl Heiko: »Such, Sita! Wo ist die Lisa! Ja, wo ist die Lisa!«

Und während der Hund die kreischende Lisa glücklich beschnupperte und ihr schließlich hingebungsvoll über das Gesicht leckte, lachte Heiko glucksend in sich hinein.

Eine Stunde später saßen das hohenlohisch-westfälische Liebespaar und der Hund im M3. Heiko hatte Lisa von seinen Überlegungen von gestern Nacht erzählt, und auch Lisa fand es sinnvoll, in dieser Richtung weiter zu ermitteln. Für heute war allerdings erst mal Pause. »Sagst du mir jetzt, wo es hingeht?«, fragte Lisa zum x-ten Mal. »Nein«, beharrte Heiko. »Überraschung.« Lisa seufzte und lehnte sich zurück. Es war ein wunderschöner Frühherbsttag. Zwar schon zu kalt für ein T-Shirt, aber ein dünner Pullover genügte. Eine tiefstehende Sonne tauchte die Landschaft in goldenes Licht und betonte die warmen Farben des Mischwaldes, den sie durchfuhren. Sie hatten Westgartshausen, Ofenbach, Lohr und Käsbach passiert und näherten sich nun Weipertshofen. Lisa liebte die Hohenloher Landschaft. Die sanften Hügel. Die Wälder, die teils dunkel, teils lichtdurchflutet waren. Die blühenden Wiesen, die auch jetzt im Herbst noch mit dem intensiven Purpur des Wiesenstorchschnabels prunkten. Und die kleinen, knorrigen Obstbäume am Straßenrand, die sich unter der Last ihrer roten und gelbgrünen Früchte bogen. Und über allem schwebte das klare, azurfarbene Blau des Himmels. Schließlich erreichten sie Weipertshofen, und Heiko bog in der Ortsmitte nach links ab. Sie passierten ein Feld mit hohem Mais und einen brachliegenden Acker. Und endlich näherten sie sich ihrem silberblau glitzernden Ziel: dem Reiglersbachsee.

Sie parkten den Wagen und stiegen aus. Zufrieden lauschte Heiko dem volltönenden Klacken der BMW-Türen. Der Hund hüpfte bereits aufgeregt um sie herum. Begleitet von Lisas neugierigen Blicken lief Heiko zum Kofferraum und holte einen Picknickkorb heraus. »Oh, was für eine schöne Idee«, strahlte Lisa, als sie den Korb entdeckte. »Ein Picknick am See.« Sie knuddelte Heiko, der verlegen und irgendwie bärenartig brummte.

Sie hatten sich auf der Decke niedergelassen, die Heiko sorgfältig auf dem Rasen ausgebreitet hatte. Sie waren ganz allein. Kein Mensch weit und breit. Die Leckereien aus dem Korb lagen auf der Decke, und die beiden hatten alle Hände voll zu tun, Sita vom sofortigen Verzehr abzuhalten. Lachend jagten sie den aufdringlichen Hund fort, bis Heiko schließlich ein Machtwort sprach und »das Vieh« auf einen Platz außerhalb der begehrten Decke verwies. Nun hatte Lisa endlich Muße, die Köstlichkeiten in Augenschein zu nehmen. Es gab warme Croissants, dazu Erdbeermarmelade, in Hohenlohe »Breschdlingsxälz« genannt, wie sie schon wusste, Tomaten-Mozzarella-Salat, Rühreibrot und diverse Antipasti, offenbar vom Türken, dazu ein riesiges Baguette und kleine Spießchen mit Melone und Schinken.

»Wow«, entfuhr es Lisa. »Wann hast du das alles denn vorbereitet?«

»Heut Morgen«, antwortete Heiko knapp. Dann küsste er seine Lisa, innig, nicht so flüchtig wie sonst oft einmal, nicht nur so zwischendurch, sondern richtig.

»Alles Gute zum Geburtstag«, wünschte er noch einmal, und Sekunden später knallte der Korken der mitgebrachten Champagnerflasche.

Sie verbrachten Stunden im Gras, schlemmten, tranken Champagner, fütterten Sita, kuschelten. Sie bewunderten die glitzernde, tiefblaugrün funkelnde Oberfläche des Reiglersbachsees. Lisas Finger wühlten in Heikos schwarzem Haar, und der nahm sie endlich in die Arme. Schließlich kreisten noch einige Drachenflieger über ihnen, Hobbyflieger vom nahe gelegenen Flugplatz, die den schönen Tag und die gute Thermik ausnutzen wollten. Lisa blinzelte und hörte die letzten Grillen und das Hecheln des Hundes, spürte die wärmenden Sonnenstrahlen, roch das duftende Gras. Sie sah den Drachenfliegern am Himmel zu, die sich in starken Kontrasten von der klaren, blauen Luft absetzten. Sie fühlte Heikos Haar zwischen ihren Fingern und war plötzlich rundum glücklich.

Es klingelte. Florian hatte keine Ahnung, wer es sein konnte. Er hockte hier, schon seit gestern Abend, er war müde und ungeduscht, aber er konnte einfach nicht schlafen. Er konnte auch weder essen noch einen klaren Gedanken fassen. Er konnte nur an sie denken, an seine Jessi, die jetzt weg war. Mit einer matten Handbewegung stellte er den Wodka zur Seite und lauschte. Hatte es auch wirklich geklingelt? Er hörte angestrengt in die Stille hinein, die Stille, die zu still war, weil Jessi nicht da war. Das mit der Technomusik hatte nämlich nicht funktioniert, nichts funktionierte, nicht einmal schlafen. Und dann klingelte es noch einmal. Florian erhob sich gleichgültig, es war sowieso egal, wer draußen stand. Es war alles egal. Er latschte zur Tür und stieß sie auf. Da war Monika. Sie atmete schwer und war nass vom Regen. Sie sagte auch nichts, sie stand einfach nur da. Das rote Haar hing in Strähnen herab und ihr Mantel klebte am Körper. Ihre Wimperntusche lief ihr in Bächen über die Wangen, und trotzdem war sie schön. »Monika ...«, stammelte Florian, und sie nickte. Er trat zur Seite und ließ sie eintreten. Aber sie ging nicht an ihm vorbei, sie kam auf ihn zu. Und sie drückte ihn gegen die Wand im Flur und küsste ihn, und er, er ließ es geschehen, denn es fühlte sich gut an, er brauchte ein bisschen Wärme und Zuneigung in diesem Moment. Er hielt sich an ihr fest und er dachte nicht nach, er dachte nicht mehr an Jessi, nicht für diese eine, gnädige Stunde.

MONTAG, 30. SEPTEMBER

Uwe zerrte wieder mal an seinen Latexhandschuhen. Heiko wusste, dass er die Dinger eigentlich überhaupt nicht leiden konnte.

»So, also was die DNA-Tests betrifft, da muss ich euch leider enttäuschen. Die Herren Verehrer haben zwar allesamt reichlich betroffen gewirkt – einer hat sogar geheult – aber von denen ist definitiv keiner der Vater. Und die haben auch alle ein Alibi, das hat der Simon schon überprüft, drei davon waren sogar auch auf dem Junggesellenabschied von dem Kerl, bei dem auch der Ehrmann eingeladen war.«

»Crailsheim ist klein«, meinte Heiko und hob die Schultern.

»Ich denke auch nicht, dass das was zu bedeuten hat«, stimmte Uwe zu.

»Ich nehme an, der Knopf fehlt am Kostüm?«, vermutete Lisa. Uwe nickte sparsam.

»Und ist bei dem Geldbeutel noch irgendwas rausgekommen?«

Der Spurensicherer senkte theatralisch die Lider und antwortete dann: »Das nicht. Aber ich hab trotzdem noch was für euch.«

Er machte es wieder einmal spannend. Er liebte Spannung. Und er genoss es, wichtig zu sein, aber nicht auf eine machthungrige, sondern auf eine ironische, augenzwinkernde Art. Heiko wartete geduldig.

Schließlich gab Uwe auf und sagte: »Das Notizbuch ist trocken. Und das meiste ist tatsächlich mit Kuli geschrieben. Da könnt ihr euch gleich draufstürzen.«

Als die beiden weg waren, griff Uwe zum Handy. Ewig hatte er mit sich gerungen, denn für so was war er eigentlich zu stolz. Aber das unerwartete Treffen hatte die alten Gefühle wieder aufflammen lassen. Er seufzte tief und wog das Handy in der Hand. Sollte er? Ach, warum nicht. Er ging auf »Nachricht verfassen« und tippte dann: »Hey Silvia, ich muss immer an dich denken, seit wir uns neulich getroffen haben. Hättest du Lust, mit mir was trinken zu gehen? Liebe Grüße, Uwe.« Erneut zweifelte er, ob er die SMS tatsächlich abschicken sollte, drückte aber schließlich mit geschlossenen Augen auf »senden«. Dann legte er das Handy beiseite und widmete sich wieder seinen DNA-Proben. Scheinbar konzentriert, aber trotzdem innerlich nervös. Eigentlich total unkonzentriert, wenn er ehrlich war. Immerzu dachte er an sie. Es war wie verhext. Obwohl es fünf, nein, sechs Jahre her war. So lange, und trotzdem spukte sie ihm immer noch im Kopf herum. Wieder schielte er zu dem Handy, das nun auch tatsächlich durch Vibrieren anzeigte, dass eine SMS eingegangen war. Uwes Adrenalinspiegel schnellte schlagartig in die Höhe. Verdammt. Was war denn mit ihm los? Er griff zum Handy und betrachtete sinnend das Briefchen auf dem Display, bevor er auf »Lesen« drückte. Viel stand da nicht. Nur: »Sorry, aber da hätte mein Freund was dagegen.«

Sie hatten sich zum Mittagessen in den McDonald's gesetzt. Heiko hatte soeben einen BigMac verzehrt und tat sich nun an einem Cappuccino gütlich. Wieder einmal hatte Lisa lediglich einen Salat gegessen, dafür stand aber ein gewaltiger Latte Macchiato vor ihr. Sie blätterte das Buch durch. Die Seiten waren wellig, aber trocken, und man konnte sie umblättern, ohne sie kaputt zu machen.

»Jeden Dienstag Majorettentraining«, las Lisa vor. »Und öfters Frauenarzttermine. Sie hat wohl nicht damit gerechnet, dass Florian das Buch liest.«

Heiko wiegte den Kopf. Wer weiß.

Lisa blätterte weiter zurück. »Treffen mit Silvia«, las sie weiter vor, »zum Kaffeetrinken.«

»Und mit Marianne«, ergänzte Heiko und deutete auf einen Eintrag vom Donnerstag vor zwei Wochen.

»Wer ist Marianne?« Lisa drehte das Büchlein ins Licht. »Heißt das nicht ›Monika‹?«, fragte sie.

»Ich finde, nicht.«

»Und was heißt das?« Lisa deutete auf den Zusatz, der bei »Kaffeetrinken« stand. »Schrägstrich L G L?«, schlug Heiko vor.

»Hm.« Lisa blätterte weiter. Zur Mordwoche.

»Siehst du, am Montag, bevor sie umgebracht wurde, steht auch wieder »Marianne« drin. Und dieses komische Schrägstrichdings«, meinte Heiko.

»Das kann aber wirklich auch Monika heißen«, beharrte Lisa.

»Würdest du dich mit der Dame treffen, die dir deinen Freund ausgespannt hat?«

Lisa zuckte die Achseln. »Was steht denn am Mordtag drin?«

»›Leuchtstabauftritt‹ und ›Junggesellenabschied‹«, meinte Heiko. »Weißt du, ich denke, wie schon gesagt, dass wir die Sache anders herum angehen müssen: Wer hat gewusst, dass Florian an diesem Abend nicht da sein würde?«

Lisa nickte und löffelte Milchschaum. Heiko sah zu, wie der Löffel zwischen ihren schönen, weichen Lippen verschwand.

»Und diese Frage wird uns nur eine einzige Person beantworten können.«

Florian Ehrmann öffnete die Tür des lichtgrau gestrichenen Einfamilienhauses. Er war nur mit Boxershorts und einem weißen T-Shirt bekleidet. Der junge Mann wirkte verschlafen.

»Oh, Polizei«, gähnte er. »Sie müssen entschuldigen … wie … wie spät ist es?«

»Viertel drei«, gab Heiko Auskunft.

»Was, schon, ja, also wissen Sie, ich bin grad ziemlich neben der Kappe, ich hab die letzten zwei Tage nicht geschlafen und jetzt …« Er fuhr sich über die hellblonden Stoppeln.

»Ist schon gut«, beruhigte Heiko. »Dürfen wir hereinkommen?«

»Nun, wenn Sie die Unordnung nicht stört, Sie müssen entschuldigen.«

Lisa stellte fest, dass sie den jungen Mann mochte. »Nein, nein, machen Sie sich keinen Kopf.«

Florian trat beiseite und ließ die Kommissare herein. So, wie ich gestern die Moni hereingelassen habe, ich Verräter, dachte er. Nein, meldete sich eine Stimme, du kannst nichts dafür, es war ein Fehler, ein Ausrutscher, ja, aber ein verständlicher, und schließlich hat die Jessi ja auch … Verdammt, sie ist tot, und das hätte nicht passieren dürfen, er hätte sich beherrschen müssen, verdammt nochmal nicht mit seinem Schwanz denken … Das war nicht dein Schwanz, hielt die Stimme in ihm dagegen, du hast einfach jemanden gebraucht, der dich in die Arme nimmt. Er schüttelte den Kopf, um die wirren Gedanken zu vertreiben.

»Kaffee? Tee?«, fragte er beflissen und geleitete die Kommissare ins Wohnzimmer.

Lisa winkte ab. »Nein, nein, nur keine Umstände.«

Florian Ehrmann wühlte einen Jogginganzug vom hellgrauen Sofa und bot den Kommissaren einen Platz an.

Lisa registrierte eine leere Wodkaflasche neben dem Couchtischbein.

»Wie gesagt, zum Aufräumen bin ich nicht gekommen.«

Heiko sah sich um. Die Wohnung war nett. Viel helles Holz, weiße Raufasertapete, ein gerahmter Kunstdruck an der Wand. Nett und normal. Irgendwie blutleer. Einzige Highlights im Wohnzimmer waren ein riesiges CD-Regal, das komplett bestückt war, sowie eine wohl sündhaft teure, chromblinkende Stereoanlage.

»Ich steh immer noch auf Techno«, erläuterte Florian, als er Heikos Blicke bemerkte. »Sehr zum Leidwesen der beiden alten Schachteln, die links und rechts von uns wohnen.« Nun grinste er beinah.

Heiko nickte verständnisvoll. Von uns, dachte er. Ja. »Herr Ehrmann, die Handtasche Ihrer Freundin wurde gefunden. Und da drin war ein Kalender.« Der Kommissar zog das Büchlein aus der Tasche und legte es auf den Tisch. »Kennen Sie das Buch?«

Ehrmann fixierte den Kalender, als wäre er eine angriffsbereite Kobra. Dann schüttelte er langsam den Kopf. »Nie gesehen.«

Heiko nahm das Büchlein und blätterte darin. »Ihre Freundin hat sich anscheinend mit den Majoretten getroffen, dann war sie öfters beim Frauenarzt – warum, wissen wir ja inzwischen – und außerdem hat sie sich ab und zu mit einer gewissen Marianne zum Kaffeetrinken verabredet – oder meinen Sie, das heißt Monika?« Heiko hielt Florian Ehrmann die betreffende Seite unter die Nase, und der zuckte die Achseln. »Ich nehme an, Monika? Ich kenne keine Marianne.«

»Aber es könnte auch Monika heißen, nicht?«, beharrte Heiko.

»Hm, aber wenn ich mir das genau überlege, ist das doch eher unwahrscheinlich, dass es »Monika« heißen soll. Steht ja auch »Kaffeetrinken« dabei, und die Mädels waren zwar inzwischen wieder so weit, dass sie miteinander geredet haben, aber Kaffeetrinken wären die niemals zusammen gegangen.«

Florians Finger trommelten auf die Tischplatte, neben der tickenden Wanduhr das einzige Geräusch im Raum.

Lisa räusperte sich. »Entschuldigen Sie, wo ist denn Ihr Bad?« Florian blinzelte.

»Ach so, ja, in den Gang und dann die zweite Tür rechts.« Die Kommissarin erhob sich. Sie betrat den Flur und fand die zweite Tür rechts. Es war kein Trick, sie musste tatsächlich aufs Klo. Und trotzdem fischte sie nur eine Minute später etwas aus dem Mülleimer, das ihr seltsam vorkam, sehr seltsam.

Lisa kam zurück, und Heiko interviewte den jungen Hinterbliebenen gerade zum Junggesellenabschied.

»Können Sie uns eine Liste der Leute geben, die anwesend waren?«

»Sicher, aber die meisten habe ich nicht gekannt.«

»Hm. Fangen Sie mal mit denen an, die Sie kennen.«

Florian richtete die Augen zum Himmel und begann, aufzuzählen. »Also, da war der Klaus, das ist unser gemeinsamer Schulfreund. Der Robert, den kennen wir vom P1. Der Manfred, das ist der Freund von der Annalena, die von den Majoretten. Und sonst … also da fällt mir niemand ein.«

Heiko brummte unzufrieden. Die bisherige Auswahl hörte sich reichlich unspektakulär an. »Und wem haben Sie erzählt, dass Sie dorthin gehen?«

Ehrmann dachte nach. Wieder tickte die Wanduhr. Es war eine weiße Kunststoffuhr mit schwarzen Zeigern. »Meinen Eltern, der Jessi natürlich, und ... ja, sonst eigentlich niemandem. Denken Sie, ich bin schuld?«

»Wie?«

»Ob ich schuld bin, dass sie tot ist, weil ich da hin bin, zu diesem scheißblöden Junggesellenabschied.«

Lisa legte beruhigend eine Hand auf seinen Arm. »Aber nein, machen Sie sich keine Gedanken. Schuld ist ganz allein der Mörder.«

»Oder die Mörderin«, setzte Heiko hinzu.

Florian schniefte. »Sie denken, es war eine Frau?«

»Wer weiß?«

»Könnte denn die Frau Silberschmidt vielleicht ... ich meine, hätte sie ein Motiv?«, fragte Heiko.

Ehrmanns Kopf flog hin und her. »Auf gar keinen Fall. Die Monika könnte das nicht. Die haben sich eine Weile angezickt, ja, aber umbringen könnte die niemanden.«

Lisa und Heiko stiegen in den M3. Die Türen klackten volltönend, als sie ins Schloss fielen. Heiko hatte Lisa einmal erzählt, dass es extra Autotürenzuschlaggeräuschsingenieure gab, deren einzige Aufgabe es war, den Türen zu einem satten Klacken zu verhelfen. Verrückt. Und gut, dass Frauen solche Probleme nicht hatten.

»Und, was hast du?«, fragte Heiko.

»Wie bitte?« Lisa blinzelte.

»Jetzt rück schon raus damit.«

»Bin ich so durchschaubar?«

»Ja.«

Lisa kramte grinsend in ihrer Hosentasche.

»Das habe ich aus Florian Ehrmanns Mülleimer, aus dem im Bad, um genau zu sein.«

Heiko besah sich das ölverschmierte Papiertüchlein. »Und?«

»Was denkst du, was das ist?«

»Maschinenöl, was sonst?«

Lisa schnalzte mit der Zunge. »Falsch. Das ist Wimperntusche.«

»Wimperntusche?«

»Wimperntusche. Auch Mascara genannt.«

»Aber das würde ja bedeuten …«

»Das bedeutet entweder, dass sich Florian Ehrmann tief in seinem Inneren als Frau fühlt, was ich persönlich nicht glauben kann, oder dass er Damenbesuch hatte, und zwar kürzlich.«

»Wieso kürzlich?«

»Weil das Ding ganz oben lag. Und es ist noch ein bisschen feucht«, sagte Lisa und verschmierte die schwarze Masse mit dem Finger.

»Kluges Mädchen«, lobte Heiko.

Lisa warf ihm einen erbosten Blick zu. Sie hasste es, diminuiert zu werden. Heiko dachte kurz nach und trat dann auf die Bremse. Sofort wendete er den Wagen.

Sie parkten eine Straße weiter, damit Florian Ehrmann den Wagen nicht sofort entdecken konnte. Denn der junge Mann würde seine Verfehlung garantiert nicht zugeben. Stattdessen schlichen sich die beiden durch einen gepflegten, alten Obstgarten mit akkurat gefegten Gartenwegen aus akribisch verlegten Steinplatten. Knallbunte Rosenkugeln steckten in den Blumenbeeten und gleißten im Sonnenlicht auf. Die Kommissare klopften an der Hintertür, und wenig später erschien der braune Dutt. Ein Strahlen erschien auf dem Gesicht von Martha Kirchner. Offenbar war der Besuch der Polizisten eine willkommene Abwechslung im tristen Alltag. »Komma se rei«, forderte sie auf und machte eine einladende Handbewegung. Die Hintertür schwang auf, und Heiko und Lisa fühlten sich ein bisschen wie Hänsel und Gretel, die von der Hexe in ihr Haus gelockt wurden.

»Hockt eich nou«, sagte die alte Frau und wies auf ein rosafarbenes Samtsofa, das mit selbstgestickten Gobelin – und Brokatkissen geradezu beladen war.

»Wellter ebbes trinka?«

Die Kommissare lehnten dankend ab.

»Wir haben ein paar Fragen an Sie«, meinte Lisa, und Martha Kirchner beugte sich so erwartungsvoll nach vorne, dass ihr Dutt noch besser sichtbar wurde und wie eine braune Krone wirkte. Heiko räusperte sich. Er betrachtete erst eine Weile den immensen Trockenblumenstrauß auf dem Tisch, dann sagte er: »Haben Sie gestern vielleicht bemerkt, wie jemand … vielleicht eine Frau … zu Florian Ehrmann zu Besuch gekommen ist?«

Martha schüttelte den Kopf. »Aber wartas amol an Moment.«

Sie griff zum Telefon, das auf einem kleinen, emaillierten Beistelltisch stand, stets griffbereit sozusagen, und wählte umständlich. Es war noch eines mit Wählscheibe, ein lichtgraues, wie man sie in den Achtziger Jahren gehabt hatte. Dann endlich tutete es, so laut, dass sogar Heiko, der immerhin einen Meter entfernt saß, es hören konnte. Nur zweimal, dann war der Gesprächspartner dran. Vielmehr: Die Gesprächspartnerin.

»Rosa?«, sagte Frau Kirchner ins Telefon. »Du, die Bollzischda sin grood do. Die wella wissa, ob – ha, wenn's dr koo Umständ mecht, no kumm halt gschwind.«

Heiko machte abwiegelnde Handbewegungen, aber es half nichts. Fünf Minuten später stand Rosa Glock vor der Haustür, diesmal in einer blauen Kleiderschürze mit Prilblumen und mit gelb-braun kariertem Kopftuch. Nun saßen beide Damen vornübergebeugt, als seien sie unglaublich schwerhörig, den Kommissaren gegenüber auf zwei Sesseln.

»So, also, jetzt haben wir Sie ja beide da, das ist ja, hm, noch besser«, urteilte Lisa. Heiko lächelte freundlich und fragte dann: »Und? Haben Sie denn gestern Abend Damenbesuch bei Herrn Ehrmann bemerkt?«

Die Damen wechselten einen schnellen Blick. »Ha, also mitta in dr Nacht is mei Katz uff oomol uffgsprunga, und des macht se nur, wenn ebber kummt.«

Heiko zwang sich, nicht die Augen zu verdrehen.

»Ii könnt mer ja vorstella, dass des des Luader wor.«

»Welches Luder?«

»Ha do, die Rothoorede, wie haaßt's nochamol – Marion?«

»Monika Silberschmidt?«, vermutete Heiko.

Frau Glock nickte eifrig, sodass die Kopftuchzipfel wackelten.

»Sou haaßt's, genau. Die hat ja den Kerle gor net in Ruh glaost. Und dabei woora der und die Jessi doch sou a schääns Paar.«

»Na ja, also immerhin hat die Jessica Waldmüller den Florian ja vor einiger Zeit ausgespannt – und zwar der Silberschmidtin.«

Die Augen der Damen weiteten sich. Martha schnalzte sogar missbilligend mit der Zunge. »Also nooh. Hasch du des gwisst?«

Rosa schüttelte den Kopf. »Haja, no wirft des ja aweng a anders Licht uff die Sach«, konstatierte sie und rückte ein Spitzendeckchen auf dem Tisch zurecht.

»Hat die Monika Silberschmidt den Florian denn öfters besucht?«

»Noh. Aber geschder, des kou wiagsocht sei, weil do hat mei Katz uff oomol bläägt.«

»Um wieviel Uhr?«

»So um elfe.«

»Hat es da nicht geregnet?«

»Ii glaab.«

Das würde die Mascaramenge auf dem Kosmetiktuch erklären, dachte sich Lisa. Kein Mensch besuchte seinen Ex zu einem One-Night-Stand und schminkte sich anschließend sorgfältig ab. Außer, das Make-up wäre zur Gothic-Optik verlaufen, dann könnte man sich so nicht mal im Bett sehen lassen.

»Jetz mach ii eich awwer doch noch gschwind an Kaffee – oder wellt ihr an Sprudel?«

Heiko wusste, dass sie anders nicht wieder weg kommen würden und sagte: »Aber bloß, wenn's keine Umstände macht.«

Martha beeilte sich, zu versichern, dass das kein Problem sei, aber auch wirklich überhaupt kein Problem. Und schon war sie in der Küche verschwunden.

»Was glaawa denn Sie, wer der Mörder is?«, fragte Rosa Glock nun und beugte sich noch weiter vor.

Heiko konnte ihren Goldzahn unten links sehen. »Wir haben noch nicht wirklich einen konkreten Verdacht.«

Rosa nickte eifrig. »Also, die Martha, die findet den Florian ja ganz toll, abgeseha von derra wiaschta Musich. Aber wo ii des mit denna Drooga ghert hob … also … kennt des net sei, dass der und die Marion …«

»Monika.«

»… ah ja, die Monika, dass die zwaa des Maadle umbroochd hen?«

Heiko zuckte die Schultern. Frau Kirchner kam mit zwei Gläsern Sprudel zurück, die sie vor den Kommissaren abstellte. Es waren alte Senfgläser mit Tom und Jerry-Motiven. Wahrscheinlich hatten die Teile Sammlerwert. Heiko trank sofort – er war tatsächlich sehr durstig. »Der Florian Ehrmann hat ein Alibi«, informierte er dann die Damen.

Eine halbe Stunde und einige Ausfragungsversuche seitens der Tratschexpertinnen später saßen die beiden wieder im M3, und zwar diesmal tatsächlich auf dem Weg in die Stadt.

»Also, so Unrecht hat die Alte vielleicht nicht …«, überlegte Heiko laut.

»Wie bitte?«

»Na ja, auch, wenn der den ganzen Abend auf der Party war, kann es doch sein, dass er das zusammen mit der Monika geplant hat.«

»Aber hätte er es dann nicht selber gemacht? Er hätte

doch damit rechnen müssen, dass die Monika mit der Jessica nicht fertig werden würde.«

»Er hat ja aber das Alibi gebraucht.«

»Apropos, die Monika hat ja kein Alibi, sehe ich das richtig?«

»Doch doch, sie war doch im Bacchuskeller. Nur wissen wir noch nichts Genaueres.«

»Dann, würde ich sagen, statten wir doch der Dame mal einen Besuch ab.«

Sie fanden Monika im Garten, mit Handschuhen an den Händen und Gummistiefeln an den Füßen. Sie steckte in einem olivgrünen Anorak, der zwar eigentlich hässlich war, jedoch einen reizvollen Kontrast zu ihren roten Haaren bildete, wie Lisa neidvoll zugeben musste. Verdammt. Und jetzt, als sie die beiden entdeckte, fuhr sie sich auch noch mit einer gekonnten Geste durch die rote Mähne. Lisa taxierte Heiko mit einem Blick, der schien jedoch nicht auf die optische Versuchung anzuspringen. Gut so.

»Frau Silberschmidt?«

»Ja?« Die Majorette stand auf ihren Spaten gestützt da und sah verdammt nochmal aus wie eines dieser Models aus dem Landhaus-Katalog.

»Wir hätten da noch ein paar Fragen an Sie.«

»Kann ich dabei weiter machen? Ich muss das Beet umgraben.«

Heiko nickte. Ein aufkommender Windhauch zauste einige rote Strähnen dekorativ.

»Was arbeiten Sie eigentlich?«, wollte Lisa nun wissen, und es klang etwas schnippisch.

»Ich bin Pflegerin. In Ilshofen im Altersheim.«

Heiko nickte anerkennend, und in Lisa brodelte es. Wie sozial!

»Also, Frau Silberschmidt. Sie wurden gestern Abend bei Herrn Ehrmann gesehen«, probierte Heiko und beobachtete Monikas Reaktion.

»Ach ja? Da müssen sich die zwei alten Schachteln aber verguckt haben. Ich war die ganze Nacht hier.«

Lisa zog das Tüchlein aus ihrer Hosentasche. »Können Sie mir sagen, was das ist?«

Monika zuckte die Achseln und stieß erneut den Spaten in die Erde. Kraftvoll und dynamisch. Es knirschte.

»Altöl?«

Lisa schnaubte. »Sie wissen genau, was das ist. Mascara. Ihr Mascara.«

Monika hörte auf zu arbeiten und sah Lisa spöttisch an. »Ah, und ich nehme an, das da haben Sie beim Florian gefunden. Warten Sie, ja, das ist ganz eindeutig mein Mascara, ja, das schwarze, stimmt, ich erkenne die Farbe genau.«

»Sie brauchen sich gar nicht lustig zu machen. Für so was gibt es außerdem auch DNA-Tests.«

Heiko wurde das Gezicke allmählich zu viel. »Sie sind am Freitag gleich nach Hause? Gleich nach dem Leuchtstabauftritt?«

»Ich war noch im Bacchuskeller, mit Tanja und Silvia, das hab ich euch schon gesagt«, konterte Monika.

»Das wissen wir. Aber nur bis um elf. Wissen Sie, das passt wie die Faust aufs Auge. Wo waren Sie denn danach?«

»Danach bin ich nach Hause.«

»Allein?«

»Wenn Sie so fragen und es gar so genau haben wollen: Ja. Mit dem Taxi. Im Bacchuskeller haben sie nämlich einen hervorragenden Retsina, und ich war ziemlich schnell ziemlich dicht. Und nein, ich habe nichts mit dem Florian und ich habe mich auch nicht mit ihm verschworen, um die arme Jessi um die Ecke zu bringen.«

Heiko räusperte sich.

»Also, ich würde das ja nur zu gerne glauben, aber im Moment … erscheint uns genau das gar nicht so unplausibel.«

Monika blies sich ärgerlich eine Strähne aus dem Gesicht. »Überprüfen Sie einfach mein Alibi. Und dann schauen Sie sich doch lieber mal die komische Familie vom Florian an. Oder die Damen vom Friseursalon.«

»Was könnten die denn für ein Motiv haben?«

Monika schüttelte lächelnd den Kopf. »Ich kann Ihnen Ihre Arbeit leider nicht abnehmen. Und ich muss jetzt hier weitermachen, sonst werde ich nämlich niemals fertig.«

Die Chips krachten, und die Zähne mahlten. Tanja Feldmann saß vor dem Fernseher. Allein, denn sie war Single. Und deshalb fraß sie Chips. Und wahrscheinlich war sie Single, weil sie so viele Chips in sich hineinstopfte, das wusste sie durchaus, aber es war eben so lecker, so tröstlich, so gut. Konnte ja auch nicht jeder so perfekt sein wie die selige Jessi. Der volle Mund verzog sich zu einem freudlosen Grinsen, und die dicke Hand schaufelte eine weitere Ladung Chips hinein. Jessi. Die ach-so-perfekte Jessi. Sie war nicht wie Jessi. Nicht hübsch, nicht schlank, nicht charmant. Sie war hässlich, fett und trampelig. Und

Single. Verdammt. Sie hatte zu tun, bei den Majoretten und ansonsten als Metzgereifachverkäuferin, ja. Der Job war nicht schlecht. Die Kollegen waren nett, aber all das half nicht wirklich weiter. Denn da war Jessi. Und Jessi war schon seit der Grundschule da. Jessi hier, Jessi da. Sieh mal, wie schlank die Jessi ist, hatte ihre Mutter immer gesagt. Die Majorette trank einen Schluck Cola light. Nicht ein einziges Mal hatte ihre Mutter ihr vorgeworfen, zu fett zu sein, sie hatte das subtiler gemacht. Jessi war der Richtwert gewesen, immer. Und dann, als sie in der Pubertät waren und beide bei den Majoretten, da hatte die Jessi sie immer mit ins P1 genommen. Aber nicht, weil sie sie besonders gut hatte leiden können. Sondern eben als Kontrast. Denn neben ihr, neben der fetten, pickligen Tanja, war Jessica Waldmüllers Schönheit besonders gut zur Geltung gekommen. Jessi hatte immer bedauernd mit den Schultern gezuckt, wenn sich die Jungs nur für sie interessiert hatten. Aber sie hatte dabei gelächelt, jedes Mal. Tanja wusste, dass die Jessi sie nur ausgenutzt hatte. Sie kaute auf einer weiteren Chipsladung herum. Ganz recht geschah es der Jessica, ganz recht.

Der M3 passierte die Birken der Maulacher Allee. Heiko hatte Lisa für heute Abend den Besuch in einer ganz besonderen Kneipe versprochen. Einer Kneipe, wie sie sie noch nie zuvor gesehen hätte. Lisa war schon extrem gespannt. Maulach war zwar ein Stadtteil Crailsheims, trotzdem war es ein eigenständiges Dorf. Die Bundesstraße nach Schwäbisch Hall lag zentral. Sie wurde von hohen Birken gesäumt und war durchaus nicht ungefährlich. Schon so manch unvorsichtiger Verkehrsteilnehmer war mit seinem Auto an einem dieser Bäume gelandet. Mitten im Ort bremste Heiko ab und setzte den Blinker. Er bog in einen Feldweg ein, dem der M3 nun leise und scheinbar etwas unzufrieden brummend folgte. »Hier?«, fragte Lisa. »Ist es hier?« Anscheinend fuhren sie auf die Bahnlinie zu, und auch sonst konnte Lisa lediglich ein altes Bahnhofsgebäude am Horizont erahnen. »Hm.« Heiko stellte den BMW tatsächlich auf dem Parkplatz des Bahnhofs ab, und endlich sah Lisa auch die Kneipe. Linkerhand war eine Art Strandbar errichtet. Im Schotter des improvisierten Platzes, der von hohen Kübelpflanzen umgeben war, standen mehrere Tische und Stühle, die auch schon gut besetzt waren. Aus den Lautsprechern tönte Mana, jene südamerikanische Band, die das Lied von der tragischen Geschichte mit der alten Frau an der Muelle de San Blas sang. Lisa liebte und hasste dieses Lied. Egal. Zwischen den Kübelpflanzen spannten sich bunte Lichterketten, und die Leute unterhielten sich angeregt. Irgendwo zirpte eine allerletzte Sommergrille. Lisa konnte es kaum glauben. Dieser Ort war eine Oase. Auch, wenn die Luft schon merklich herbstlich war und man nun tatsächlich nicht mehr ohne eine Jacke auskam, verströmte dieser Platz ganz eindeutig Urlaubsflair. »Warum waren wir hier nicht schon früher?«, tadelte sie. »Im Sommer?« Heiko kratzte sich am Kopf. »Ja, da hast du recht, wir hätten schon früher herkommen sollen.«

Etwas untypisch war dann allerdings das, was sie in dieser Kneipe zu essen bekamen. Lisa hätte das Ganze als »Tapas« bezeichnet, aber auf der Karte stand »Vesperteller«. Eine Auswahl von Schinken und Käse, dazu Schwarzbrot.

Hätte das Ganze wirklich »Tapas« geheißen, so hätte es das Dreifache gekostet. Mindestens. Sie verbrachten einen wunderschönen Abend im »Biergarten Bahnhof Maulach« mit hohenlohischen Tapas, südamerikanischer Musik und trotz der Kühle irgendwie auch mit Karibik-Feeling.

DIENSTAG, 01. OKTOBER

»Wir kommen einfach nicht weiter«, klagte Lisa und knautschte ihren Automatenkaffeebecher.

Sie saßen zu dritt im Büro, Simon hatte sich zu ihnen gesellt. Der kleine Schwabe wirkte heute irgendwie aufgedreht.

»Wir müssen uns endlich eine vollständige Gästeliste von dieser Junggesellenparty besorgen«, stellte Heiko fest. »Meinst du nicht, Simon? Simon?«

Der Kriminalobermeister sah hoch. »Hm?«

»Hörst du mir überhaupt zu?«

Der Angesprochene nickte geistesabwesend, und dann piepste sein Handy. Wieder mal.

»Was ist denn heut los mit dir?«, wollte jetzt auch Lisa wissen.

Der Schwabe hatte sich mit einem Raubtiergriff das

Handy geschnappt und studierte nun mit verklärtem Lächeln eine SMS.

»Na, wie heißt sie denn?«, fragte Lisa.

Simon stutzte. »Wie bitte?«

»Wie sie heißt.«

Simon tippte seelenruhig seine Nachricht fertig, legte das Handy zurück auf den Tisch und sagte dann: »Regina.«

»Soso, die Regina«, machte Heiko. »Und wo hast du die jetzt auf einmal her?«

Simons Augen wurden zu schmalen Schlitzen.

»Glaubscht du etwa, ii krieg koi Frau?«

Heiko machte beschwichtigende Bewegungen mit den Händen. »Sou hobbi des doch gor net gmoont. I moon bloß …«

»Vom Internät«, informierte Simon schmollend.

»Internet?«

»Internät.«

»Ah ja.«

»Das ist gar nicht so schlecht«, gab nun Lisa zu bedenken. »Ich hatte auch mal einen aus dem Internet. Das hat Vorteile, wirklich.«

»Und welche?«, wollte Heiko wissen.

Lisa nippte am Kaffee. »Ganz einfach, du siehst gleich, ob er clever ist. Denn wenn er Sachen wie »Ich weis nicht« mit »s« schreibt, dann weißt du ja schon. Und ob er nur mit dir ins Bett will, merkst du spätestens beim ersten Date. Und die Hässlichen, Dummen und Unsympathischen kannst du elegant abservieren. Du brauchst dazu nicht mal vom Sofa aufzustehen.«

Simon nickte eifrig. »Genau.«

»Hm«, machte Heiko.

Von der Seite hatte er das noch gar nicht betrachtet. Bisher hatte er immer geglaubt, dass nur die eisernen Junggesellen und Jungfrauen zu diesem Schritt als letztem, absolut verzweifeltem, griffen.

»Ja, und habt ihr euch schon getroffen?«, wollte Lisa wissen.

»Ainmal«, sagte Simon und nickte eifrig.

»Und?«

Simon grinste. »Ja, a netts Mädle.«

»Hm«, machte Heiko, und Simon zuckte die Achseln und sagte »Haja«.

»Jedenfalls, der Fall …«, wollte Heiko nun fortfahren.

»Und wie sieht sie aus?«, unterbrach Lisa.

»Blonde, ganz kurze Haare«, erläuterte Simon. »Blaue Augen. Zierlich. Und etwa so groß.« Er deutete Augenhöhe bei sich an.

»Hübsch?«

»Klaro.«

»Na, das würde doch passen, ich meine … das ist doch schön und … hat Potential, vielleicht?« Heiko unterdrückte ein Grinsen. Ganz prima würde das passen, denn klein, blond, blauäugig und schmächtig war Simon ja schon selber. Hübsch war schließlich auch Geschmackssache. »Ja, also vielleicht solltät ihr euch diesä Gästeliste vom Junggesellenabschied besorgän. Ich kann das erledigän.«

Heiko nickte. Endlich hatte Simon sein Gehirn wieder angeschaltet.

»Ja, mach das. Und wir schauen uns vielleicht tatsächlich nochmal die Schwester vom Florian etwas genauer an.«

Die Schusters wohnten im Goldbacher Neubaugebiet. Goldbach war ein Stadtteil Crailsheims, der für die alljährliche Ausrichtung des Lichterfestes im August bekannt war. Sie bogen vor dem Stadtteil Kreuzberg links ab, um dann einer von Obstbäumen gesäumten Landstraße zu folgen. Schon war der Kirchturm zu sehen, der alle anderen Gebäude weit überragte. Gleich am Ortseingang bogen die Ermittler nach links ein, wo die Schusters im Neubaugebiet ein Haus von beachtlicher Größe gebaut hatten. Die Steingartenmauer wirkte gepflegt, die Bodendecker wucherten nur scheinbar wild. Einzelne Buchsbaumkugeln waren zwischen Rindenmulchflächen angeordnet, das ganze Arrangement sah nach einem professionellen Gärtner aus. »Haben wohl Geld, die Schusters«, mutmaßte Heiko, als sie dem Weg zur Haustür folgten. Schließlich standen sie vor einer weißen Holztür, und Heiko entdeckte ein bemerkenswertes Detail. Auf dem Türschild waren Gänse. Vier Gänse. Das Schild war aus Salzteig, und die Gänse selbst waren weiß angemalt. Darunter stand »Schuster«, in Schnörkelschrift. Heiko hatte keine Ahnung, was Gänse mit der Familie Schuster zu tun haben sollten. Und während sie vor der Tür warteten, entdeckte Heiko sogar noch eine Besonderheit: Die Gänse hatten Namen. Sie hießen Mario, Elke, Heidemarie und Annabella. Jedes Tier trug nämlich ein blaues Halstuch, auf dem sein Name stand. Heiko betete still, dass Lisa niemals, aber auch wirklich niemals auf eine solch abstruse Idee käme. Dass sie ein Gänsetürschild salzteigen würde und die größte Gans »Heiko« nennen würde. Drinnen tat sich was. Elke Schuster kam zur Tür und öffnete. Der Filzabstreifer am unteren Ende der Tür rauschte, als sie aufschwang. »Oh, die Polizei«, machte die üppige Blondine und trat einladend beiseite. Die Kommissare folgten der Frau ins Haus. Im Flur hingen nahezu lebensgroß gerahmte Hochzeitsfotos von ihr und ihrem Mann, die ebenfalls gerahmten Geburtsurkunden der Kinder und ein Familienwappen mit der Aufschrift »Schuster« in Öl.

»Das ist was Neues«, erläuterte Elke Schuster. »Kann man im Internet bestellen. Ist nicht billig, schaut aber toll aus, nicht?«

Lisa nickte höflich, und Heiko sagte »Hm«. Bei sich dachten beide, was für ein abgrundtief hässliches Ding das bloß sei.

»Wollt ihr einen frisch gepressten Orangensaft? Ich bin gerade dabei.«

Heiko schürzte die Lippen, aber Lisa war schneller. Man musste jede Gelegenheit nutzen, Heiko ein paar Vitamine zukommen zu lassen. Wenn er schon Salat mied, wie der Teufel das Weihwasser.

»Setzt euch schon mal«, lud Frau Schuster ein und wies auf die Wohnzimmertür.

Die beiden gehorchten und setzten sich auf das weiße Ledersofa. Die Fenster waren blitzblank, nicht so wie bei Heiko zu Hause. Seine gehörten mal wieder geputzt. Hellgraue Samtvorhänge waren mit schweren Satinquasten zu einer Drapage arrangiert. Ein modernes Acrylgemälde hing an der Wand über dem Sofa, das Heiko insgeheim der Kategorie »Gang zur Garage« zuordnete, und in der anderen Hälfte des Wohnzimmers stand ein massiver Esstisch aus echtem Holz mit gedrechselten Stühlen. Heikos Kunstverständnis sortierte Kunstwerke nämlich in mehrere Kategorien ein: Bilder, die ihm gefielen, hießen »Bild«. Nicht allzu hässliche Bilder konnte man immerhin noch in der Garage aufhängen, noch akzeptable Bilder waren für den Gang zur Garage. Alles andere fiel in die Sparte »Das brennt wenigstens noch«, sofern das Kunstwerk aus Holz, Papier oder anderem brennbaren Material bestand. Immerhin konnte das Werk also als Wärmequelle dienen, im Notfall. Dann gab es noch »Das brennt netmal mehr«. Dies war dann erfüllt, wenn das Kunstwerk nicht nur hässlich, sondern auch noch unnütz, also aus Stein oder Metall, war. Wobei man dazusagen musste, dass Metallkunst immerhin noch Schrottwert hatte. Dieses Bild war jedenfalls eindeutig für den Gang. Und ganz wunderbar passte dazu Frau Schuster, die gerade lächelnd mit einem Weidenkorbtablett mit drei Gläsern Orangensaft in der Tür erschien. Die Gläser waren mit rosa Schirmchen und Strohhalmen versehen. »Ich mache das oft, wisst ihr. Bei meinen Kindern achte ich sehr auf gesunde Ernährung. Ich bin zwar grad ein bisschen zu üppig, aber bei den Kleinen ist das noch wichtiger, gell? Und mit den Schirmchen ist das Ganze fast wie ein Cocktail.« Sie kicherte ein wenig albern, und Lisa und Heiko nickten brav und tranken einen Schluck vom Orangensaft. Er schmeckte wirklich phänomenal gut, und Heiko schnalzte anerkennend mit der Zunge.

»Frau Schuster, wir kommen nicht wirklich weiter, deshalb wollten wir Sie noch ein paar Sachen fragen.«

Elke Schuster stellte lächelnd ihren Orangensaftpseudococktail auf den Tisch. Natürlich nicht direkt auf den Tisch, sondern auf einen Untersetzer aus Mahagonifurnier.

»Ja?«

»Ihr Mann war auch auf diesem Junggesellenabschied?«, fragte Lisa.

Die Frau bejahte. »Bis nachts um zwei. Wissen Sie, man muss die Männer ja auch mal lassen.«

Heiko nickte eifrig. Da hatte sie ja so recht.

»Ja, und Sie waren …?«, fuhr Lisa fort.

»Ich? Wieso ich?«, fragte Frau Schuster und zog die dünnen Brauen über den wasserblauen Augen hoch.

»Reine Routine«, lächelte Lisa.

»Ich bin Mutter. Ich war da, wo ich sein sollte, nämlich hier.«

»Und, kann das jemand bezeugen?«

»Natürlich, einen Moment bitte.«

Sie stand auf und rief: »Annabella! Heidemarie!«

Schon polterte es im oberen Stockwerk, und wenig später erschienen die beiden Kinder, wieder mit blonden Zöpfen, die von rosafarbenen Satinschleifen zusammengehalten wurden. »Begrüßt die Kommissare, ihr Lieben«, befahl die Mutter, und die Mädchen streckten artig lächelnd ihre Hände hin.

»Erinnert ihr euch noch an den Volksfestfreitag? Wisst ihr, da, wo Papa abends beim Onkel Steffen war?«

Die Kleine zuckte mit der Schulter, aber das größere Mädchen nickte eifrig.

»Und weißt du noch, wo ich an diesem Abend war, Heidemarie?«

»Hier, wo sonst?«, sagte das Mädchen und lächelte artig.

»Soll ich den Leuten was mit meiner Geige vorspielen?«

Elke Schuster sah die Kommissare strahlend an. »Aber nein, Schatz, die Polizisten haben sicherlich nicht so viel Zeit.«

Lisa spielte den Ball zurück. »Doch, doch, das wäre sehr nett«, ermunterte sie Heidemarie und sah das Mädchen strahlen.

»Dann kann ich ja mit meiner Flöte mitspielen«, sagte nun Annabella.

Wenig später standen die beiden Kinder stolz vor der hellen Wohnzimmertapete und trugen »Greensleeves« vor. Die Szenerie wirkte ein bisschen wie aus einem Rosamunde-Pilcher-Film. Oder wie aus einem dieser Horrorfilme, wo die Kinder erst ganz höflich und lieb wirken und sich später, nachdem sie erst den Hund, dann ihre Eltern und die Geschwister auf bestialische Art und Weise umgebracht haben, als direkte Nachfahren des Leibhaftigen entpuppen. Annabella, die Tochter des Teufels. Wäre doch kein schlechter Filmtitel, fand Heiko. Als die beiden geendet hatten, spendeten die Kommissare höflich Applaus. »Sehr schön«, lobte Lisa, und Heiko bemerkte zu seinem großen Missfallen wieder das Glitzern in ihren Augen. Dass sie nur ja nicht auf dumme Gedanken käme, er war viel zu jung, um Vater zu werden. »Da haben Sie aber wohlgeratene Kinder«, meinte Lisa. Heiko sah seine Freundin entgeistert an. Wohlgeraten? Was, um Gottes Willen, war denn jetzt passiert? Lisa verzog jedoch keine Miene, sondern lauschte andächtig und zustimmend kopfnickend den Ausführungen der Schusterin, wie wichtig und schön doch so eine intakte, ja, eine perfekte Familie sei und wie erstrebens- und schützenswert. Nach ungefähr zehn Minuten räusperte er sich und hob die Hand, ganz so, als sei er ein Schuljunge und Frau Schuster seine Mathelehrerin, die ihn aufrufen müsse. Das tat sie auch tatsächlich.

»Ja?«

»Also Sie waren jedenfalls den ganzen Abend hier. Dann hätte ich noch eine Frage: Können Sie sich vielleicht vorstellen, wer die Jessica auf dem Gewissen hat?«

Elke Schuster schüttelte den Kopf, immer noch beseelt lächelnd, wohl die Nachwirkungen ihres eigenen Vortrags.

»Nein, wissen Sie, also ich will da niemanden belasten. Obwohl …«

»Was?« Lisa trank einen Schluck Orangensaft.

»Obwohl mir mal zu Ohren gekommen ist … – also wissen Sie, ich habe nämlich eine Cousine, die geht immer in diesen Friseursalon, also jedenfalls, dass die Jessica sich mit einer ihrer Kolleginnen so gar nicht verstanden hat. Es war wohl sogar so, dass die Jessica dieser Kollegin die Leitung der neuen Filiale weggeschnappt hat, die die Uschi eigentlich der anderen versprochen hatte. Welche Kollegin, weiß ich allerdings nicht.«

»Ach«, entfuhr es Lisa, und Elke Schuster nickte eifrig.

»Die Filiale gibt es wohl noch gar nicht. Aber trotzdem. So was ist natürlich nicht schön. Aber im Wegnehmen war die Jessi, Gott hab sie selig, ja nicht schlecht, wenn Sie verstehen, was ich meine. Der Monika traue ich so was allerdings nicht zu, die ist viel zu lieb. Ja, ich weiß ja nicht, ob Ihnen das hilft …«

Lisa lächelte. »Sehr sogar.«

»Wohlgeraten?«, fragte Heiko und sah Lisa vielsagend an. »Was, bitte, ist denn *wohlgeraten*?« Lisa zog die Augenbrauen hoch. »Wohlgeraten sind Annabella und Heidemarie. Die sind sogar wahre Musterbeispiele für Wohlgeratenheit.«

»Hm.«

Heiko gab Gas. Der M3 heulte auf und beschleunigte sofort, als Heiko auf der Goldbacher Straße auf die Tube drücken konnte. Lisa sah zu ihrem Freund hin.

»Nicht, dass du denkst, dass ich das gut finde.«

»So? Den Eindruck hatte ich aber«, bescheinigte der Kommissar

»Quatsch. Die beiden sind ja total blutleer. Das ist doch schrecklich. Und keinesfalls normal für dieses Alter.«

Heiko nickte eifrig. »Gell, so ein bisschen wie in diesen Horrorfilmen.«

Lisa grinste. »So weit würde ich jetzt nicht unbedingt gehen. Aber wenn du meinst …«

»Doch, doch«, beharrte Heiko und nickte bestätigend. »Obwohl, vielleicht ein bisschen wie in »The Grudge«. Du weißt schon, das mit dem japanischen Kind.«

»Ja, ja, genau das meine ich.« Lisa fuhr sich mit der Hand durchs Haar. »Jedenfalls ist diese Familie ein solcher Ausbund an Harmonie, dass einem beinah schlecht wird.«

»Nur beinah?« Heiko bog in die Gaildorfer Straße ein. »Hast du Hunger?«, fragte er und sah auf die Uhr. Halb eins, das war eine gute Zeit fürs Mittagessen. »Wie wäre es mit Chinesisch?«

»Gute Idee.«

Sie parkten den Wagen und betraten den Sing Keng. Die Kommissare wählten einen Tisch am Fenster. Sofort erschien eine chinesische Bedienung, die dieses für Chinarestaurants typische beflissene Dauergrinsen auf den Lippen trug.

»Guten Tak, was möchten Sie trinkän, bittä?«

»Ein Cola und das Buffet«, bestellte Heiko, und Lisa wollte »Litschisaftschorle und auch das Buffet.«

Die Bedienung lächelte immer noch, ganz so, als hätte ihr jemand die Mundwinkel nach oben getackert. Mit so einem elektrischen Tacker. »Kollaaah und Litsisaftensolle, und Büffeh, jaaah, dankä.«

Heiko sah der Frau entgeistert nach. »Denkst du auch immer, dass das Ganze bloß Theater ist?«, fragte er Lisa.

Die blinzelte. »Wie bitte?«

»Na ja, also, die Chinesen im Chinarestaurant. Die können doch hundertprozentig akzentfrei Deutsch. Die sind doch alle schon ewig hier. Ich bin mir ganz sicher, dass die so reden, damit die Atmosphäre schön exotisch bleibt.«

Lisa lachte und wiegte den Kopf. »Wer weiß, vielleicht hast du recht.«

Wenig später brachte die Bedienung das »Koolah« und das »Litsisaftensolle«.

»Bittä, Sie könnähn sich am Büffeh Essän holän«, informierte sie dann und lächelte immer noch. »Xixi«, sagte Lisa, und die Bedienung erwiderte ein Wort, das sich so ähnlich wie »Bouillon« anhörte.

»Was?«, fragte Heiko.

»Das heißt »Danke« auf Chinesisch.«

»Du kannst Chinesisch?«

»Nein, nur Danke, vom Chinarestaurant.«

»Holen wir uns was?«

Wenig später standen sie vor dem Buffet und sichteten das Essen.

»Probier mal das Sushi«, riet Lisa. »Das ist echt gut.«

Heiko schüttelte sich innerlich. Igitt, kalter, roher, gefalteter Fisch. Er hatte nur einen Moment nicht aufgepasst, und schon hatte ihm Lisa eines der seltsamen Röllchen auf den Teller gelegt und etwas von dem hellgrünen Zeug draufgeschmiert.

»Wasabi. Das gehört dazu«, erläuterte sie. Heiko schluckte. Na dann. Im Kreis um das schreckliche Teil drapierte er nun anderes Essen, richtiges, gekochtes Essen. Essen, das schmecken würde. Fisch ging nur in gebratenem oder in frittiertem Zustand. Vielleicht noch gedünstet und, wenn es sein musste, dann auch noch geräuchert. Aber roh ging gar nicht. Sie setzten sich an den Tisch und nahmen die Stäbchen zur Hand. Denn obwohl sie beide nicht unbedingt perfekt waren im Essen mit Stäbchen, so liebten sie es doch, es zumindest zu probieren. Heiko aß erst alles, was nicht Sushi war. Hähnchen mit braunen Champignons und Gemüse in Knoblauchsoße. Hmmm. Gebackenes Schweinefleisch mit süßsaurer Sauce. Ganz hervorragend. Knusprige Ente mit Bambussprossen. Lecker. Er schielte immer wieder auf Lisas Teller, auf dem zu Anfang fünf Sushiteilchen gelegen hatten, die sich aber nach und nach gelichtet hatten. Endlich war auch bei ihm nur noch das Sushi übrig, und er spielte mit dem Gedanken, den Teller einfach stehen zu lassen. Man nahm sich am Buffet ja sowieso einen neuen. »Denk nicht mal dran«, warnte Lisa und erriet damit seine Gedanken. Heiko schluckte und trank einen Mundvoll Cola. Dann besah er sich das Sushi genauer. Im Inneren befand sich ein rosafarbenes, undefinierbares Zeug. Drumrum etwas, das aussah wie ein grünes Papier. Dann kam eine Schicht Reis, die immerhin eindeutig als solche identifizierbar war. Was aber auch das Einzige an diesem Teil war, was eindeutig zuordenbar war. Den Abschluss bildeten kleine, orangefarbene Kügelchen, in denen das Ding wohl gewälzt worden war.

»Was ist das?«, fragte Heiko zaghaft.

»Frag nicht, iss«, befahl Lisa, und Heiko nahm mit einer zögernden Bewegung die Stäbchen auf. Er schnappte sich das komische Ding und steckte es schnell in den Mund. Sein Plan, es einfach runterzuschlucken, wurde jäh vereitelt, als Lisa barsch »Kauen!« forderte. Heiko biss auf dem Röllchen herum. Einmal, zweimal, dreimal. Er schmeckte Fisch. Intensiven, fischigen Fisch. Die Schärfe des Wasabis. Fisch und Reis. Irgendwas Grünes, Spinat vielleicht. Bäh, Spinat. Das hatte er als Kind immer essen müssen, mit der Begründung, das enthalte viel Eisen und Popeye sei schließlich so ein starker Kerl. Und die orangen Kügelchen schmeckten fischig-süßlich. Er schluckte das Ding herunter und spülte mit einem ordentlichen Schluck Cola nach. Schon besser.

»Und, was war das jetzt?« Lisa ließ das letzte Sushi genüsslich in ihrem sinnlichen Mund verschwinden.

»So, und?«, beharrte Heiko.

Seine Freundin grinste. »Das Innere war Thunfischcreme. Das Äußere Fischrogen. Dann Reis und ein paar köstliche Algen.«

»Algen?«

Heiko war ehrlich entsetzt. Igitt, Algen! Das war doch das glibberige Zeug, das einem beim Baden im Meer immer an den Beinen entlang waberte und sich dabei ziemlich genau wie eine zehn Tage alte Wasserleiche anfühlte. Igitt! Schnell stand er auf und füllte sich seinen Teller mit schmackhafteren Dingen.

Fünf Minuten später war Heiko wieder versöhnt. Er kaute genießerisch auf einem Stück knuspriger Ente herum und trank Cola.

»Und? Wie findest du die Elke Schuster?«, fragte Lisa, weil sie sah, dass sich Heiko vom Sushi-Schock nun offenbar erholt hatte.

»Anstrengend«, urteilte er, »also ich kann die nicht leiden.«

»Du wirkst aber auch wie ein Schuljunge, wenn die dabei ist«, meinte Lisa und grinste.

»Quatsch«, wiegelte Heiko ab. »Die ist nur so … so … ach, ich weiß nicht.«

»Ja, ich verstehe, was du meinst. Sonst wären die beiden Mädchen ja auch kaum so wohlgeraten.«

Heiko grinste und ließ ein Stück gebackenes Schweinefleisch in seinem Mund verschwinden. »Rasieren könntest du dich mal wieder«, tadelte Lisa und fuhr mit der linken Hand über seinen kratzigen Dreitagebart.

»Dann wirke ich aber weniger gefährlich«, wandte Heiko ein.

»Du wirkst auch so gefährlich«, widersprach Lisa.

»Jedenfalls, bei der Schusterin fehlt mir das Motiv. Die ist überkandidelt, ja, bis zum Gehtnichtmehr, aber warum sollte sie ihre Schwägerin in spe umbringen? Das macht keinen Sinn.«

Lisa nickte eifrig. »Ja, ganz anders als bei dieser Monika. Die hat ein Motiv, und was für eins.«

»Ich denke nicht, dass die es war.«

»Warum nicht?«

»Hm. Bauchgefühl. – Nachtisch?«

Später saßen sie bei einem Automatenkaffee auf dem Revier. Simon hatte sich zu ihnen gesellt und trug auch heute wieder dieses selig-verklärte Lächeln auf den Lippen. »Und diese geheimnisvolle Kollegin?«, meinte Lisa nun. »Anscheinend hat die Jessica der ja übel mitgespielt, wegen des Jobs. Ach, wir könnten doch eigentlich mal wieder zum Friseur. Und bei der Gelegenheit kannst du dich auch gleich rasieren lassen.«

Heiko saß in der Warteecke von Uschis Friseursalon und blätterte lustlos in einem Playboy herum.

»Du liest das wegen der Artikel, nicht wahr?«, unterstellte Lisa mit ironischem Unterton.

Heiko schüttelte den Kopf. »Nein, ich lese das, weil es die einzige Zeitung hier ist, in der es nicht um Gloria von Thurn und Taxis, irgendwelche anderen Prinzessinnentussis und das Abnehmen geht. Und du liest ja schließlich auch.«

Lisa legte etwas schmollend ihre »Bunte« zurück auf das Beistelltischchen und registrierte die Schlagzeilen: »Fürstin Gloria – wird sie mit diesem Mann glücklich werden?« – »Maxima – ihr kompliziertes Leben am Hof« und »Die wunderbare Kohlsuppe – 3 Kilo in 3 Tagen.«

Uschi rauschte vorbei und zwinkerte ihnen zu. »Ich bin gleich für euch da.« Sie trug heute eine kunstvoll getürmte Super-Volumen-Mähne. Lisa konnte mit dieser Mischung aus aufgetakelt und Matrone nicht allzu viel anfangen. Aber Uschi war auf jeden Fall nett. Sympathisch, doch, doch. Katja war nirgends zu sehen, ebenso wenig Silvia, dafür nestelte Conny seit einer halben Stunde auf dem Kopf einer Mittfünfzigerin herum, die ihn mit allerlei Tratsch zumüllte. Aber der junge Hairstylist war professionell genug, alles, was die Frau sagte, zu kommentieren und entsprechend zu honorieren. Lisa betrachtete die Inneneinrichtung des Salons, die charmant antiquiert, aber keinesfalls verratzt aussah. Im Gegenteil, der Salon wirkte überaus adrett, und riesige Spiegel erleichterten es den Kundinnen, die Arbeit der Hairstylisten zu verfolgen. Im Hintergrund lief eines dieser Geschäftsradios, wo es nur Musik und keine Werbung oder Gequatsche gab. Offenbar hatte Uschi den Schlagerkanal gewählt. Schließlich rauschte die Oberhairstylistin heran.

»So, jetzt hab ich Zeit für euch«, meinte sie und baute sich vor den beiden auf. Dann deutete sie grinsend auf Heiko. »Sie könnten mal wieder eine Rasur gebrauchen, mein Lieber.«

Lisa stimmte zu. »Finde ich auch.«

Heiko ergab sich und saß wenige Minuten später in einem dieser Stühle, in denen er sich, obwohl die Haltung doch eine ganz andere war, immer wie beim Zahnarzt vorkam.

»Ihr seid nicht zufällig hier, nehme ich an?«, fragte Uschi und verteilte mit einem überaus edel wirkenden Rasierpinsel blumig duftenden Schaum rund um Heikos Mund und auf seinen Wangen. Toll. Wie sollte er so reden können? Er schielte mit Hilfe des Spiegels zu Lisa hin, die sein Malheur bemerkte, aber keine Miene verzog und es sogar lustig zu finden schien.

»Nun, wir haben die Information erhalten, dass eine Kollegin bei einer Beförderung … sagen wir … übervorteilt wurde, zugunsten von Jessica.«

Uschi hielt inne. »Woher haben Sie das?«

Lisa zuckte die Achseln und lächelte vieldeutig. Die Chefhairstylistin räusperte sich, während sie das Rasiermesser zur Hand nahm. Heiko hoffte inständig, dass Uschi zu den multitaskingfähigen Damen gehörte, die gleichzeitig reden und mit einem scharfen Messer in der Nähe seiner Kehle hantieren konnten.

»Na, das war nicht zu vermeiden, dass das die Runde macht. Und ich muss zugeben, wenn es in meinem kleinen Laden einen Betriebsrat gäbe, dann wäre die Sache garantiert haarig für mich geworden.«

Heiko unterdrückte ein Grinsen. Haarig.

»Aber, wisst ihr, ich bin eben ein kleines Unternehmen, und da kann ich auf solche Sachen keine Rücksicht nehmen.«

»Um welche Kollegin handelt es sich denn?«, wollte Lisa wissen. Die Hairstylistin seufzte. »Ich werde jetzt ehrlich zu euch sein, und das bleibt auch bitte unter uns – also die Katja, die mag ich ja wirklich gern und so, aber in unserem Beruf muss man … nun … auch was hermachen, sich ein bisschen herrichten, sich stylen. Und was das betraf, war die Jessi –, nennen wir es: repräsentativer.«

Heiko versuchte trotz seiner Lage ein »Hm«.

»Jessi war auch die Kreativere von beiden, nicht alle

Kunden wollen das, hier überwiegt eher der klassische Dauerwellentyp, wenn ihr versteht, was ich meine. Aber so was braucht man ja auch, und deshalb ist das schon recht mit der Katja. Aber so zum Herzeigen – nun ja, ihr versteht. Und für eine neue Filiale macht sich so was Hübsches, Kreatives auch gut.«

Heiko schluckte, als Uschi mit dem Messer über seinen Kehlkopf fuhr. Da es einen Moment lang ganz still war, hörte er das Kratzen des Haare schabenden Messers auf seiner Haut.

»Und hatte die Katja deshalb ein Problem mit der Jessica?«

Uschi wiegte den Kopf.

»Also, toll fand sie das nicht. Sie hat geäußert, die Jessica hätte wohl geschleimt, und nur, weil sie hübscher sei und so. Aber ihr denkt doch nicht …« Die Hairstylistin hielt inne und streifte das Messer an einem Handtuch ab.

»Momentan wissen wir nicht so recht, was wir denken sollen«, meinte Lisa.

Uschi schüttelte so heftig den Kopf, dass sich ihre getaftete Frisur jetzt doch ganz leicht bewegte. »Auf keinen Fall! Das könnte …«

»Man denkt es nie von den Leuten, die man kennt und mag«, warf Heiko ein, der nun endlich dieses Messer an seiner Kehle los war.

Die Meisterin trocknete ihren Patienten ab, und Heiko strich sich mit der Hand über das babyglatt rasierte Kinn.

»Nicht schlecht«, lobte er.

»Aber, wenn, also, und das glaube ich auf gar keinen Fall, aber wenn die Katja etwas damit zu tun hätte, dann würde das ja bedeuten, dass ich auch mit Schuld hätte.«

»So ein Blödsinn«, wiegelte Lisa ab. »Denken Sie doch nicht so was. Aber wissen Sie vielleicht, wo wir Katja Blum um diese Zeit finden können?«

Uschi dachte angestrengt nach.

Dann sagte sie: »Dienstag ist ihr freier Tag. Da geht sie immer auf den Reiterhof. Nach Tiefenbach.«

Heiko stand auf und zückte seinen Geldbeutel.

»Geht aufs Haus«, meinte Uschi und wirkte nun tatsächlich sehr verstört. Heiko murmelte ein Dankeschön und steckte trotzdem einen Fünfeuroschein in die Kaffeekasse, die aus einem pinkfarbenen geflügelten Schwein mit goldener Krone bestand.

»Jetzt machen Sie sich bloß keine Gedanken. Ist doch klar, dass Sie an Ihr Unternehmen denken müssen. Ich hätte das auch so gemacht«, bekräftigte Lisa noch einmal. Die Hairstylistin versuchte ein Lächeln.

»Wahrscheinlich haben Sie recht.«

Auf dem Weg nach Tiefenbach kamen sie an der CDS – der Crailsheimer Darmsortieranlage – vorbei. Ein Tiertransporter mit riesenhaften Schweinen, die ihre rosigen Schnauzen durch das Gitter streckten, bog soeben in die Einfahrt ein. »Wie furchtbar«, befand Lisa. »Die armen Schweine. Eigentlich sollte man gar kein Fleisch mehr essen.«

»Quatsch«, machte Heiko. »Fleisch ist zum Essen da.« Sinnend betrachtete er den Laster. »Aber mir tun die Viecher auch leid«, fügte er dann hinzu.

Ihr letzter Mordfall hatte sich in Tiefenbach abgespielt, und deshalb kannten sie sich gut aus. Die Straße folgte ein kurzes Stück dem Schmiedebach. Kurz hinter der Pizzeria »Da Silvio« bogen sie rechts ab, hoch zum Reiterhof.

Sie parkten den Wagen. Überall herrschte rege Betriebsamkeit. Eine Gruppe Erwachsener saß an den Tischen einer improvisierten Kneipe. Viele warteten offenbar auf das Ende der Reitstunde ihrer Kinder. Gerade kamen zwei Reiter den Weg hoch. Auf dem einen Pferd saß ein etwa zehnjähriges Mädchen, auf dem anderen Katja Blum. Selbst ihr Helm war neutral, neutral grau, während der rosafarbene Helm des Mädchens über und über mit Pferdeaufklebern verziert war. Die Hairstylistin erblickte die beiden Kommissare und nickte ihnen grimmig zu. Heiko besah sich die Pferde. Das Kind ritt einen Haflinger, der so liebenswürdig und gutmütig aussah, als könnte er das Titelblatt der »Wendy« zieren, Katja hingegen saß auf einem großen Rappen, der sehr elegant wirkte. Zum ersten Mal strahlte die Hairstylistin so etwas wie Präsenz aus. Sie fühlte sich auf dem Rücken des großen Tieres sichtlich wohl. Die Pferde waren heran, und Katja machte ein zungenrollendes »Brrrrrr« und griff gleichzeitig in die Zügel des Haflingers neben ihr. Mit einem gekonnten Schwung stieg sie ab und nestelte an ihrem Helm.

»Wollt ihr zu mir?«, fragte sie die Kommissare ohne zu lächeln.

»Ja, wir hätten da ein paar Fragen«, begann Lisa.

»Dann müsst ihr aber mit in den Stall kommen, wir müssen die Pferde versorgen.«

Lisa blickte etwas pikiert drein – sie hatte heute nicht

gerade ihre Stallschuhe an – aber Heiko zuckte nur die Achseln und stapfte ergeben hinter den beiden Pferden und ihren Reitern her.

Kurze Zeit später sahen die Ermittler zu, wie Katja Blum und das sehr schweigsame Mädchen ihren Pferden simultan Sattel und Zaumzeug abnahmen und die Tiere mit Handtüchern trocken rieben. Sie befanden sich in einer großen, geräumigen Stallung.

»Also?«, fragte die Hairstylistin, während sie das schweißnasse Fell mit einem intensiv rosafarbenen Handtuch hingebungsvoll rubbelte.

»Wir waren bei Ihrer Chefin, bei der Frau Seibold …«, begann Heiko.

»Und?«

»… und die hat uns einige interessante Dinge erzählt.«

Lisa legte Heiko eine Hand auf den Arm und schüttelte beinah unmerklich den Kopf. Anders. So nicht. Katja Blum schwieg. Man hörte nichts außer dem wohligen Schnauben des Pferdes und dem leisen Kratzen des Striegels, mit dem die Reiterin inzwischen das schwarze Fell bearbeitete.

»Sie haben uns ja schon erzählt, dass Sie und Frau Waldmüller nicht gerade die besten Freundinnen waren«, fing Lisa an. Wesentlich diplomatischer, wie sie fand.

Katja Blum machte »Hm«.

»Und nun ist uns zu Ohren gekommen, dass Ihre Antipathie wohl nicht ganz unbegründet war – die Jessica hat Ihnen wohl eine Stelle weggeschnappt?«

Katja hielt kurz in der Bewegung inne, und das Pferd wieherte vorwurfsvoll. Eine Sekunde später arbeitete sie jedoch weiter.

»Ja. Und?«, meinte sie dann wortkarg.

»Hat Sie das denn nicht geärgert?«

»Hätte es Ihnen denn nichts ausgemacht?«, fragte Katja zurück.

Lisa dachte nach. Natürlich hätte sie sich auch geärgert, ganz bestimmt. Mal ganz abgesehen davon, dass der Grund so offensichtlich und so wenig schmeichelhaft war. Aber sie konnte auch Uschis Beweggründe verstehen. Eine schwierige Sache war das.

»Also, ich erkläre es Ihnen. Ich bin schon vier Jahre länger dabei als die Jessi es war, das heißt, ich war längst schon Gesellin, als die Jessi als Azubine angefangen hat. Sie hat ihre Sache gut gemacht, das gebe ich zu, sie war nicht schlecht. Aber die Klassiker konnte sie nicht. Und ich bin nach wie vor davon überzeugt, dass die Uschi sie wegen der Optik befördert hat.«

»Aber, Frau Blum, sagen Sie doch so was …«, wollte Lisa abwiegeln, aber Katja hob Einhalt gebietend die freie Hand.

»So eine Tussi, wie die Jessi es war, fungiert nicht nur als lebende Modellpuppe, sondern sie zieht auch noch die männlichen Kunden an, und zwar scharenweise.«

Weder Heiko noch Lisa wagten zu widersprechen, die Heuchelei wäre allzu offensichtlich gewesen.

»Hören Sie, unter uns Frauen: Es gibt immer jemanden, der besser, hübscher, schöner als man selber ist. So ist nun mal das Leben.«

»Ja, das stimmt wohl. So ist halt das Leben«, stimmte Katja zu.

Sie füllte nun Heu in die Krippe, und der schwarze Hengst begann sofort, eifrig zu fressen. Die langen

Halme verschwanden in dem klappenden Pferdemaul zwischen geräuschvoll mahlenden Zähnen. Heustaub flog auf und flimmerte golden im einfallenden Sonnenlicht. »Aber fair ist das nicht, oder?«

Lisa stimmte zu. »Nein, da haben Sie ganz recht, fair ist das nicht.«

Katja, die endlich ein kleines bisschen aufzutauen schien, nickte eifrig. »Wissen Sie, ich habe auf diese Stelle hingearbeitet, seit ich in diesem Betrieb angefangen habe. Ich habe gedacht, ein kleiner Betrieb wie der Uschi ihrer, da ist die Konkurrenz überschaubar. Und die Uschi hat immer gesagt, wenn ich meine Sache gut mache, kriege ich die neue Filiale im Kreuzberg.« Die Kommissare ließen sie reden. »Und dann fand ich es halt nicht okay von der Jessi, wenn sie Anstand gehabt hätte, hätte sie mir den Vortritt gelassen.«

»Das wäre aber nun wirklich sehr selbstlos gewesen«, wandte Heiko ein.

Katjas Finger durchkämmten fahrig die pechschwarze Mähne des Pferdes. »Natürlich. Aber sie hätte sich zumindest anders benehmen können. Ich habe sie nämlich mal darauf angesprochen.«

»Und wie hat sie reagiert?«, animierte Lisa zum Weitersprechen.

»Sie hat gesagt, ich solle mich nicht so anstellen und wir würden schließlich in einer Gesellschaft leben, in der es darum geht, was man leistet, und nicht, wer am meisten Mitleid erregt.«

»Mitleid? Das hat sie gesagt?« Lisa war ehrlich schockiert.

Katja zuckte die Achseln. »Kann man nichts machen.

Jedenfalls, so war das. Und ja, natürlich hatte ich eine Wut auf sie. Aber umgebracht habe ich sie nicht. Ich habe mich damit abgefunden.«

»Hätten Sie nicht klagen können?«, wollte Heiko wissen.

Katja schnaubte. »Tolle Idee. Arbeiten Sie mal in einem Fünf-Mann-Betrieb, den Sie verklagt haben.«

Der Kommissar brummte. Da hatte sie schon recht, das war unmöglich. »Sie werden uns das jetzt vielleicht übel nehmen, aber Sie müssen entschuldigen, denn immerhin haben Sie ein dickes, fettes Motiv: Also wo waren Sie denn am Volksfestfreitag um elf?«

»Daheim. Und meine Eltern können das bestätigen.«

»Sie wohnen noch zu Hause?«, wunderte sich Heiko.

»Von welchem Geld soll ich denn bitte eine Wohnung bezahlen?«, hielt Katja dagegen.

»Als Filialleiterin hätten Sie sich das schon leisten können, nicht?«, mutmaßte nun Lisa. Wieder das Scharren des Striegels auf dem mittlerweile strahlend glänzenden Fell. Dann ein ganz, ganz leises »Vielleicht«.

»Die Waldmüller hat der das Leben ja zur Hölle gemacht. Da arbeitet die jahrelang auf die Beförderung hin, wohnt noch bei Mama und Papa, immer in der Hoffnung, dass ihr Friseurinnengehalt eines Tages aufgestockt wird, und dann schnappt ihr eine wegen der Optik die Stelle weg. Da hat man doch eine mords Wut im Bauch, oder nicht?«, fand Heiko.

Er gab Gas, und der M3 schnurrte zufrieden.

»Mords Wut oder Mordswut?«, kalauerte Lisa.

»Jedenfalls ist die eine heiße Kandidatin, da kannst du sagen, was du willst.«

Bernhard Hofmeister konnte es immer noch nicht fassen. Sie, seine Jessi, sie war tot. Er saß seit Stunden hier auf seiner Designercouch im Wohnzimmer, in ein stylisches Baumwollplaid gehüllt, und umklammerte das gemeinsame Foto. Ja, er hatte sie geliebt und er liebte sie noch. Hieß es nicht in der Bibel, die Liebe sei viel stärker als der Tod? Das war so, da war er sich sicher. Er nippte am Weißweinglas, das er auf dem Wurzelholztisch abgestellt hatte. Sie war die Frau seines Lebens gewesen, das wusste er nun, ach was, er hatte es schon immer gewusst, immer. Jessica. Dass sie noch mit dem anderen zusammen gewesen war, der Form halber, das war ohne Belang. Sie hatte ihn auch geliebt, auch, wenn sie es niemals zugegeben hatte, bis zum Schluss nicht, das wusste er, er hatte es in ihren Augen gesehen. Ihre Augen, ihre schönen braunen Augen. Ein Schluchzen entrang sich dem Mann. Selbstvergessen drückte er einen Kuss auf die Hälfte des Fotos, auf der Jessica zu sehen war. Eine Träne rann ihm über die Backe, tropfte von seinem Kinn herab und bildete einen hässlichen Fleck auf dem Foto. Fahrig wischte er über das Bild. Nein. Jessica. Es durfte nicht sein. Es musste ein Albtraum sein. Aber er wusste selbst, dass es die Realität war, und die war unendlich bitter.

»Wie heißt das?«, fragte Lisa noch einmal. Sie konnte sich dieses komische Wort einfach nicht merken.

»Muswiese«, wiederholte Heiko. »Muswiese, wegen Musdorf. Das ist den Musdorfern ihr Volksfest.«

»Aha.«

»Ja. Das ist ursprünglich auch so eine Erntedank-Feier.«

»Und das geht eine ganze Woche lang?«

»Fast.«

Sie passierten Wallhausen und folgten der Straße in Richtung Rot am See. Der Himmel war heute bedeckt, und ein fordernder Wind rüttelte an den Ästen. Jetzt waren sogar die letzten Ausläufer des Sommers in den letzten Zügen. Zwar waren noch die meisten Blätter an den Bäumen. Aber die Blätter waren golden oder rot-orange. Stellenweise hatten sich die Farben nun auch hin zu einem ungesunden Braun verändert. Und der Wind machte manche Äste kahl, sodass einige Obstbäume ziemlich gerupft aussahen.

»Ist es noch weit?«, fragte Lisa, als sie das Ortsschild von Rot am See erblickte.

Heiko schüttelte den Kopf. »Wir sind gleich da.«

Und wirklich: an der Kreuzung stand ein Schild mit der Aufschrift »Muswiese«.

»Steht das das ganze Jahr über da?«, fragte Lisa.

»Das Schild ist genauso eine Institution wie die Muswiese selbst.«

Sie parkten den M3 im Acker, was Lisa nicht einmal gewundert hatte. Sie hatte nämlich nicht wirklich einen Messeparkplatz erwartet. Während der Muswiese wurden einige Äcker kurzerhand zum Parkplatz erklärt. Besonders rentabel wurde es für die Bauern, wenn es während der Muswiese ordentlich regnete und die Autos im nassen Erdreich stecken blieben – dann mussten sie mit ihren Bulldogs ran, abschleppen. Lisa achtete darauf, mit den Trotteurs nicht in einen der zahllosen Dreckbollen zu treten. Immerhin waren die Schuhe neu. Das Paar lief in einem Pulk Menschen die Landstraße entlang und erreichte schließlich die ersten Ausläufer der Muswiese. »Die Ausstellung«, erklärte Heiko. Lisa stellte fest, dass es sich hier um eine ganz ähnliche Ausstellung wie auf dem Volksfest handelte. Nur, dass hier die Textilien– und Haushaltsquote noch höher war.

»Hier, so was kriegsch noch zum Geburtstag«, meinte Heiko und wies auf eine lilafarbene Kittelschürze mit rosa und weißen Blümchen und Plastikknöpfen.

Lisa schüttelte sich. »Wehe, du wagst es.«

Heiko grinste.

»Wer zieht denn so was an«, fragte sich die Kommissarin fassungslos.

»Och du, so schlecht ist das gar nicht. Die Dinger sind schmutzabweisend, du kannst also damit backen, kochen und im Garten arbeiten, sie sind bei hohen Temperaturen waschbar, und wenn es sein muss, kann man die ganz schnell ausziehen.«

Nun hatte der Kommissar einen Hieb zwischen den Rippen sitzen. »Ich geb dir gleich Gartenarbeit und Kochen und Backen und ganz schnell Ausziehen«, murmelte Lisa.

In diesem Moment wurde ihre Aufmerksamkeit von einem anderen Stand angezogen.

»Aber das ist was Tolles«, bestimmte sie und wies auf die dicken, naturfarbenen Socken aus »reiner Schurwolle.«

»Die müssen Sie net mal waschen«, warb der Mann

hinter dem Stand, kaum, dass er Lisas Aufmerksamkeit bemerkt hatte. Er war in einen dicken Norwegerpulli gehüllt – wahrscheinlich ebenfalls reine Schurwolle – und trug einen grauen Vokuhila und eine breite Goldpanzerkette um den Hals, was wiederum weniger ökomäßig wirkte. Trotzdem hatte er auch wegen der Frisur, die ein bisschen wie lange Hängeohren wirkte, etwas von einem Schaf. »Die reinigen sich nämlich selbst«, fuhr der Mann nun fort. »Und wenn, dann reicht Auslüften.«

Lisa beschloss bei sich, die Socken trotzdem zu waschen. Wozu gab es denn das Wollprogramm an der Waschmaschine?

»15 Euro für ein Paar?«, entrüstete sie sich, als sie das Preisschildchen las. Der Verkäufer setzte ein professionelles Grinsen auf.

»Jahahaaah. Aber die haben Sie Ihr ganzes Leben lang, meine Hübsche, das ist Qualität. Hand-ar-beit.«

Er klopfte im Takt seiner Worte auf das Schild mit der »Reinen Schurwolle«. »Handgestrickt, von glücklichen Schafen.«

Lisa grinste. »Die Schafe haben die Socken gestrickt?«

Der Mann schien für wenige Sekunden aus dem Konzept. »Neinnein, äh, die Wolle kommt von den Schafen …«

Lisa kramte umständlich ihren riesenhaften Frauengeldbeutel aus der Handtasche.

»Zwei Paar kosten fünfundzwanzig«, lockte der Verkäufer.

»Wenn die aber doch ein Leben lang halten?«, schaltete sich nun Heiko ein. Ein Grinsen huschte dem Händler übers Gesicht.

»Ja, aber für dich nehm ich noch ein Paar«, beschloss Lisa und suchte für Heiko noch braune Socken mit, wie sie fand, »ganz bezaubernden Rentieren«, heraus. Wie selbstverständlich drückte sie Heiko anschließend die Sockentüte in die Hand, was dieser mit einem Brummen quittierte. Toll. Nun musste er den ganzen Abend mit dieser peinlichen Tüte herumlaufen. Wobei er da ja wenigstens nicht der einzige Kerl war, die meisten Männer hielten unförmige Tüten, die zumeist Socken in allen Varianten enthielten, in den Händen. Sie passierten einen Stand, wo es gefühlte 500 Sorten Pinzetten und andere Metallinstrumente gab, mit denen man an sich herumzupfen, – schneiden und -feilen konnte. Einige Meter weiter entdeckte Lisa ein Schild mit der Aufschrift »Kuhfladenbingo«. Neugierig zerrte sie Heiko in die angegebene Richtung.

»Weißt du, was das ist?«, fragte sie.

Heiko seufzte. »Also. Da gibt es eine Wiese, und die ist in Abschnitte eingeteilt. Auf der Wiese ist eine Kuh. Und man kann dann wetten, wann sie scheißt und wohin sie scheißt.«

Lisa blinzelte und zog die Nase kraus.

»Im Ernst?«

»Wirklich.«

Lisa lachte sich halb kaputt, als sie das »Spielfeld« erblickte. Die Kuh Berta machte keinerlei Anstalten, sich irgendwie zu bewegen, geschweige denn, einen Fladen zu produzieren. Vielmehr lag das braunweiße Fleckvieh entspannt in einer Ecke und käute genussvoll wieder. »Komm, da machen wir mit«, beschloss Lisa und ging zum Aktionsstand, wo man die Teilnahmekarten ausfüllen konnte.

Sie ließen den Abend auf dem Festplatz ausklingen, wo sie erst die Fahrgeschäfte betrachteten, die, anders als die auf dem Volksfest, charmant antiquiert wirkten. Dann aßen sie noch ein leckeres Steak und tranken etwas. Einträchtig saßen sie zusammen mit den Musdorfern und anderen Festbesuchern schließlich im Zelt.

Konradin Breiter räumte auf. Wie jeden Abend. Als Azubi war es seine Aufgabe, den Laden zu fegen, die Wickler einzusortieren und die Kämme und Bürsten zu desinfizieren. Ganz früher hatte das die Jessi gemacht, ganz früher. Bis sie zur Superhairstylistin avanciert war. Es war offensichtlich, dass die Chefin die hübsche Majorette vor Silvia und Katja bevorzugte. Silvia war damit ganz gut klar gekommen. Aber Katja. Sie tat ihm schon leid. Eigentlich war sie nicht hässlich oder so. Trotzdem wusste er nicht, ob sie überhaupt schon mal einen Freund gehabt hatte. Vielleicht, so überlegte Konradin, während er sorgsam die Wickler der Größe nach sortierte, war sie sogar noch Jungfrau. Denn Katja war das, was man in Hohenlohe ein »Chrischtkindle« nannte. Zu verkrampft, zu brav, zu langweilig. Langweilig vor allem. Er konnte die Chefin irgendwie auch verstehen, was die Filialleitung anging. Aber es war trotzdem nicht in Ordnung, denn Katja hatte die Stelle nötiger und war länger dabei, viel länger. Bedächtig legte Konradin Breiter die Kämme ins Desinfektionsbecken und sah zu, wie sie in der bläulichen Brühe untergingen. Er konnte sich durchaus vorstellen, dass die Katja etwas damit zu tun hatte. Durchaus. Wenn er eine Frau wäre, und er wusste viel über die weibliche Psyche, aus zahllosen Gesprächen mit den Kundinnen, dann hätte er auch eine Stinkwut auf die Jessica gehabt. Denn eine solche Frau setzte Maßstäbe. Sie war hübsch, gewieft, clever und durchaus auch intrigant gewesen, die Jessi. Den meisten Männern entgingen die Intrigen, die die Frauen so spannen, aber Konradin registrierte sie sehr wohl. Und die Jessi war tendenziell bösartig gewesen, mindestens egoistisch hoch zehn. Er seufzte. Hoffentlich hatte die Katja keine Dummheit gemacht. Hoffentlich, denn das wäre schade um sie. Er seufzte tief und strich sich eine schwarz gefärbte Haarsträhne aus dem Gesicht, bevor er den Besen nahm und abschließend die vielfarbigen Haarflusen auf dem Boden zusammenkehrte.

MITTWOCH, 2. OKTOBER

»Also«, beschwerte sich Simon. »Wohär soll ich denn wissen, wer alles das Mordopfer oder den Ehrmann gekannt hat.«

Schon wieder vibrierte das Handy und mit ihm der ganze Tisch. Simon schielte hin, schien kurz mit sich zu kämpfen und las endlich schnell, aber mit verklärtem Lächeln die SMS. Heiko räusperte sich. »Dann ruf halt mal diesen Junggesellen an. Der weiß doch bestimmt, wie sich die Leute untereinander kennen.«

»Ich bin doch net doof, das hab ich doch schon tausendmal probiert. Aber der gute Mann ist einfach nie daheim. Der scheint ununterbrochen zu arbeiten.«

»Ein Handy hat er nicht?«, versuchte Lisa.

»Das nimmt er nicht mit ins Gschäft.«

»Wo schafft er denn? Dann reden wir selber mal mit dem, ist ja so langsam akut.«

»Beim Roll, in der LKW-Werkstatt«, informierte Simon die Kollegen.

Das Werksgelände der Firma Roll stach unter den Crailsheimer Firmen deutlich hervor, denn es hatte eine Besonderheit: Weithin sichtbar thronte mitten auf dem Gelände das größte, schönste und beste Hochregallager der Stadt, ein riesenhafter Koloss, der deutlich an den australischen Ayers Rock erinnert hätte, wäre da nicht das Firmenlogo gewesen, das das Bauwerk in vier Meter hohen Buchstaben zierte. Von weitem sah der Schriftzug trotzdem klein aus, selbst dann noch, wenn man unten stand und an dem Ding hoch schaute. »Wahnsinn«, staunte Lisa, und Heiko konnte nur zustimmen. Sie gingen um das Werkstattgebäude herum und passierten dabei mehrere Container und Arbeitsbühnen, die zu Werbezwecken dekorativ arrangiert waren. Ein polnischer LKW parkte vor dem Gebäude, die Räder fehlten und ein recht unglücklich wirkender Fahrer lehnte am Container.

Durch eine verhältnismäßig kleine Tür betraten sie die Räumlichkeiten der Firma. Einen Pförtner gab es nicht, man war hier offenbar auf sich allein gestellt. Nach kurzem Suchen entdeckten die Ermittler schließlich ein Fenster in der Wand, das offenbar als Theke für die Kunden fungierte, und wurden von einem bärtigen, sehr resolut wirkenden Franken in die Werkstatt geführt, wo gerade der Junggeselle, Steffen Senglein, in einer Grube stand und mit dem Schraubenschlüssel in der Hand die Unterseite eines Siebeneinhalbtonners taxierte. Es roch nach Öl und Metallstaub, und jedes Geräusch hallte von der hohen Hallendecke wider. »Herr Senglein?«, begann Heiko. Der Mann wischte sich den Schweiß von der Stirn und sah blinzelnd zu den Kommissaren hoch. Er erfüllte ganz das Klischee des ölverschmierten Mechanikers, wie Lisa feststellen musste. Seine ebenmäßigen Gesichtszüge waren schön, aber nicht model-schön, sondern männlich-schön. Unter seinem weißen T-Shirt zeichneten sich wohlgeformte Muskeln ab, und die blaue Latzhose vervollständigte den Eindruck. Er erinnerte ganz deutlich an den Kerl aus der Coke-Light-Werbung. Etwas verschämt senkte Lisa den Blick und hoffte inständig, dass sie nicht rot werden würde. Heiko warf ihr derweil einen prüfenden Blick zu und runzelte die Stirn. Mit einem eleganten Satz kletterte der Mann aus der Grube. Er wischte sich die – tatsächlich ölverschmierte – Hand an der Latzhose ab und streckte sie erst Heiko, dann Lisa hin.

»Wie kou ii eich helfa?«, fragte er.

Lisa grinste in sich hinein. Das würde der Coke-Light-Mann nun nicht sagen. Trotzdem. Ein erfreulicher Anblick, der Herr Senglein.

»Wir haben da ein paar Fragen an Sie«, begann Heiko. »Sie haben doch die Frau Waldmüller gekannt?«

Senglein nickte und zündete sich eine Zigarette an. Jetzt sah er wie der Marlboro-Mann aus, fand Lisa. Hach!

»Schlimm, was mit der passiert ist. Mir ist es auch ganz arg, dass der Flo an dem Abend bei mir war und nicht … nun ja.«

»Da brauchen Sie sich gar keine Gedanken zu machen«, beruhigte Lisa. »Ist ja nicht Ihre Schuld.«

Der Mann zuckte die breiten Schultern.

»Trotzdem haben wir den Eindruck, dass der Mörder wusste, dass Frau Waldmüller an diesem Tag ohne ihren Mann unterwegs sein würde«, fuhr Heiko fort. »Und jetzt interessiert uns, wer von den Leuten, die auf Ihrer Party waren, die Frau Waldmüller und den Herrn Ehrmann kennen.«

Senglein schnaubte. »In Craalsa kennt jeder jeden, des wissa Sie doch aa.«

Heiko gab ihm innerlich recht, wollte sich damit aber noch nicht zufrieden geben. Er zerrte die reichlich zerknitterte und wenig umfangreiche Liste, die sie mit Florian erstellt hatten, aus seiner hinteren Hosentasche und reichte sie Senglein.

»Das ist mir auch klar, aber vielleicht können wir das Ganze ja doch ein bisschen eingrenzen. Und vielleicht erinnern Sie sich auch noch, wann die Leute ungefähr nach Hause gegangen sind?«

Nach einer halben Stunde hatten sie einige Namen auf der Liste unterstrichen und noch welche dazugeschrieben. Da waren erstens die beiden Schulfreunde von Jessica, alte Verehrer, die beide auf der Party gewesen waren und von denen sie die DNA-Proben schon hatten. Soweit sich Senglein erinnern konnte, waren sie recht lange geblieben. Dann war da einer, der interessant erschien: Ein gewisser Björn Silberschmidt, offensichtlich der Bruder von Monika Silberschmidt. Ferner der Quasi-Schwager des Opfers, Mario Schuster, und Bernhard Hofmeister, ein Stammkunde von »Uschis Hairstyling«, der Jessica anscheinend immer als seine Lieblingshairstylistin bezeichnet hatte. Das war doch immerhin schon was. Besser als nichts, zumindest. Immerhin so, dass sie Anhaltspunkte hatten.

»Und jetzt?«, fragte Lisa. »Was machen wir jetzt?«

»Wir kennen diesen Stammkunden noch gar nicht. Bernhard Hofmeister, den schauen wir uns als nächstes an!«, bestimmte Heiko.

Nach einem schnellen Mittagessen im Eberl-Restaurant fuhren die beiden nach Wollmershausen, wo der Stammkunde wohnte. Wollmershausen war ein kleines, ein sehr kleines Dorf noch hinter Tiefenbach. Es bestand aus vielleicht 30 Häusern, die auf nur zwei Straßen verteilt waren. Nahezu jedes Haus hatte einen schmucken Bauerngarten, die Einwohner schienen um die üppigste Blütenpracht zu wetteifern. In jedem Garten glühten herbstliche Blumen, überwiegend schwer duftende Rosen und leuchtende Astern, in allen Farben. Nahe am Ortseingang befand sich links eine rosafarbene Gastwirtschaft, die augenscheinlich schon lange geschlossen war. Genau hier war die angegebene Adresse. Eine Klingel gab es nicht, stattdessen war die schwere Tür, die ganz hervorragend zu einer Gaststätte passte, nicht abgeschlossen.

Heiko drückte die schmiedeeiserne Klinke herunter, öffnete die Tür halb und rief: »Hallo?« Im Flur war es dunkel und staubig. An der Stirnseite befand sich ein altes Buffet mit Geschirr und Nippes.

»Hallo?«, rief Heiko nochmal, und die beiden Kommissare traten ein. Die Tür fiel laut schnarrend hinter ihnen ins Schloss. Endlich, nach einigen Sekunden, rührte sich etwas, und zwar über ihnen. Die Kommissare wandten sich nach rechts, der hölzernen Treppe zu. Oben stand ein Endvierziger mit wallenden, kinnlangen, schwarz gefärbten Locken. Er erinnerte Lisa frappierend an den Sohn des Haargelmagnaten aus dem »Prinzen aus Zamunda«, jenem Neunziger-Jahre-Klassiker mit Eddie Murphy.

»Ja?«, kam es von oben mit säuselnder Tenorstimme, aber mit überaus misstrauischem Unterton.

»Bernhard Hofmeister?«, fragte Heiko, und der Gestylte nickte.

»Kriminalpolizei. Wir hätten da ein paar Fragen.«

»Geht es um die liebe Jessi?«, wollte der Mann wissen. Seine Hände umklammerten das gedrechselte, antiquiert wirkende Treppengeländer jetzt noch fester.

»Ja, ja, um Frau Waldmüller«, stimmte Lisa zu.

Der Mann seufzte. »Kommen Sie doch herauf«, bat er.

Wenig später saßen die beiden Kommissare in einem Wohnzimmer, das sie in diesem Haus niemals vermutet hätten. Ein enormes, schwarzes, sehr tiefes Ledersofa dominierte den Raum, das Ding war wohl eher zum Liegen als zum Sitzen gedacht. Ergänzt wurde die Couch durch einen dazu passenden Sessel, in dem man sicherlich wunderbar versinken konnte. Dazu kamen die obligatorische Hi-Fi-Anlage sowie ein metergroßer Plasma-Fernseher. Auf dem Couchtisch, der aus einer riesigen polierten Baumwurzel bestand, befand sich eine teuer wirkende Designerschale mit einem einzelnen grünen und irgendwie sauer aussehenden Apfel darin. Eine gläserne Vitrine an der Stirnseite des Raumes war vollgestopft mit gerahmten Fotos von – Hofmeister selbst?

»Ich modele«, erklärte der Mann, und Heiko hatte Mühe, ein Grinsen zu unterdrücken.

»Ach«, machte Lisa und besah sich die Fotos genauer.

Hofmeister halbnackt auf einem Sofa, Hofmeister im Sakko auf dem Catwalk einer Modenschau, Hofmeister süffisant lächelnd in Schwarzweiß.

»Ich habe auch für den Friseursalon gemodelt, daher kenne ich auch die Jessi«, erläuterte der Mann und wies auf eine Broschüre, die aufgefächert in der Vitrine ausgestellt war. Er trug auf dem Foto die gleiche Frisur wie momentan und erinnerte nur noch mehr an den Prinz-aus-Zamunda-Daryl.

»Möchtet ihr was trinken?«, fragte er, und Lisa und Heiko murmelten ein »Ja, gerne.« Hofmeister deutete auf das Sofa. Die Ermittler setzten sich folgsam, und das Leder knarzte. Der Mann verschwand in der Küche und kehrte kurze Zeit später mit einem Tablett mit drei Gläsern Cola zurück.

»Sorry, ich hab nur Cola light, ihr wisst ja, der Job …«

Lisa nickte verständnisvoll, griff brav zum Glas und trank. Heiko hingegen zögerte. Er hasste Spülwassercola. Er fand, dass Cola light irgendwie seifig schmeckte.

Jedenfalls alles andere als genießbar. Trotzdem nahm er das Glas schließlich zumindest in die Hand, um nicht unhöflich zu wirken.

»Sie kennen die Jessica also vom Friseursalon«, begann Lisa.

»Vom Hairstylisten, ja«, korrigierte Hofmeister und nippte nachdenklich am Cola. »Wir waren praktisch Geschäftspartner, die Uschi und ich. Ich bin ihr Modell, ihr bestes, wie sie immer betont. Und die Jessi war ihre beste Stylistin. Das ist Jessis letzte Kreation.« Er schüttelte sein Haar, was Lisa nun auf groteske Art und Weise an die Gard-Werbung aus den achtziger Jahren erinnerte, bei der eine Blondine zur Melodie von »Eagle« von Abba in Zeitlupe ihr Haar geschwenkt hatte: Schönes Haar ist dir gegeeehben, lass es leeeehhben mihiit Gard! Die Kommissarin schüttelte sich innerlich. Dieser Typ ging gar nicht.

»Und wir waren ein gutes Team, die Jessi und ich. Wir haben schon einige Preise gewonnen.« Unwillkürlich stellte sich Lisa diese Prämierungsplaketten mit den Satinbändern vor, die man den Pferden nach gewonnenem Wettkampf immer in die Mähne klebte. Wie wohl Hofmeister mit einer solchen Plakette im wallenden Haupthaar aussähe?

»Und am Volksfestfreitag sind Sie auf der Junggesellenparty vom Steffen Senglein gewesen«, stellte Heiko fest.

Das Modell nickte. »Wissen Sie, eigentlich ist das ja nicht so mein Stil, das ist mir eigentlich zu barbarisch. Aber ab und zu kann man so was schon mitnehmen.«

»Ist Ihnen auf dieser Party denn irgendwas aufgefallen?«, fragte der Kommissar weiter.

Hofmeister lächelte beinahe entschuldigend. »Die hübsche Tänzerin«, witzelte er dann.

Lisa hob tadelnd die Augenbrauen.

»Und wie war denn Ihr Verhältnis zur Frau Waldmüller?«, wollte Heiko nun wissen. Er trank jetzt doch einen winzig kleinen Schluck Spülwassercola, weil er ziemlichen Durst hatte. Dann stand er auf und schritt die Reihe der Fotos ab. Vor einem blieb er stehen. Es zeigte das Mordopfer und Hofmeister in inniger Umarmung mit einem Pokal in der Hand.

»Ja, das …«, kam von Hofmeister. »Also, Sie dürfen es niemandem sagen, versprechen Sie mir das?«

Heiko zuckte die Achseln. Kam ganz darauf an. Der Mann schien sein Achselzucken jedoch als Zustimmung zu werten.

»Also die Jessi und ich … wir … wir waren zusammen.«

Heiko schluckte. Ein solch offenes Geständnis hatte er nun nicht erwartet. »Wie, zusammen?«, fragte er nach.

»Ja, zusammen zusammen halt.«

»Aber die Frau Waldmüller war doch mit dem Herrn Ehrmann liiert?«, hielt Lisa dagegen und überlegte gleichzeitig, ob sie hier vielleicht den Vater des Kindes vor sich hatten.

Hofmeister winkte ab und lehnte sich graziös in seinem Sessel zurück. »Sie wollte ihn verlassen und zu mir ziehen.«

»Hatten Sie das mit ihr so ausgemacht?«, fuhr Heiko fort.

Hofmeister blies sich eine Strähne aus dem Gesicht und sagte dann: »Nicht direkt.«

»Wie, nicht direkt?«

»Sie hat es nicht gesagt. Aber ich konnte es in ihren Augen lesen.«

Die Kommissare wechselten einen schnellen Blick. Ah ja. »Wie lange wart ihr denn schon ein Paar?«, machte Heiko weiter.

Hofmeister wickelte nachdenklich eine Strähne um seinen Finger. »Das … ja, also das war schon länger … irgendwie hat sich das so entwickelt. Wisst ihr, ich bin jetzt nicht zu ihr hin mit einem Zettel, auf dem »Willst du mit mir gehen« stand oder so. Wir haben uns einfach immer schon gut verstanden, und da … ja … hat sich das eben so entwickelt.«

Lisa fasste einen Entschluss. »Wussten Sie, dass Frau Waldmüller schwanger war?«

In Hofmeisters Hirn arbeitete es sichtbar. Sein Mund zuckte, bevor er antwortete. »Ja, also ja, ähm, das wusste ich.«

Heiko machte ein »Hm«.

Pause.

Dann meldete sich wieder Lisa. »Und könnte es sein, dass Sie der Vater sind?«

Hofmeister sah auf seine manikürten Nägel. »Ja, das wäre schon möglich.«

»Gesagt hat die Frau Waldmüller Ihnen das aber nicht?«, insistierte Heiko.

Hofmeister schüttelte den Kopf. Heiko kramte in seiner Jackentasche.

»Hätten Sie was gegen einen DNA-Test?«, fragte er und förderte eines dieser Röhrchen mit dem wattestäbchenartigen Konstrukt zu Tage.

»Warum?«

»Nun, um festzustellen, ob Sie der Vater des Kindes sind«, beeilte sich Lisa zu versichern.

Ein Strahlen breitete sich auf Hofmeisters Gesicht aus. »Natürlich nicht«, meinte er dann und sperrte den zahnarztwerbungstauglichen Mund auf.

»Also, irgendwas stimmt doch mit dem nicht«, behauptete Lisa, als sie wieder im Büro saßen. Sie hatten Uwe gleich den DNA-Test zur Analyse hochgebracht. Heiko nahm einen Lapislazuli in die Hand und streichelte ihn gedankenverloren. »Ich finde ihn auch komisch. Wie der gestottert hat, als wir gefragt haben, wie lange sie schon zusammen waren.« Lisa nickte. »Und gelogen hat er auch. Ich wette, dass der nicht gewusst hat, dass die Jessica schwanger war.«

Lisa stellte die beiden Teller auf den Tisch. Heiko fixierte den Kater, der missmutig aus einer Ecke herüberäugte. Es war unglaublich, wie eifersüchtig dieses Vieh war. Mehrfach schon hatte die Katze ihn gekratzt, und er war sich sicher, dass das kein Versehen gewesen war, wie Lisa immer behauptet hatte, sondern die reine Bosheit. Pure Berechnung zumindest. Denn schließlich beanspruchten sie beide Lisa für sich. Dass Heiko im Ernstfall auf jeden Fall am längeren Hebel säße, brachte ihm rein gar nichts, weil er ja schlecht mit dem Kater seiner Freundin eine Schlägerei anfangen konnte. Und so waren sie eben Feinde, heimlich, still und leise. Heiko betrachtete das Essen. Lisa hatte Lasagne gemacht. Er erinnerte sich vage, dass Lasagne das

Lieblingsessen des Comic-Katers Garfield war. Wie passend! Einen kurzen Moment überlegte er, ob sie das wohl extra gemacht hatte, weil sie nun eine kleine Portion der Lasagne abstach und dekorativ in den Katzenfutternapf fallen ließ. Fehlte nur noch die Petersilie aus der Sheba-Werbung. Sofort rannte der Kater zur Schüssel und schnupperte an dem leckeren Nudelgericht. Tja, war wohl zu heiß. Pusten, Katze, pusten. Heiko lachte boshaft in sich hinein, was Lisa aber, Gott sei Dank, nicht sah. »Guten Appetit«, wünschte sie, und Heiko ließ den ersten Bissen Lasagne in seinem Mund verschwinden. Er kaute nachdenklich. Prüfend betrachtete ihn Lisa. Sie schien wohl auf eine Reaktion zu waren.

»Oh, äh, lecker«, beeilte sich Heiko zu versichern.

»Also, so wie ich das sehe, gibt es momentan zwei Verdächtige«, meinte Lisa, nachdem sie eine Weile schweigend gegessen hatten. »Zum einen Monika Silberschmidt, die auf jeden Fall ein Motiv hat. Und kein richtiges Alibi. Und dann diesen durchgedrehten Hofmeister, der sich die Beziehung zu Jessi meiner Meinung nach komplett ausgedacht hat.«

»Wie kommst du denn darauf?«

Lisa schluckte und sagte dann: »Keine Ahnung. Irgendwie spinnt der, findest du nicht?«

»Du vergisst Katja Blum«, wandte Heiko ein. »Die hat auch ein Motiv.«

»Jaaah«, gab Lisa zu, »aber ich weiß nicht …«

»Du traust ihr das nur nicht zu, weil sie dir leid tut«, unterstellte Heiko.

Lisa aß ein weiteres Stück Lasagne. Vielleicht hatte

ihr Freund recht. Katja Blum tat ihr tatsächlich leid. »Wer ist denn dein Favorit?«

Heiko kaute konzentriert. »Weiß nicht. Vielleicht doch der Hofmeister. Obwohl ich es den beiden anderen auch zutrauen würde, durchaus.«

Er trank einen Schluck Rotwein, den Lisa exakt zum Nudelgericht passend ausgewählt hatte. »Der Hofmeister hätte ja eifersüchtig sein können, weil Jessica sich eben doch nicht von Florian trennen wollte. Die Tat ist so brutal, da muss eine starke Emotion im Spiel sein.« Heiko gab Lisa recht, widersprach ihr aber in einem Punkt: »Emotion ja, aber das Ganze war geplant. Ich bitte dich, ein exakter Stich ins Herz! Wenn da Eifersucht im Spiel wäre, dann hätte der Mörder das Opfer ja bestrafen wollen und sicher anders zugerichtet.«

Lisa machte »Hm« und sagte dann: »Ich finde, wir sollten den Hofmeister nochmal verhören. So richtig offiziell mit Druck auf dem Revier. Und wenn der wirklich Dreck am Stecken hat und so spinnt, wie du meinst, dann wird er vielleicht zusammenbrechen und ein Geständnis ablegen.«

DONNERSTAG, TAG DER DEUTSCHEN EINHEIT, 03. OKTOBER

»Und das ist also die Insel?«, fragte Lisa zweifelnd, als sie morgens vor dem Eingang des Palm Beach in Stein bei Nürnberg standen. Heiko hatte ihr einen Tag auf einer Insel versprochen. »Du wirst schon sehen«, meinte Heiko, drückte die Kippe aus und die beiden betraten das Freizeitbad. Lisa entdeckte als Erstes den Heilbrunnen. »Da würde ich nicht draus trinken«, riet Heiko. »Soll ja gesund sein, und so schmeckt es auch.« Lisa grinste. Danach fielen ihr die Edelsteine ins Auge. Achate, Amethyste und glitzernde Kristallformationen in allen Größen waren in Vitrinen ausgestellt. Kein Wunder, dass es ihrem Freund hier gefiel, ihm, dem passionierten Halbedelsteinsammler.

Zwanzig Minuten später betrat das Paar den Saunabereich des fränkischen Bades. Augenblicklich fühlte sich Lisa ins alte Ägypten versetzt. Man betrat die Sauna durch einen Bereich, der den klangvollen Namen »Isis-Bad« trug und offenbar als Damensauna diente. Und tatsächlich kam ihr der Ort schon jetzt wie eine orientalische Oase vor. Lebensgroße Frauendarstellungen, die an die ägyptische Kunst angelehnt waren, schmückten die Wände. Jedoch waren die Bilder nicht gemalt. Vielmehr handelte es sich um Mosaiken aus Achatscheiben in allen Größen und Farben. Lisa konnte es kaum fassen und streichelte bewundernd über die spiegelglatten Oberflächen. »Wir müssen zum Aufguss«, erinnerte Heiko. »Um elf ist Aufguss in der Stollensauna.« Lisa seufzte. Da war er wieder, der Wellnessstress. Viel lieber hätte sie sich etwas im Whirlpool der großen Badehalle gefläzt, die sie anschließend durchquerten. Aber Heiko wollte unbedingt zum Aufguss, er behauptete, das müsse man erlebt haben. Nun gut. Er führte seine Freundin durch den Garten, in dem diverse Holzhäuser standen, allesamt Saunen. Lisa las »Heusauna«, »Klostersauna« und »Schäfersauna«. Unter einer Heusauna konnte sie sich etwas vorstellen, und die Klostersauna enthielt Gebetsbänke statt normaler Bänke, wie Lisa nach einem neugierigen Blick durchs Fenster feststellte. Aber was, bitte, war eine Schäfersauna? Ihr Freund erriet ihre Frage, als sie das Schild mit dem Saunanamen länger studierte, und erklärte: »Der Herr Schäfer ist hier Stammgast. Er kommt seit 50 Jahren mehrmals pro Woche her. Und er macht ab und zu auch mal einen Aufguss. Jetzt haben sie vor ein paar Jahren ihm zu Ehren die Schäfersauna erbaut.« Lisa runzelte die Stirn. Wollte ihr Freund sie veräppeln? Kurze Zeit später erfuhr sie jedoch, dass das kein Witz gewesen war. Nämlich hatten sie es sich auf der Bank der größten Sauna bequem gemacht, die Lisa je gesehen hatte. Die Saunen, die sie kannte, boten Platz für vielleicht 20 Leute, in der Schwäbisch Haller Erdsauna passten circa 50 auf die Bänke. Diese Sauna war jedoch mindestens fünfmal so groß.

»Hier haben sie den Weltrekord aufgestellt«, erzählte Heiko. »Da war ich auch dabei.«

»Weltrekord?«

»Ja, 500 Leute hatten die hier drin, stell dir vor! In der größten Sauna der Welt. 122 Quadratmeter.«

Lisa hob die Augenbrauen. »500? Das ist ja unglaublich.«

»Ja, sag ich doch, Weltrekord.«

»Und was ist das da?«, fragte Lisa weiter und wies auf das meterlange eiserne Konstrukt, das dekorativ in der Mitte des Raumes stand und irgendwie an das Modell eines Güterzuges erinnerte.

»Das sind alte Bergwerksloren. Da legen sie im Winter immer Tannenreisig drauf, das duftet dann ganz hervorragend.«

Lisa betrachtete das metallische Ungetüm. Ja, tatsächlich, das waren diese Bergwerkswägelchen, die man aus dem Indiana-Jones-Film kannte. Die Sauna füllte sich zusehends, und endlich kamen zwei Männer mit Lendenschurzen, roten Handtüchern über den Schultern und Duftwasserbottichen in den Händen herein.

»Das ist der Schäfer«, raunte Heiko ihr fast ehrfürchtig zu und wies auf den älteren. »Nach dem ist die Sauna benannt.«

Lisa betrachtete sinnend die beiden Saunameister. Der jüngere war eher unscheinbar, mittelgroß und hatte braune Haare. Der ältere, oder eigentlich musste man schon sagen: der alte, denn er ging wohl auf die 70 zu, schob eine deutliche Wampe vor sich her. Sein rundes Gesicht wurde von grauen Haarsträhnen gekrönt, die bereits jetzt verschwitzt wirkten und in wilden Formationen am Kopf klebten. Er hatte sich den Lendenschurz um den Bauch gewickelt, wohl, um selbigen zu kaschieren. »Nommd, meine Damen und Herren«, grüßte der jüngere Saunameister auf Fränkisch.

»Den Herrn Schäfer kennt's ihr ja alle.«

Kollektives anerkennendes Murmeln erhob sich, während Schäfer sich ganz offensichtlich in seiner Prominenz sonnte.

»Un no wellmer uns heit aweng entspanna«, beschloss der jüngere nun. »Wie schaut's aus, sing mer aweng was?«

»Holzmichel«, brüllte einer hinter Lisa.

Lisa legte die Stirn in Falten. War das ernst gemeint? In hohenlohischen Saunen schwiegen die wenigsten andächtig, wenn der Aufguss zelebriert wurde. Aber singen?

»Guat, sing mer da Holzmichel«, bestimmte der Saunameister.

Aus irgendwelchen versteckten Lautsprechern tönten nun tatsächlich die ersten Takte des Randfichten-Hits. Und nur Sekunden später sang die ganze Sauna den Holzmichel, während Herr Schäfer und der andere Saunameister schwitzend, aber überaus euphorisch aufgossen und wedelten, bis sie vor Erschöpfung fast umfielen.

Einige Aufgüsse und tatsächlich auch einige Faulenzereinheiten später aßen Lisa und Heiko am Wellenbad einen Salat. Das war ein Salat, mit dem sogar Heiko sich anfreunden konnte, mit viel Schinken und Käse drin. Eigentlich sogar hauptsächlich Schinken und Käse. Sie fläzten wie römische Feldherren beim lukullischen

Festmahl in einer Art riesigem Liegestrandkorb, den Lisa sofort zum Must-Have erklärt hatte, für den Fall, dass sie jemals ein gemeinsames Haus mit Garten haben sollten. Da lagen sie also, in der hohen, lichtdurchfluteten gläsernen Halle, im riesigen Strandkorb, vor sich das Wellenbad, an den Wänden Bilder im Stil von Gauguin, und Lisa wusste in diesem Moment ganz genau, was Heiko mit der Insel gemeint hatte.

FREITAG, 04. OKTOBER

»Weißt du, was ich noch komisch fand bei diesem Hofmeister?«, begann Lisa, als sie mit zwei Automatenkaffeebechern ins Büro kam.

»Hm«, brummte Heiko und signalisierte damit seine latente Bereitschaft zum Zuhören. »Dieser Typ hatte überhaupt kein Problem mit dem DNA-Test. Kein Gedanke daran, dass er sich mit einer Vaterschaft verdächtig machen könnte. Im Gegenteil, ich hatte den Eindruck, der wäre sogar stolz.«

»Hm.«

»Hörst du mir überhaupt zu?«

»Jaja.«

»Was machst du denn da?« Lisa stellte sich hinter ihn und entdeckte das Notizbuch mit dem rätselhaften Eintrag.

»Schrägstrich L G L (/lgl)«, murmelte Heiko. »Was heißt das bloß?«

»Vielleicht ist es eine Abkürzung«, schlug Lisa vor. »So wie lol.«

»Was ist denn lol?«, wollte Heiko wissen.

»Das heißt ›laughing out loud‹ und bedeutet ›Das finde ich voll witzig‹.«

»Aber warum dann der Schrägstrich? Und wer zum Teufel ist diese Marianne?«

»Es könnte auch Marion heißen«, schlug Lisa vor. »Oder Monika.«

»Die hatte aber auch eine Sauklaue«, beschwerte sich Heiko.

Lisa nippte am Kaffee. »Vielleicht wollte sie ja nicht, dass jeder das lesen kann. Florian. Dass der nichts davon mitkriegt. Die anderen Einträge sind nämlich sehr ordentlich.«

»Möglich«, murmelte Heiko.

Lisa seufzte. »Am besten fragen wir nochmal Florian Ehrmann«, schlug sie dann vor. »Vielleicht weiß der ja doch irgendwas.«

Sie fanden Florian Ehrmann wieder in der Werkstatt. Diesmal arbeitete er an einem Grabstein. Als er die Kommissare erblickte, legte er sofort Hammer und Meißel zur Seite und kam auf die beiden zu.

»Und?«, fragte er und zog erwartungsvoll die Augenbrauen hoch.

»Wir bräuchten nochmal Ihre Hilfe, Herr Ehrmann«, begann Lisa.

Ehrmann sackte richtiggehend in sich zusammen. »Und ich dachte schon, ihr hättet den Mörder«, seufzte er. Lisa versuchte ein aufmunterndes Lächeln. »So schnell geht es nicht«, meinte sie, »Aber wir haben einige heiße Spuren.«

»Kommt ihr mit raus? Ich würde eine rauchen …«

Eine Minute später standen sie in der Raucherecke des Firmengeländes. Neben der Tür war wenig dekorativ ein roter Standaschenbecher aufgestellt. Mit fahrigen Fingern fischte Ehrmann eine Zigarette aus der Schachtel. Heiko gab ihm Feuer. Der Mann inhalierte den Rauch tief, ganz tief. Lisa glaubte schon, er würde überhaupt nicht mehr ausatmen. Dann, nach einer gefühlten Ewigkeit, blies er aus und fragte: »Ihr habt angedeutet, ihr hättet Verdächtige? Nämlich?«

Lisa räusperte sich. »Also. Da wäre zunächst mal die Monika Silberschmidt, wegen der Sache mit … nun ja, Sie wissen schon.«

Ehrmann winkte ab.

»Ich bin da ja auch nicht grade stolz drauf. Aber auf seine Gefühle muss man hören, oder etwa nicht? Heißt es nicht ›Drum prüfe, wer sich ewig bindet‹?«

»Da haben Sie ganz recht, Herr Ehrmann«, stimmte die Kommissarin aus vollem Herzen zu.

»Und die Monika könnte so was nie. Nie im Leben. Die hätte ja gar keinen Grund.«

»Die Frau Silberschmidt war neulich Nacht nicht zufällig bei Ihnen?«, schaltete sich Heiko ein.

Florian wurde puterrot und schluckte. Nervöse Flecken erschienen auf seinem Hals. Er zog erneut an der Kippe, nahm aber diesmal keinen Lungenzug. »Wieso neulich?«

»Die älteren Damen haben da so was erwähnt«, log Heiko.

Wenn Ehrmann wüsste, dass Lisa den Mülleimer in seinem Bad durchforstet hätte, dann wäre das ihrem Verhältnis nicht gerade zuträglich.

»Also … neinnein, da haben sich die beiden aber getäuscht, das … also … wirklich nicht.«

Lisa dachte bei sich, was für verdammt schlechte Lügner die Männer doch waren. »Soso«, machte sie, damit Ehrmann zumindest ein schlechtes Gewissen bekäme. »Und dann hätten wir da noch die Katja Blum. Die ist offenbar bei einer Beförderung übergangen worden, zugunsten Ihrer Freundin.«

»Also von der hat die Jessi nur einmal ganz kurz was erzählt, dass die so langweilig und lahm sei, aber sonst weiß ich nichts über die. Ich glaube, ich würde sie nicht mal erkennen, wenn ich die auf der Straße treffen würde.«

»Die Frau Blum hat jedenfalls lange Jahre auf diese Stelle hingearbeitet, und aus – nennen wir es: firmenpolitischen Gründen – hat beziehungsweise hätte dann Ihre Freundin den Job bekommen«, informierte Heiko.

»Aber dann hätte die ja ein Motiv!«, meinte Ehrmann geradezu aufgeregt.

»Ja, sogar ein gutes. Sie ist ja auch eine unserer Kandidaten. Aber es gibt noch mehr Leute mit ganz hervorragenden Motiven, und was wir Ihnen jetzt sagen werden, wird für Sie wahrscheinlich nicht leicht sein, Herr Ehrmann«, fuhr Lisa fort.

»Der Vater von dem Kind?«, vermutete der junge Steinmetz und stierte auf seine Stahlkappenschuhe.

»Wir glauben, dass es sich um einen Herrn Bernhard Hofmeister handelt«, informierte Heiko.

Florian lachte unfroh. »Ist das dieser Irre aus Wollmershausen?«

Die Kommissare wechselten einen schnellen Blick. »Wieso Irrer?«

»Von dem hat die Jessi öfters erzählt. Sie hat ihm anscheinend ein paar Mal die Haare geschnitten. Und daraufhin war der wohl überzeugt davon, dass sie beide ein Paar wären. Der hat sogar in seinem Clix-Mix-Profil immer Bilder von ihm und Jessi hochgeladen und so Zeug wie »Ich und meine Süße« druntergeschrieben. Die Jessi hat mir das mal gezeigt, und dann haben wir uns drüber kaputt gelacht.«

»Clix-Mix?«, hakte Lisa nach.

»Eine Party-Community«, erläuterte Heiko.

Die Kommissarin räusperte sich und sagte dann vorsichtig: »Also, ich will Ihnen ja nicht zu nahe treten, aber könnte es denn nicht sein, dass die Jessica … nun, dass sie Ihnen da nicht ganz die Wahrheit gesagt hat? Wäre doch immerhin eine ganz gute Lösung, den Geliebten als irren Stalker hinzustellen. Man bräuchte ihn nicht einmal zu verstecken … oder etwa nicht?« Für eine Sekunde blitzte der Zweifel in den hellblauen Augen auf. Dann schüttelte Ehrmann vehement den Kopf. »Auf keinen Fall. Mit dem hatte die Jessi auf keinen Fall was.«

»Sie hätten auch nicht damit gerechnet, dass sie Ihnen fremdgeht, oder?«, hielt Heiko dagegen.

Ehrmann rauchte wieder, fahrig und nervös. »Nein.

Trotzdem. Der nicht. Auf gar keinen Fall. Den fand sie einfach nur peinlich.«

»Nun, die DNA-Analyse läuft, dann haben wir bald Gewissheit.«

»Und sonst gibt es keine Spuren?«

»Dieses Notizbuch, das haben wir Ihnen ja schon mal gezeigt. Da sind immer so dubiose Verabredungen mit einer Marianne eingetragen. Sagt Ihnen das inzwischen was?«

»Kenne ich nicht, tut mir leid.«

»Und können Sie damit was anfangen?«, fragte Lisa und hielt dem jungen Mann die Buchseite mit der /lgl-Konstellation unter die Nase.

»Nein, keine Ahnung.«

Lisa seufzte. »Ja, also. Trotzdem danke. Wir geben Ihnen Bescheid, sobald wir mehr wissen. Und Sie dürfen uns jederzeit anrufen.«

Ehrmann nickte eifrig.

»Und wenn es stimmt?«, fragte Lisa, als sie zurück auf dem Revier waren.

»Was?«

»Na, dass der Hofmeister spinnt. Dass er die Jessica gestalkt hat. Dann wäre der doch definitiv nicht zurechnungsfähig und dann …«

»Das ist ja leicht zu klären, indem wir schauen, ob er der Vater von dem Kind ist oder nicht. Wenn ja, dann stimmt auch die Story mit der Affäre, und wenn nicht – so oder so wäre er verdächtig.«

»Sollen wir mal hoch zum Uwe und ihn fragen? Vielleicht hat er das Ergebnis ja schon.«

Uwe strich sich nachdenklich über die frisch rasierte Glatze und nippte erst einmal ausgiebig am Kaffee. Vor ihm auf dem Tisch lag das Handy der Toten. Heikos Augen weiteten sich interessiert.

»Und?«, fragte er.

»Ja, also der Vaterschaftstest von dem Kerl ist negativ.«

»So!«, entfuhr es Lisa. »Na, dann ist der doch ein heißer Kandidat fürs Rumspinnen.«

»Das Handy?«, wollte Heiko wissen.

»Die Jungs von der Technik haben leider nichts retten können. Aber der Einzelverbindungsnachweis ist da. Hauptsächlich fünf Nummern. SMS, Telefonbuch und so weiter, alles weg.«

Lisa schnappte sich die Liste, die neben dem Handy lag, und studierte sie. Auf den ersten Blick erkannte sie keine der Nummern. Naja. Immerhin ein Anhaltspunkt.

»Aber die Pathologen aus Ulm haben uns noch ein paar Fakten geschickt«, machte Uwe weiter.

»Mensch, Kerle, lass dir doch nicht immer alles aus der Nase ziehen«, entfuhr es nun Heiko. »Wieso?«, verteidigte sich der Spurensicherer. Dann endlich seufzte er und gab auf. »Also, anscheinend hat der Mörder ein normales Küchenmesser verwendet.«

Heiko winkte ab. »Das wussten wir schon.«

»Gut. Ein bisschen mehr haben sie noch«, erzählte Uwe. »Scheint's ist der Mörder mit hoher Wahrscheinlichkeit Linkshänder, und allzu kräftig ist er auch nicht.«

»Eine Frau?«, vermutete Lisa.

»Möglich«, stimmte Uwe zu, »muss aber nicht sein.«

»Noch irgendwas?«, forschte Heiko.

»Er hatte wahrscheinlich anatomische Kenntnisse, denn der Stich war unglaublich präzise«, meinte Uwe.

Kurze Zeit später saßen die beiden Kommissare wieder im Büro. Lisa goss vorsichtig ihre Orchideen und betrachtete sorgenvoll einen Frauenschuh, der offenbar keine Lust zum Blühen hatte.

»Also, telefonieren wir doch einfach die letzten Nummern durch, würde ich vorschlagen. Sind ja nur fünf. Oder?«

Lisa nickte abwesend. Die Blätter zeigten gelbe Spitzen, das gefiel ihr gar nicht. Und das war ihr noch nie passiert. Heiko seufzte und wählte die erste Nummer. Es tutete, und er stellte die Anlage auf laut, sodass Lisa mithören konnte. Beim fünften Mal meldete sich eine Stimme: »Waldmüller?«

»Hier Kommissar Wüst, entschuldigen Sie die Störung, Herr Waldmüller«, sagte Heiko.

»Haben Sie schon was Neues?«, wollte der Vater des Opfers wissen.

Heiko schüttelte den Kopf, obwohl der Gesprächspartner das ja gar nicht sehen konnte. »Nichts Konkretes, aber einige Hinweise. Seien Sie unbesorgt, wir klären den Mord.«

Bei der nächsten Nummer meldete sich Hofmeisters Anrufbeantworter. Er hatte offenbar versucht, eine Oktave tiefer zu sprechen, wohl, um männlicher zu wirken.

»Guten Tag, hier ist der Anrufbeantworter von Bernhard Hofmeister. Leider bin ich im Moment nicht zu erreichen. Sollten Sie mich buchen wollen, so können Sie sich auch gerne auf meiner Website www.hofmeistermodel.de

informieren. Dort finden Sie auch weitere Kontaktdaten. Über Ihre Anfrage freue ich mich. Wenn Sie eine Nachricht hinterlassen möchten, so können Sie dies gerne tun.«

Es piepte, und Heiko legte schnell auf.

»Das hört sich aber mal geschäftsmäßig an«, stellte Lisa fest.

Heiko zuckte die Achseln. Na ja.

Die dritte Nummer war das Handy von Florian, was ja keine echte Überraschung war. Bei der vierten Nummer meldete sich Elke Schuster, die angab, immer so gerne mit der »guten Jessi« geplaudert zu haben und mehrfach bedauerte, dass »der himmlische Vater sie schon so früh abberufen« habe. Heiko hielt das Gespräch so kurz wie möglich, weil es für ihn überaus schwierig war, für dieses Gelaber Verständnis zu heucheln.

»Also, wenn du mit so einer verwandt bist, dann hast du doch auch ein Problem, oder?«, meinte er.

Lisa nickte. »Ja, den Eindruck habe ich auch. Ich kann schon verstehen, dass Florian Ehrmann die Gesellschaft von Monika Silberschmidt vorzieht.«

Heiko hatte den Hörer wieder aufgenommen. Es tutete erneut, und Sekunden später war wieder ein Anrufbeantworter dran. Er stellte wieder auf laut.

»Hi, hier ist die Moni«, piepste die Silberschmidt mit Kleinmädchenstimme. »Hätte mich so gern mich euch unterhalten, aber ich bin grad leider nicht da.«

Heiko legte auf. »Das ist ja interessant«, sinnierte er.

»Was?«

»Wenn wir die Familie mal weglassen … Monika und Hofmeister.«

Heikos Handy piepte. Er las die SMS. »Till fragt, ob wir mit ins Blootzessen gehen.«

»Ins was?«, fragte Lisa entgeistert.

»Blootzessen. Schmeckt gut, du wirst schon sehen.«

Die Hände der Hairstylistin umklammerten den Zeitungsausschnitt. Schwarz umrandet war der Artikel und er war das Beste, was ihr hatte passieren können. »Wir trauern um Jessica Waldmüller«, stand da. Ihre Hände griffen zum Rotweinglas. Ja, da gab es welche, die um sie trauerten, das war schon richtig. Uschi, Conny, Silvia und die ganze Bagage. Und dieser hirnlose Steinmetz, Ehrmann. Und sicher auch ihre Eltern und ihre Schwester, ganz sicher. Traurig, die ganze Sache, sehr, sehr traurig. Nur sie selbst war beim besten Willen nicht traurig. Nicht im Geringsten, und es tat ihr nicht einmal leid. Sie dachte sogar insgeheim, dass es der Jessica ganz recht geschehen war. Böse Gedanken waren das, sehr böse, das wusste sie, und auch, dass das keinesfalls okay war. Aber so wurde man eben nach fünf Jahren absolut sinnloser Arbeit für einen Hungerlohn. So wurde man eben. Sie nahm wieder einen Schluck Rotwein. Dann griff sie zum Kleber. Sorgsam bestrich sie die Rückseite der Traueranzeige mit Uhu, ganz akribisch, damit es nur ja keine Wellen in dem dünnen Papier gäbe, und das konnte sie gut, denn ihre Feinmotorik war ganz hervorragend und wurde auch von ihren Kundinnen immer wieder gelobt. Nur, dass ihr das leider überhaupt nichts half. Obwohl, vielleicht würde die Uschi ihr die Filiale ja jetzt geben, wer weiß. Aber sie wusste gar nicht, ob sie überhaupt noch wollte. Eigentlich war sie zu stolz. Trotzdem würde sie wohl keine andere

Wahl haben, wenn sie nicht noch bis 40 in ihrem Jugendzimmer unter dem Dach ihrer Eltern wohnen wollte. Sie kontrollierte, ob der Kleber perfekt aufgetragen war, denn alles musste perfekt sein. Zufrieden nickte sie. Dann nahm sie das bereitgelegte Album, in das sie alle Fotos von sich und ihrem Pferd Luna klebte. Katja Blum schlug eine neue Seite auf und klebte die Traueranzeige hinein. Ganz gerade, nur mit Augenmaß. Sie strich noch eine Falte im Papier glatt, dann endlich war es perfekt.

Der Ort, in dem dieses »Blootzessen« stattfinden sollte, hieß Mainkling. Lisa hatte diesen Namen noch nie zuvor gehört, obwohl sie nun schon fast ein Dreivierteljahr in Crailsheim lebte und Heiko ihr versicherte, dass das ganz in der Nähe sei, nicht weiter als 15 Kilometer entfernt. Aber das war ihr schon öfter so gegangen, das war hier anscheinend normal. Die Quote der Dörfer mit unter 500, oft auch weniger als 100 Einwohnern war in dieser Gegend nicht unerheblich. Auch Mainkling war ein solch kleines Dorf, wie Lisa jetzt schon, da sie den Serpentinen folgten, die sich den Hügel hochschlängelten, erkennen konnte. Es war ein schöner Herbsttag, wohl einer der allerletzten, an dem man Cabrio fahren konnte. Heiko hatte seine coole Cabriosonnenbrille aufgesetzt, und an Lisas Pferdeschwanz zerrte der Fahrtwind. Die Obstbäume am Straßenrand waren immer noch schwer beladen mit Mostbirnen und kleinen, roten Äpfeln, aber die Blätter waren nun alle bunt oder sogar schon braun. Über allem spannte sich ein strahlend blauer Spätsommerhimmel, und die Landschaft war in dieses goldene, sehr steile Licht getaucht, das es nur im Herbst gab.

»Und was ist jetzt nochmal Blohts?«, wollte Lisa wissen.

»Blootz«, verbesserte Heiko, »So ähnlich wie Flammkuchen, nur um Klassen besser.«

Sie passierten ein Feld, und da sah Lisa etwas, was sie vorher noch nie gesehen hatte, zumindest nicht in dieser Menge: Störche. Nicht einer, nicht zwei, sondern sieben, acht, zehn Störche! Sie stieß Heiko an und wies auf die rotschnabeligen Tiere. »Ja, die sammeln sich hier im September immer, bevor sie abfliegen. Im Dorf auch«, gab ihr Freund Auskunft. Lisa starrte fassungslos auf das Naturschauspiel. Sie nahmen die letzte Biegung und erreichten die Kuppe des Hügels, auf dem Mainkling lag. Hier oben war das Licht noch strahlender, noch gleißender. Und ein bisschen fühlte sich Lisa an die Schlussszene aus Hitchcocks »Die Vögel« erinnert. Gut, zugegeben, es waren nicht so viele Vögel wie in dem Filmklassiker. Und es waren auch keine Raben, sondern Störche, was die gesamte Szenerie aber nur noch surrealer wirken ließ. Auf einem Feld am Ortseingang tummelten sich mindestens zwanzig der großen Tiere. Und obwohl sie einigen Abstand zu den Menschen hielten, waren sie doch nicht über Gebühr scheu, was man unter anderem daran erkennen konnte, dass sie auch die Wohnhäuser annektiert hatten. Auf jedem Dach saßen mindestens drei Störche, teils geduckt vor sich hin dösend auf dem Giebel, teils staksten sie schwerfällig und bedächtig flatternd auf den Ziegeln umher.

»Wahnsinn«, entfuhr es Lisa.

»Was ist Wahnsinn?«

»Na, die Störche.«

»Ach so, das, ja ja, schaut schon toll aus, gell?«

Obwohl das Dorf eigentlich nur aus einer Hauptstraße und wenigen davon abzweigenden Sträßchen bestand, war die Bevölkerungsdichte an diesem Tag nicht nur wegen der Storcheninvasion sehr hoch. Denn die schienen nicht die einzigen Gäste zu sein. Falls nämlich nicht jeder Einwohner von Mainkling drei oder vier fahrbare Untersätze besaß, standen hier ganz eindeutig zu viele Autos am Straßenrand.

»Und warum stehen hier die ganzen Autos?«

»Blootzessen«, informierte Heiko knapp und parkte den Wagen neben einem Luxemburger Bratbirnenbaum. Als sie die Hauptstraße entlanggingen, kam Lisa sich tatsächlich ein bisschen vor wie Melanie Daniels in »Die Vögel«. Ein bisschen unheimlich war das schon. Gleichzeitig war es aber eine seltene Gelegenheit, die Tiere einmal genauer in Augenschein zu nehmen. Heiko bückte sich plötzlich und hob etwas vom Boden auf. Er betrachtete den Fund kurz und reichte ihn dann seiner Freundin.

»Eine Feder?«, fragte Lisa. Ihr Freund wies mit dem Kopf auf die Störche.

»Von einem von denen da«, erläuterte er.

Lisa betrachtete die Feder genauer. Sie war sicherlich dreißig Zentimeter lang, und die Federäste waren nicht seidig-glatt wie bei einer gewöhnlichen Feder. Vielmehr zweigten links und rechts des Schaftes harte, aber dennoch sehr feingliedrige Äste ab.

»Schön«, befand Lisa und wurde von Heiko gleich auf das nächste Naturschauspiel aufmerksam gemacht.

»Das hier ist die »Eiche«, hier gibt es den Blootz«, erklärte er und wies auf eine ziemlich antiquiert wirkende Gastwirtschaft. »Und das ist die Eiche, nach der die Wirtschaft benannt ist«, fuhr er fort.

Er führte Lisa zu einem kleinen Beet, in dem eine etwa zwei Meter hohe, augenscheinlich sehr junge Eiche gepflanzt war. Lisa wunderte sich etwas, hätte sie doch das Restaurant auf älter als fünf, sechs Jahre geschätzt.

»Nein, nein«, berichtigte Heiko, »nach DIESER Eiche.« Er deutete auf einen völlig ausgehöhlten Baumstumpf, der Lisa zunächst gar nicht aufgefallen war, weil er für einen Baumstamm eigentlich viel zu groß war. Der Stamm schien einen Durchmesser von über zwei Metern gehabt zu haben und bildete einen großen Ring, in den man die junge Eiche gepflanzt hatte.

»Vor ein paar Jahren haben sie die alte Eiche gefällt, weil sie doch langsam morsch war, und da war die ganze Sache zu gefährlich. War ja schon 500 Jahre alt, das Ding. Und um der Tradition Genüge zu leisten, haben sie dann die neue Eiche gepflanzt.«

Minuten später hatte Heiko Gelegenheit, seine Ausführungen, die Lisa bisher mit zweifelnden Blicken quittiert hatte, zu beweisen. Denn nun sah sie es mit eigenen Augen: Im Vorraum des Restaurants hing nicht nur ein gewaltiger Bilderrahmen mit Fotos von der Baumfällaktion, sondern an der Wand lehnte auch eine riesige Baumscheibe, deren Durchmesser deutlich über einem Meter lag.

»Die ist aber schon von weiter oben, denn untenrum war die Eiche ja morsch«, erläuterte Heiko.

Lisa konnte es kaum glauben. Sie berührte das kühle, glattpolierte Holz und fand es irgendwie schade, dass der Baum nicht mehr lebte.

Als sie die Gastwirtschaft betraten, schlug ihnen augenblicklich intensiver Essensgeruch entgegen. Nach kurzem Suchen entdeckten die beiden Till, der einen Vierertisch belegt hatte und nun begeistert winkte. Auf dem Weg zum Tisch mussten sie einer Bedienung ausweichen, die ein rundes Holztablett von etwa 60 Zentimetern Durchmesser trug. »DAS ist Blootz«, erläuterte Heiko und wies auf das riesenhafte Gebäck, das auf dem Brett lag. Lisa schluckte und hoffte, dass das nicht die Portion für eine Person war. Nur zu gut erinnerte sie sich noch an die Fressorgie vom Volksfest. Sie setzten sich und begrüßten Till, der bereits ein Hefeweizen vor sich stehen hatte. Lisa ließ die Atmosphäre des Restaurants auf sich wirken. Laut war es, unvorstellbar laut. An den Tischen saßen Familien, Männergruppen, die offenbar eine Art Stammtisch abhielten, und junge Pärchen, also ergab sich eine bunte Mischung. Die Stimmung war gut, lautes Gelächter drang an Lisas Ohr. Über allem lag dieser würzig-deftige Essensgeruch, den wohl der Blootz verströmte und der eine gewisse, nicht unangenehme Schwüle erzeugte. Kinder hielten Eis am Stiel in den klebrigen Händen und schleckten eifrig, ansonsten waren alle mit dem Verzehr von Blootz beschäftigt. Lisa schnappte einen dreckigen Witz aus einer Stammtischecke auf. Dröhnendes Gelächter aus mehreren Männerkehlen folgte.

»Was deffi eich bringa?«, fragte die Bedienung, eine Enddreißigerin mit derangiert wirkendem Zopf.

Lisa und Heiko bestellten Cola. Und einen Blootz.

»Fürs Erste reicht uns einer, oder?«, fragte Heiko, und Lisa sah zweifelnd zu ihm hin, um festzustellen, ob er das wohl ernst meinte. Er meinte es ernst.

»Mit Griawa?«, fragte die Bedienung.

»Mit was denn sonsch?«, gab Till zurück.

»Ha, mir henn aa mit Käs un Lauch un sou«, bot die Frau an.

Die Männer schüttelten einhellig die Köpfe. Das wäre ja ein Sakrileg.

»Was sind denn Griiiiahwaah?«, wollte Lisa wissen, als die Bedienung verschwunden war. Nach der Kuttelerfahrung vom Volksfest schwante ihr Fürchterliches.

»Ja, äh, gute Frage, das ist doch zerbrutzelter Schweinespeck, oder?«, fragte Heiko.

Till nickte. »Ganz genau.«

Lisa lächelte dünn. Hörte sich ja sehr appetitlich an. »Ah, do is ja dr Guschdl«, meinte Heiko und blickte mit anerkennendem Nicken in Richtung Tresen. Dort lehnte nun ein kleines Männchen mit sehr roter, spitziger Nase und einem fein geschnittenen Gesicht. Der Mann trug über einem karierten Hemd einen braunen Pullover, und an seinem Kopf klebten weiße Haarsträhnen. Sein Markenzeichen war die bodenlange Schürze, die früher bestimmt einmal weiß gewesen war. Gustl blickte mit kleinen braunen Mausäuglein herrisch um sich, denn er war der unangefochtene König des Blootz, ihm gehörte die »Eiche«.

»Guschdl!«, riefen die Stammtischler, die neben der Tür saßen, und der kleine Mann gesellte sich zu ihnen.

Wenig später kamen die Getränke. Till drehte seine Hefeweizentulpe nachdenklich zwischen den fleischigen Pranken hin und her.

»Und, wie läuft's mit euerm Fall?«, fragte er dann.

»Ja, läuft«, meinte Heiko, wohl in der Annahme, dass diese Aussage als Information ausreichend sei.

Lisa verdrehte die Augen. »Wir verfolgen verschiedene Spuren«, ergänzte sie.

Till forderte mit einem gebrummten »Hm« zum Weiterreden auf.

»Ja, also, da hätten wir diverse Damen, die mit der Ermordeten ein Problem hatten, weil die ihnen entweder den Mann oder den Job ausgespannt hat, verschiedene Verehrer, und schwanger war sie auch, aber nicht von ihrem Freund.«

Till pfiff durch die Zähne. »Des sin ja Zuständ«, urteilte er.

Lisas weitere Ausführungen wurden jäh unterbunden, weil sich die Aufmerksamkeit der Männer plötzlich auf einen Punkt hinter ihr richtete. Lisa drehte sich um und sah die Bedienung im Anmarsch, mit einem dieser riesigen, runden Holzbretter. Auf dem Brett befand sich der patentierte Gustl-Eiche-Blootz. Mit Schweinegrieben. Ein kollektives »Mmmmmmh« entrang sich den Männern, als die Bedienung den Blootz auf den Tisch stellte. Till rieb sich die Hände und schnappte sich sofort das erste Stück. Bei so was war er wenig zurückhaltend, nix mit »die Dame zuerst« und so.

»Gibt es keine Teller? Und Besteck?«, wollte Lisa wissen.

Heiko breitete eine rote Serviette vor ihr aus. »Den isst man so, aus der Hand«, belehrte er sie. Lisa nahm mit spitzen Fingern ein Blootzstück, das ungefähr die Dimension einer halben Pizza hatte – wohl auch denselben Kaloriengehalt – und betrachtete es skeptisch. Auf einem sehr dünnen und dennoch knusprigen Boden war eine ebenso dünne Schicht saure Sahne aufgetragen. Zwiebeln und kleine braune Brösel, die ein bisschen wie erschlagene Fliegen aussahen, krönten die Kreation.

»Und die braunen Dinger sind ... Griiiiahwaah?«, mutmaßte Lisa.

»Genau«, bestätigte Heiko, bereits zufrieden kauend, »das sind Griawa.«

Und dann probierte Lisa, und anders als die Kutteln war der Blootz wirklich ein voller Erfolg. Schmackhaft. Überaus. Sehr lecker. Und da war es auch nicht mehr ganz so wichtig, was Grieben eigentlich genau waren.

SAMSTAG, 05. OKTOBER

Für heute hatte Heiko seiner Lisa einen ganz besonderen Ausflug versprochen. Nämlich ins Dampfmuseum nach Blaufelden. Lisa konnte sich unter einem Dampfmuseum nicht wirklich etwas vorstellen, aber Heiko verriet ihr auch nicht viel. Nun gut. Die Abendgestaltung würde ganz nach ihrem Gusto sein, also könnte sie jetzt auch mit in dieses Dampfmuseum. Sie parkten den Wagen am

»Cafe Sohns«, das Heiko gleich als nächsten Programmpunkt festlegte. Dann folgten sie zu Fuß der Straße, die durch eine Mischung aus Industrie- und Wohngebiet führte, bis zu einer Schule. Lisa staunte. Eine Schule?

»Das Museum ist in der alten Hausmeisterwohnung der Realschule«, erklärte Heiko nun endlich, während er die obligatorische »Ich-kann-jetzt-eine-Stunde-keine-mehr-rauchen-Zigarette« rauchte. Lisa fixierte den Glimmstängel mit tadelnd hochgezogenen Augenbrauen, was den Kommissar dann doch dazu verleitete, die Kippe auszudrücken und mit ihr endlich das Museum zu betreten.

Am Eingang standen zwei ältere Herren, die T-Shirts mit der Aufschrift »Dampf im Museum« trugen. »Zweimal«, sagte Heiko, bezahlte vier Euro und dann waren sie auch schon drin. Das erste Ausstellungsstück war eine Art Ikone. Ein Leinwandfotodruck zeigte einen etwa 80-jährigen Mann mit Brille und grüner Strickweste, der andächtig und überaus ernst dreinblickend auf einer Modelleisenbahn saß. Lisa hatte schon davon gehört, aber gesehen hatte sie es noch nicht. Da gab es diese Bastler, die Eisenbahnmodelle bauten, die tatsächlich fuhren, aber anders als ihre kleinen Geschwister immerhin 50 bis 80 Zentimeter in der Höhe maßen. Und auf einem solchen Zugmodell saß der ältere, durchaus würdig wirkende Herr, auf im Garten verlegten Schienen, wohl auf einem Privatgrundstück, wie der grüne Maschendrahtzaun im Hintergrund vermuten ließ.

»Das«, begann Heiko und wies auf die wie ein Heiligenbild hell angestrahlte Leinwand, »ist der Herr Kaufmann. Der hat all die Modelle in diesem Museum hier gebaut. In 50 Jahren harter Arbeit.«

Nun war es einmal an Lisa, »Hm« zu sagen.

Mit beinahe religiöser Ehrerbietung führte Heiko seine Freundin schließlich in den angrenzenden Raum, wo die Kaufmann-Modelle ausgestellt waren. Lisa betrachtete die detailreich gearbeiteten Zugmodelle, in denen hässliche Achtziger-Jahre-Puppenstubenpuppen als Fahrgäste saßen.

»Das Ganze ist absolut maßstabsgetreu. Und der hat alles selbst gebaut, alles. Jedes Rädchen, jedes Teil. Und das Beste daran ist: all diese Loks funktionieren. Mit Dampf.«

Lisa betrachtete etwas zweifelnd eines der schwarzen Bröckchen, die sie für Modellkohle gehalten hatte.

»Steinkohle«, erläuterte Heiko. »Die einzige Kohle, die so viel Brennenergie hat, dass man damit die Modelle antreiben kann. Und das Ding hier heißt Tender«, fachsimpelte er weiter und wies auf den Waggon, der die Steinkohlebröckchen geladen hatte.

Lisa nickte und lauschte interessiert. Imposant war das Ganze, ja, sehr interessant. Auch bei der zweiten und dritten Lok fand sie die Ausführungen ihres Freundes noch interessant. Die vierte ging auch noch. Erst bei der fünften, sechsten und siebten und allen weiteren Loks hätte sie die ganze Sache nun doch gerne etwas beschleunigt. Nach einer guten Dreiviertelstunde verließen sie den nur etwa 30 Quadratmeter großen Ausstellungsraum, Heiko mit einem glücklich-verklärten Strahlen im Gesicht und Lisa um einiges Wissen über den Eisenbahnmodellbau reicher. Erleichtert strebte die Kommissarin dem Ausgang zu, als Heiko sich nach rechts zur Treppe wandte und Anstalten machte, diese zu erklimmen. »Wir müssen noch in den zweiten Stock«, bestimmte er. Lisa seufzte und stapfte ergeben hinter Heiko her. Im zweiten Stock sah es zunächst ähnlich aus wie im ersten, bis auf den winzigen Unterschied, dass sich hier ein für die Größe des Raumes immenser Menschenpulk versammelt hatte. Lisa stellte sich auf die Zehenspitzen, um einen Blick auf die Attraktion im Zentrum der Menschenmenge erhaschen zu können, hörte aber lediglich gemurmelte hohenlohische Wortfetzen.

»Was ist denn hier los?«, wollte sie wissen.

Heiko reckte den Hals und erläuterte schließlich: »Ich werd verrückt! Der Kaufmann ist da. Höchstpersönlich.«

Die nächste halbe Stunde verbrachten sie damit, den Ausführungen des kleinen Mannes zu folgen, der bereitwillig alle mehr oder weniger intelligenten Fragen beantwortete. Nach ungefähr einer Viertelstunde hatten sie einen Platz ergattert, von dem aus sie die metallene Dampfkonstruktion, einen maßstabsgetreuen Nachbau der ersten deutschen Dampfmaschine, genauer betrachten konnten. Lisa beobachtete die Museumsbesucher, überwiegend Männer, die sämtlich mit offenen Mündern den Erläuterungen ihres Gurus lauschten. Endlich, nach weiteren fünf Minuten, entstiegen der Konstruktion kleine Dampfwölkchen, was einige der Besucher geradezu in Ekstase versetzte. Lisa seufzte tief und tiefer, als sie merkte, dass es wohl nicht leicht werden würde, Heiko wieder von hier fortzukriegen.

Eine geschlagene Stunde später machten sie eine Pause im Cafe Sohns, das eher an eine Wohnstube als an ein Cafe erinnerte. Gerade deshalb war es aber sehr gemütlich, und die beiden Kommissare taten sich an einer der beiden Tortensorten gütlich, die das kleine Cafe an diesem Samstag im Angebot hatte. Auch der Kaffee schmeckte durchaus gut und entschädigte Lisa für den ausgedehnten Männermuseumsbesuch. Grinsend dachte sie bei sich, dass es Heiko wohl heute Abend nicht anders ergehen würde als ihr gerade eben im Dampfmuseum Blaufelden.

»Und wohin kommt deine Freundin jetzt nochmal?«

Lisa verdrehte die Augen. Das hatte sie ihm schon hundertmal erklärt. »Wir gehen Salsa tanzen, nach Heilbronn, und du wirst mitkommen.«

Heiko seufzte. »Könnt ihr da nicht alleine hin? So mädelsabendmäßig?«, schlug er vor.

Lisa zog die Augenbrauen hoch. »Und wer soll dann fahren? Schließlich ist das eine Geburtstagsnachfeier, da werden die Eva und ich ja wohl mal was trinken dürfen. Und immerhin war ich heut Morgen auch in diesem Museum dabei.«

Heiko brummte und ergab sich in sein Schicksal. Er wusste, dass solche Abende gefährlich waren. Denn beste Freundinnen waren mächtig. Sie entschieden über Gedeih und Verderb einer jeden Beziehung, also war es wichtig, bei dieser Kategorie Mensch einen guten Eindruck zu hinterlassen. Daher: Augen zu und durch. Die wäre sicherlich nett, die Frau. Und immerhin war es das erste Mal, dass jemand aus ihrem alten Freundeskreis Lisa besuchen kam.

»Wir waren früher regelmäßig Salsa tanzen, die Eva und ich.«

»Hm.«

»Was ziehst du denn an?«, fragte Lisa.

»Wieso?«

»Naja, zum Tanzen gehen?«

»Ha, normal halt.«

»Wie, normal? Das geht nicht.«

»Wieso?«

»Zum Tanzen gehen zieht man sich ein bisschen nett an,« dozierte Lisa.

Heiko brummte.

»Oder sehe ich etwa normal aus?«

Heiko musterte seine Freundin. Sie trug ein pinkfarbenes Kleid, das untenrum irgendwie zerrissen aussah, weil lange Fetzen bis zum Boden hingen. Sonst endete das Kleid kurz über dem Knie, und die Fetzen gehörten wohl so. Aber normal sah sie nicht aus, ganz und gar nicht.

»Äh, das Kleid ist … gut«, meinte er also und blickte ein wenig fragend drein.

Lisa nickte heftig. »Ja, genau, das ist sogar besser als gut. Und ein bisschen müssen wir ja auch zusammenpassen, so rein optisch, oder etwa nicht?«

Eine halbe Stunde später saß er, in ein braunes Seidenhemd und eine beigefarbene Bundfaltenhose gewandet, neben Lisa im M3. Er hatte das Hemd mal im Urlaub aus einer Laune heraus gekauft – er wusste nicht einmal mehr genau, wo – und es seither nie wieder angehabt. Lisa hatte seinen Schrank durchforstet und war hin und weg von dem Ding gewesen. Mehrfach hatte sie fassungslos wiederholt, warum er denn seine tollen Klamotten nie anziehe und immer bloß in den alten T-Shirts rumliefe. Und nun fuhren sie nach Heilbronn, und Heiko schwante nichts Gutes. Tanzen war so gar nicht sein Fall. In der Schule hatte er wie alle damals einen Tanzkurs gemacht. Walzer, Rumba und Discofox. Aber seither hatte er nie wieder getanzt, wenn man von einmal Discofoxtanzen mit einer hübschen Rothaarigen im ›Apfelbaum‹ absah. Und auch damals hatte er sie nur aufgefordert, um sie anzumachen. Er seufzte wieder, was Lisa geflissentlich ignorierte. Diese Latinosachen waren so gar nichts für ihn. Er hatte ja nichts gegen Shakira und Co. Aber er hatte was gegen dieses hektische Gehopse. Lisa hingegen schien direkt schon unter Entzugserscheinungen zu leiden. Seit sie losgefahren waren, wippte sie ungeduldig mit ihren hochhackigen Pumps auf und ab.

Nach einer knappen Stunde Fahrt waren sie da. Die »Zigarre« war ein altes Fabriksgebäude, ein Ziegelbau. Sah eigentlich recht kultig aus. Lisa war ganz aus dem Häuschen, als sie das »WES«-Autoschild auf dem Parkplatz entdeckte. Und im Auto saß Eva, eine brünette Mittdreißigerin, die nun dem Wagen entstieg. Heiko parkte den M3, und Lisa riss die Tür auf, um auf ihre Freundin zuzustürmen.

»Eva, hach, ich hab dich so vermisst!«, seufzte sie, und die beiden lagen sich weinend und lachend zugleich in den Armen.

Heiko musterte die Freundin. Hübsch, durchaus, mit einer kleinen Stupsnase. Gute Figur, tendenziell zu dünn. Eva trug ein Kleid, das dem von Lisa nicht unähnlich war, nur dass das Dekolleté noch tiefer und die Fetzen kürzer waren. Der eigentliche Rock war auch kürzer, und das Kleid war in schreiendem Türkis.

»Und das muss Heiko sein«, stellte Eva fest, als er auf die beiden zuging. Sie musterte Heiko prüfend, schließlich folgte auf den Blick ein anerkennendes Nicken.

Eva streckte die Hand aus und sagte: »Tach. Ich bin Eva.«

Heiko ergriff die Hand und erwiderte den Gruß. Er bemerkte lange Fingernägel, die ihn ins Fleisch stachen.

»Ich denke, es ist okay, wenn wir Du sagen, das ist dir doch auch recht, ne?«, fragte die Brünette weiter.

Heiko nickte. Klar. Alles andere wäre ja mal total doof. Lisa fasste Eva an der rechten und Heiko an der linken Hand und bestimmte dann: »Gehen wir rein.«

Drinnen schlug ihnen schwülwarme Hitze entgegen. Der Geruch von schwitzenden Menschen, Wärme, die sich immer dort entwickelte, wo so viele Leute auf einem Haufen waren. Außerdem waberte Zigarettenrauch durch den Raum, und mit etwas Phantasie ließen sich sogar die Bestandteile einiger Cocktails erschnuppern. Und über allem dic ohrenbetäubende und doch recht schwülstige Musik. »Nooooooooh, no es amooooooooohohohooooor«, sang die Sängerin, und so viel verstand Heiko gerade noch, dass »amor« »Liebe« hieß. Das war definitiv nicht seine Musik. Die Location war gut gefüllt, fast alle Tische waren belegt. Ebenfalls gut gefüllt war die Tanzfläche, Heiko fiel ein Pärchen auf, bei dem sie ihn, wohl ein Latino, um einen ganzen Kopf überragte. Trotzdem lagen Hingabe und Stolz in seinem

Blick, was wiederum ziemlich skurril wirkte. Daneben wirbelte ein Schwarzer mit Baseballkappe eine dralle Blondine herum. Und links davon tanzte ein dunkelhaariger Kerl im roten Polyesterhemd mit einer mageren Rothaarigen im Schlampenkleid. Heiko sah zu Lisa und Eva hin, deren Augen einen träumerischen Glanz bekommen hatten und die nun sehnsüchtig zur Tanzfläche schielten. »Setzen wir uns doch erst einmal«, schlug er also vor, um das Ganze wenigstens noch etwas hinauszuzögern, und wies auf einen Tisch in einer der Ecken, die etwas ruhiger waren. Kaum hatten sie sich niedergelassen, orderten die Damen einen Caipirinha bei Heiko. Seufzend verschwand er und schlappte zur nur wenige Schritte entfernten Bar.

Lisa verfolgte Heiko mit sinnenden Blicken.

»Und? Wie findest du ihn?«, fragte sie ihre Freundin.

Eva hatte sich eine Zigarette angezündet und rauchte mit extrem feminin-affektierter Gestik. Sie blies Rauch aus und sagte dann: »Also, er sieht ja ganz lecker aus. Aber kann er auch sprechen?«

Lisa grinste. »Er ist manchmal etwas unbeholfen. Aber das ist typisch für die Hohenloher.« Eva ließ ihren Blick nun ganz ungeniert auf Heikos Hinterteil ruhen. »Naja, er muss ja eigentlich auch gar nicht sprechen können.«

»Haha. Nein, im Ernst: Die Hohenloher sind halt so. Die reden nicht so viel, vor allem mit Fremden nicht. Aber wenn sie erst mal aufgetaut sind …«

»Sind das hier nicht Schwaben?«

»In Heilbronn sind eigentlich vom Dialekt her eher

schon wieder die Schwaben, ja, aber geographisch ist das noch Hohenlohe. Aber da, wo wir wohnen, da ist es eindeutig hohenlohisch. Du solltest auch niemals einen Hohenloher als Schwaben bezeichnen und umgekehrt.«

In diesem Moment kam Heiko zurück, in den Händen ein Cola und zwei große Gläser Caipirinha. Eva zückte ihren Geldbeutel, aber Heiko schüttelte lächelnd den Kopf. Das wäre ja noch schöner. Außerdem konnte man so gut schleimen. Huldvoll bedankten sich die beiden Frauen. Lisa sah ihren Freund erwartungsvoll an.

»Äh … und, wie gefällt dir Heilbronn?«, fragte Heiko und kratzte sich am Kopf.

»Ich bin ja erst heut Nachmittag gekommen, ne«, meinte Eva und schlürfte geräuschvoll Caipi durch das Röhrle. Vielmehr: Durch den Strohhalm, denn immerhin kam sie ja aus dem Norden und wusste wohl kaum, was ein Röhrle war.

»Ich war noch gar nicht im Hotel.«

Lisa zog tadelnd die Augenbrauen zusammen. »Papperlapapp! Du wohnst natürlich bei mir.« Eva trank einen weiteren Schluck Caipi. Durch den Strohhalm. »Na, wenn's dir nichts ausmacht.«

»Gar nicht«, versicherte Lisa.

Eva zog erneut an der Zigarette, die sie zuvor auf dem Rand des Aschenbechers deponiert hatte, und fragte dann: »Und du bist auch Kommissar?«

Heiko räusperte sich. »Ja, wir haben gerade wieder einen Mord.«

»Ach ja, Lisa hat davon erzählt. Wie läuft's denn?«

In diesem Moment ertönten die Takte eines neuen Liedes. Lisa und Eva sprangen gleichzeitig auf und stürmten zur Tanzfläche. Lisa winkte Heiko, mitzukommen, aber der blieb einfach sitzen. Eva nahm ihre Freundin an der Hand und da tanzten sie einfach miteinander. Heiko staunte, wie gut Lisa das konnte. Das hatte er gar nicht gewusst. Die beiden drehten sich und wirbelten herum, dass buchstäblich die Fetzen flogen. Und es dauerte auch nicht lange, bis die beiden Tanzpartner gefunden hatten. Lisa tanzte mit einem kaffeebraunen Kerl im weißen Feinripp-Unterhemd, der vielleicht Kubaner sein konnte, und Eva mit einem wild aussehenden Glatzkopf im schwarzen Muscleshirt … mit … Uwe? Heiko blinzelte. Was das da wirklich Uwe? Uwe, der doch sonst immer den harten Obermacker raushängen ließ? Heiko rieb sich die Augen und sah wieder hin. Aber da tanzte immer noch Uwe, eindeutig.

Eva zog ihre Beute lachend zu ihrem Tisch.

»Hey Heiko, das ist …«

»Den kenne ich«, unterbrach Heiko.

Der Spurensicherer sah hoch und erstarrte. Uwe war offensichtlich mindestens genauso schockiert wie Heiko, als sie sich plötzlich gegenüberstanden.

»Hey Uwe, du tanzt ja wie ein junger Gott«, frotzelte Heiko und grinste frech.

Lisa kam ebenfalls zurück, mit derangiert wirkender Mähne und schweißnass. Heiko nutzte den Moment, um ihrem Latino-Tanzpartner einen bitterbösen Blick zuzuwerfen. Offenbar hatte Lisa das Gefrotzel aufgeschnappt und verteidigte den Spurensicherer augenblicklich: »Also, ich finde das ganz toll, dass der Uwe tanzt. Das ist so … sexy und sinnlich …«

Nun war es Uwe, der sich ein Grinsen verkniff. »Ich kann dir gern mal den Grundschritt beibringen«, bot er gönnerhaft an. Dann beugte er sich zu Heiko hinüber und raunte: »Mal ehrlich, die Weiber gehen da voll ab dabei. Was Besseres gibt's gar nicht.«

»Da hab ich aber eine viel bessere Idee, ne«, flötete Eva und zog ein Briefkuvert aus ihrer Handtasche.

Mit großer Geste und einem »Noch zum Geburtstag« überreichte sie es Lisa, die brav und sehr hohenlohisch »Das wäre doch aber nicht nötig gewesen«, murmelte und das Kuvert anschließend öffnete.

Als sie die Karte aufklappte, stieß sie einen verzückten Schrei aus, und Heiko schwante nichts Gutes. Er linste über Lisas Schulter und las: »Gutschein für einen Anfänger-Salsakurs für zwei in Crailsheim im Cariño.«

An diesem Abend hatte Lisa ihn tatsächlich noch zum Tanzen gezwungen. Sie hatte ihn ohne zu fragen auf die Tanzfläche gezerrt und ihm zugeraunt, Merengue-Tanzen sei wie Treppen steigen. Heiko hatte daraufhin, ermuntert von Uwes wohlwollenden Seitenblicken, versucht, sich cool zu bewegen, kam sich aber ziemlich wie ein Pferd vor, jetzt weniger wie ein Araberhengst, sondern eher wie ein hohenlohischer Ackergaul.

Eva hatte sich ganz spontan entschlossen, bei Uwe zu übernachten, weil der mit seinem Wasserbett angegeben hatte. Und so kam es, dass Lisa doch bei Heiko schlief.

»Und, wie findest du Eva?«, wollte sie wissen, als sie nachts um zwei eng aneinander gekuschelt im Bett lagen.

»Nett«, meinte Heiko. »Ein bisschen … anders vielleicht.«

Lisa streichelte seine Schulter. Sie war rund und stark. »Ja, was glaubst du, wie anders mir die Hohenloher am Anfang vorgekommen sind.«

»Hm.«

Da hatte Lisa nun auch wieder recht. Hohenloher konnten auf Fremde ziemlich furchteinflößend wirken.

»Und was machen wir morgen?«

»Erst einmal Frühstücken in Dinkelsbühl im Meiser's«, schlug Heiko vor. »Und dann … können wir ja noch ein bisschen die Stadt anschauen.«

»Und abends?«

»Also, wenn Eva mal Hohenloher High-Life erleben will, dann nehmen wir sie mit in die Arena.«

SONNTAG, 06. OKTOBER

Morgens war Uwe mit Eva im Schlepptau bei ihnen vorbeigekommen. Die beiden schienen sich ausnehmend gut zu verstehen. Eva hatte ihrer Freundin zugewispert, dass die Nacht mit Uwe relativ anständig verlaufen sei und dass es nur zu einem gemütlichen Gekuschel gekommen sei. Trotzdem wirkte das Paar richtiggehend verliebt, wenn das überhaupt möglich war nach einer Nacht.

Wie geplant fuhren die vier nach Dinkelsbühl, vorbei an Kuriositäten wie der »Tanzmetropole Neustädtlein«, wo sich alle Singles über 40 zu Standardtänzen – vornehmlich Discofox – bei Schlagermusik trafen. Schließlich passierten die vier Ausflügler das »Bayern«-Schild am Straßenrand.

»Soso, jetzt sind wir also in Bayern«, stellte Eva fest.

»Offiziell schon. Aber eigentlich sind wir in Franken. Du solltest auch niemals einen Franken als Bayern bezeichnen und umgekehrt«, dozierte Lisa.

Eva schüttelte den Kopf. Mein Gott, war das aber kompliziert bei den Süddeutschen!

Sie durchfuhren Dörfchen mit so klingenden Namen wie »Unterradach« und »Untermeissling«. Schon bald tauchten dann am Horizont die ersten Türme auf. »Aber das ist ja ganz entzückend!«, rief Eva aus. »Wie Xanten, ne?«

Heiko räusperte sich und sagte dann: »Xanten ist aber eine Römerstadt. Bei uns hört der Limes kurz hinter den Schwaben auf. An die Hohenloher haben die sich nämlich nicht rangetraut.«

Nicht lange danach durchfuhren sie das Segringer Tor und waren somit an ihrem Ziel angekommen.

Zwanzig Minuten später saßen die beiden Paare im »Cafe Meiser's« und taten sich an dem leckeren Frühstücksbuffet und dem »All-you-can-drink«-Angebot gütlich. Heiko schlug murmelnd eine Besichtigung der Kirche vor.

»Aber shoppen gehen wir doch auch, ne?«, hoffte Eva.

Die Männer seufzten. Schon während der kurzen Fahrt vom Segringer Tor hierher hatten sie zu ihrem großen Entsetzen festgestellt, dass heute aus irgendwelchen Gründen offenbar verkaufsoffener Sonntag im Städtchen war. Bereits jetzt hatten die Damen diverse Läden für sich entdeckt, vor allem ein Geschäft mit Trachtenmode. Heiko hatte gehofft, um den Stadtbummel herumzukommen, wenn er ihnen ein Häppchen Kultur zuwarf. Aber es hatte nicht funktioniert, leider.

Trotzdem waren schließlich alle vom Münster St. Georg beeindruckt. Heiko, der sich mit Architektur ganz gut auskannte, erläuterte, dass es sich um ein überaus variationsreiches Netzgewölbe handle. Fachmännisch referierte er außerdem über den Unterschied zwischen Basilika und Hallenkirche – St. Georg war eine Hallenkirche, hier waren die Seitenschiffe genauso hoch wie das Mittelschiff – und ordnete eine Marienfigur dem Typus »Schöne Madonna« zu.

»Woher weißt du das denn alles?«, wunderte sich Lisa.

Heiko zuckte verlegen die Achseln. »So was interessiert mich halt.«

Eva hatte sich selbstständig gemacht und wanderte auf eigene Faust durch die Kirche. Schließlich blieb sie wie angewurzelt an einer Stelle stehen und winkte die drei anderen aufgeregt heran.

Sie deutete auf einen goldenen Glaskasten und stammelte: »Was ist das denn?« Eigentlich konnte sie sich schon denken, worum es sich handelte, aber glauben konnte sie es nicht so wirklich.

Heiko, der inzwischen mit den beiden anderen herangekommen war, erklärte: »Das ist der Märtyrer Aurelius. Der wurde unter Nero hingerichtet.«

»Und den haben sie so verziert?«, fragte Lisa und musterte die mit goldenen Borten umhüllte und von Edelsteinen geschmückte Mumie.

Heiko stimmte zu.

»Hey, dem fehlt ja ein Bein. Haben das die Löwen in der Arena gefressen?«, wollte Uwe wissen.

»Nicht ganz«, meinte Heiko. »Aurelius wurde enthauptet. Aber im März 2010 haben ein paar Idioten den Glaskasten aufgebrochen, dem Guten ein Bein abgenommen und sind damit getürmt.«

»Im Ernst?«, hakte Lisa nach.

»Ja. Du musst dir das mal vorstellen, da übersteht dieses Ding Jahrhunderte unbeschadet, und dann kommt irgend so ein Depp und kracht ihm sein Bein ab.«

Fassungslos starrten die Besucher auf die verstümmelte Mumie.

»Wahrscheinlich wegen der Edelsteine«, mutmaßte Eva.

»Ja, aber wolltest du erst mal das Bein vom Aurelius da rauspulen, um an die Edelsteine zu kommen?«, gab Heiko zu bedenken.

Eva schüttelte sich. »Eher nicht.«

Später bummelten sie durch die Einkaufsstraße. Die Läden waren in schmucken Altbauten eingerichtet, ihre Namen waren in Gotischer Schrift geschrieben, was die beiden Damen ebenfalls ganz entzückend fanden. Heiko und Uwe stießen tiefe Seufzer aus, als die Mädels endlich dem »Trachtenhäusle« zustrebten. Felsenfest hatten sie mit geschlossenen Läden gerechnet, felsenfest. Verdammt.

Im »Trachtenhäusle« gab es Trachten, logischerweise. Bayerische Trachten, also Dirndl und Lederhosen. Schon durchkämmten Lisa und Eva die Kleiderständer und verursachten dabei dieses klappernde Geräusch, das immer dann entsteht, wenn mehrere Kleiderbügel gegeneinander schlagen und das jetzt schon an Heikos Nerven zerrte.

»Das ist doch süß! Das wäre doch was für dich«, meinte Lisa und hielt ihrer Freundin ein blaues Dirndl hin.

»Sehen wir doch erst mal alles durch und dann probieren wir«, schlug Eva vor.

Die beiden Männer warfen sich verzweifelte Blicke zu, ähnlich denen von gehetztem Wild. Aber es half nichts. Sie mussten wohl in den sauren Apfel beißen.

Die Ladenbesitzerin, eine blonde Mittvierzigerin, kam und meinte: »Sie, mir henn fai aa Männersach, gell?«

Heiko und Uwe hoben abwehrend die Hände. Eine Lederhose mit Karohemd, das wäre ja noch schöner. Da würden sie ja wie Hänsel aussehen. Sie strebten den Umkleidekabinen zu, um das Ganze abzukürzen, und ließen sich auf den beiden Stühlen davor nieder. Von dort aus sahen sie ihren Frauen zu.

»So ein Dirndl ist ja schon heiß«, befand Uwe.

»Ja, aber willst du beim Einkaufen dabei sein? Und Dirndl auf dem Volksfest ist ja die totale Untugend. Wir sind schließlich Hohenloher und keine Bayern.«

Heiko spielte damit auf den Trend der letzten Jahre an, dass die Frauen im Dirndl und die Männer in Lederhosen über das Volksfest flanierten.

Uwe wiegte den Kopf. »Seh ich schon au so. Aber scharf ist es, oder?«

»Weisch du, wie des geht?«, tönte auf einmal aus dem Inneren der linken Umkleidekabine eine Stimme. Eine Männerstimme.

Uwe und Heiko waren schlagartig still.

»Keine Ahnung«, kam es aus der Umkleide daneben.

»So ein Scheiß«, fluchte der Erste. »Ist das kompliziert!«

»Erst das Hemd, gell?«, kam es wieder aus der zweiten.

»Kann man denn net normal auf den Wasen gehen?«

Offenbar probierten die beiden ihre Outfits für den Cannstatter Wasen, wo viele Hohenloher, die wegen des kürzlich vergangenen Volksfestes unter Entzugserscheinungen litten, noch einen Tag Volksfestluft schnupperten.

»Auf so was stehen die Weiber halt.«

»Wie soll denn des gehen, wenn ich da eine abschleppen will, dann kriegt die des ja gar net auf. Dieses Gefuzzel mit den ganzen Knöpfen.«

»Geh halt im Jogginganzug, der geht immer runter.«

»Haha.«

Uwe und Heiko warfen sich amüsierte Blicke zu. Aber das Lachen verging ihnen bald wieder, weil gerade die Damen mit einem Arm voller Dirndl in den beiden anderen Umkleidekabinen verschwanden. Die nächste halbe Stunde verbrachten sie mit dem Anschauen und Bewerten von Dirndln, die zugegebenermaßen scharf aussahen, aber auch definitiv unnötig waren, vor allem, wenn man auf die Preise sah. Nebenbei trauten sich nun doch die beiden Jungs, die es endlich geschafft hatten, sich in ihre Lederkluft zu zwängen, aus der Kabine. Sofort stand die Verkäuferin auf der Matte und meinte, sie sähen aber »fesch« aus. Heiko und Uwe platzten beinah vor Lachen, als die Kerle der guten Frau tatsächlich glaubten und die Teile stolz wie Oskar zur Kasse trugen.

Die beiden Mädels hatten sich tatsächlich jede ein Dirndl für um die 200 Euro gekauft. Lisa ein grünes und Eva ein pinkfarbenes. Sah schon gut aus, das musste Heiko zugeben. Aber unnötig war es trotzdem.

Sie flanierten noch eine Weile durch Dinkelsbühl und aßen in einem der zahlreichen gutbürgerlichen Restaurants. Schließlich fuhren sie heim nach Crailsheim, um sich noch ein bisschen auszuruhen. Immerhin mussten sie fit sein für die Party am Abend.

»Und das hier ist der Stall?«, wollte Eva wissen, als sie gegen zehn Uhr abends aus dem Auto stiegen. Zweifelnd betrachtete sie das riesenhafte runde Gebäude, von dem Lisa, Heiko und Uwe steif und fest behauptet hatten, das sei eine der besten Party Locations der Region.

»Das ist kein Stall«, korrigierte Uwe. »Aber unter der Woche werden hier als mal Rinder verkauft.«

»Als?«, fragte Eva verständnislos.

»Ab und zu«, übersetzte Lisa, stolz darauf, dass sie schon so gut Hohenlohisch konnte.

»Und hier soll eine Party sein?«, fragte Eva mit einer großen Portion Zweifel in der Stimme. »Eine sehr gute sogar«, präzisierte Heiko.

Tatsächlich sah die Arena Hohenlohe, die in der Nähe von Ilshofen mehr oder weniger mitten in der Landschaft stand, von außen recht unspektakulär aus, abgesehen von ihrer enormen Größe und ihrer runden Form. Aber die Fläche im Inneren sowie die terrassenförmig angeordneten Sitzreihen bildeten die perfekte Tanzfläche plus Chill-Out-Lounge. Auch bei großen Fußballspielen gab es hier das beste Public-Viewing der Region. Da war es sekundär, dass das Ganze eigentlich hauptsächlich für den Rinderhandel genutzt wurde. Nach einem kurzen Marsch über den Parkplatz, bei dem sie wegen Evas ultrahohen High-Heels nicht allzu schnell vorwärts kamen, standen die vier endlich in der Schlange, wo sie von wichtig und äußerst grimmig dreinblickenden Türstehern aller Größen und Gewichtsklassen misstrauisch gemustert wurden. Nach etwa einer Viertelstunde waren sie schließlich drinnen. Sie stiegen eine Treppe hinunter und befanden sich dann in der großen Arena. An der Ostseite war eine große Bühne aufgebaut, auf der bereits eine Band dem Publikum ordentlich einheizte. Die Menschen vor der Bühne tanzten, weiter hinten befanden sich Bars und Stehtische, die ebenfalls von Partyvolk belagert wurden. »Trinken wir was?«, schlug Heiko vor. Uwe entschuldigte sich murmelnd und verschwand aufs Klo, und die drei anderen begaben sich zu einer der Bars. Lisa und Eva warteten etwas abseits, während Heiko die Getränke holte, und so entging den Männern auch die folgende Szene. Nämlich pirschte sich ein Typ mit blonden Locken und blauer Jeansjacke an die beiden Mädels heran, postierte sich schließlich lässig grinsend neben Eva und sagte: »Hi.«

Eva verzog irritiert das Gesicht, grüßte dann aber zurück.

»Soll ii dr amol ebbes soocha?«, fragte der Mann dann in verschwörerischem Murmelton.

»Wie bitte?« Eva hatte kein Wort verstanden.

»Du gfällsch mer fai«, informierte der Kerl.

»Wie bitte?«, fragte Eva noch einmal.

Der Flirtwillige räusperte sich. »Ha waasch, ii suach aa a Fraa, un du dädsch mer wiagsocht gfalla.«

Von hinten näherte sich ein weiterer Kerl, offensichtlich sein Kumpel. »Sou Andi, hasch ooni gfunda?«, brüllte er und musterte Eva anerkennend von oben bis unten.

Die blickte wiederum hilfesuchend zu Lisa, die sich nur noch unter Aufbietung all ihrer Kräfte zusammenreißen konnte.

»Was wollen die denn bloß von mir?«, fragte die Nordrhein-Westfälin. Als sie sich noch einmal umdrehte, hatten die Kerle bereits Reißaus genommen, weil Heiko und Uwe sich wieder zu den beiden Frauen gesellt hatten.

»Was war das denn jetzt?«, fragte Eva noch einmal verständnislos und nippte am Caipirinha, den Heiko ihr reichte.

»Das«, erläuterte Lisa, »das war eine Anmache. Auf hohenlohische Art.«

Monika Silberschmidt saß zu Hause, allein. So allein, wie sie seit drei Jahren war, seit Florian sie damals hatte sitzen lassen, für Jessica. Eigentlich hätte sie wütend auf Florian sein müssen, aber das war sie nicht. Sie hatte eine Wut auf Jessica. Sie und Jessi waren Freundinnen gewesen, gute Freundinnen. Da spannte man der anderen nicht den Kerl aus, so was tat man einfach nicht. Das war richtiggehend unanständig. Und dass Florian den Reizen der jungen Friseuse erlegen war, konnte man ihm nicht einmal verdenken. Hübsch war sie gewesen, die Jessica, sehr hübsch. Hätte Model werden können, wenn sie etwas größer gewesen wäre. Aber darum war es ihr ja nie gegangen. Alles, was sie gewollt hatte, war, die Dorfschönheit zu sein, die Frau, die Freitagabend im P1 ihren glamourösen Auftritt hatte, die die Blicke der Männer auf sich zog und die jeden Mann haben konnte, auch den, der bereits liiert war, so wie Florian. Monika hasste solche Frauen abgrundtief. Sie selbst war im Grunde nicht unähnlich, auch sie genoss die Aufmerksamkeit, die Männer ihr schenkten, die bewundernden Blicke, all das, ja. Aber sie würde niemals einer Freundin einen Mann ausspannen, das war ein anderes Kaliber. Sie streichelte über das goldbemalte Polyresin des pseudobarocken Bilderrahmens. Mit fahrigen Fingern wischte sie den Staub weg, der sich in den Ritzen der Ornamente angesammelt hatte. Die Jessi tat ihr nicht im Geringsten leid. Verdient hatte es diese Schlampe, jawoll, verdient! Man spannte der besten Freundin nicht den Mann aus. Wieder betrachtete sie das Foto im Bilderrahmen. Sie und Florian vor fünf Jahren, auf dem Geburtstag ihrer Oma. Er hatte den Arm um sie gelegt und sie zu sich heran gezogen. Ein seliges Lächeln auf seinen Lippen verriet, wie sehr er sie liebte. Und sie blickte überhaupt nicht in die Kamera. Sie sah zu ihm auf, zu ihrem Florian, zu dem Mann, den sie heiraten wollte, eigentlich. Monika stellte den Bilderahmen auf den Nachttisch neben ihrem Bett. Bald. Bald. Es würde nicht mehr lange dauern.

Der Abend in der Arena war schön gewesen, sie hatten Cocktails getrunken, die Mädels hatten wild getanzt und die Männer hatten ihnen dabei zugesehen und waren stolz auf sie, sehr stolz. Die Band hatte mitreißend gespielt, und die Party war gut besucht gewesen. Und so langsam konnte sich Heiko auch mit dem etwas seltsamen Humor von Eva anfreunden. Er fand sie ja auch nett, aber Uwe war gänzlich hin und weg von ihr. Er hatte ihm zugewispert, die sei so scharf, mit der könne er sich sogar was Festes vorstellen. Da war Heiko ja mal gespannt. Anscheinend hatte sich Eva Lisa gegenüber nämlich ähnlich geäußert. Lisa schlief heute zu Hause, und Heiko lag noch ein bisschen wach und dachte über den Fall nach. Neben dem Bett stieß Sita einen langen, tiefen und äußerst zufriedenen Seufzer aus. Der Hofmeister war komisch, aber in diesem Fall schien er nicht der einzige Freak zu sein. Auch die Schuster war definitiv unheimlich, und Monika und Katja waren hasserfüllt bis zum Gehtnichtmehr, das war offensichtlich. Er seufzte, ähnlich langgezogen wie zuvor der Hund. Ein paar Verdächtige zu viel, für seinen Geschmack. Und fast alle hatten ein durchaus plausibles Motiv. Woraus man natürlich wiederum folgern konnte, dass das Mordopfer nicht gerade ein Engelchen gewesen war, sondern dass diese Dame es in jeder Hinsicht faustdick hinter den Ohren gehabt hatte. Auch nach längerem Nachdenken konnte er sich jedoch für keinen der Verdächtigen oder Freaks als Hauptkandidaten entscheiden. Und wer diese Marianne war, wussten sie immer noch nicht. Nun gut. Blieb abzuwarten, was die nächste Woche bringen würde.

Florian Ehrmann wälzte sich schon seit Stunden im Bett hin und her. Er konnte nicht schlafen, und das war auch kein Wunder. Sie fehlte ihm. Nächtelang hatte er geheult, und jetzt waren keine Tränen mehr übrig. Was blieb, war das leere Kopfkissen neben ihm. Das große Bett, das ohne sie so leer war. Er drehte sich auf die rechte Seite, so hatten sie immer nebeneinander geschlafen. Zuerst gekuschelt und geredet, und dann, nach einer Weile, hatte er sich zur Wand gedreht und sie sich auf den Bauch, und so hatten sie dann geschlafen. Viel anders ist es jetzt auch nicht, versuchte er sich einzureden. Fast gleich. Du liegst auf der rechten Seite, Gesicht zur Wand. Nur, dass du früher gewusst hast, dass sie da ist. Und jetzt ist sie weg. Für immer. Tot. Er presste die brennenden Augen zusammen, um die bösen Gedanken zu vertreiben. Als er sie wieder öffnete, sah er die roten Ziffern des Leuchtweckers. 3.42 Uhr. Mein Gott. Er musste morgen zur Arbeit. Vielmehr nachher. Auf Dauer würde er das nicht durchhalten. Vielleicht sollte er wirklich Urlaub nehmen. Mit einem guten Kumpel wegfahren. Nach Malle, zum Party-Machen, um alles zu vergessen, um sie zu vergessen. Nein. Er wollte sie nicht vergessen. Er könnte das gar nicht. Niemals. Und dann, plötzlich, piepste sein Handy. Verwundert tastete er danach. Es war eine SMS von Moni. »Kann nicht schlafen, ich denke an dich. Meinst du, es kann wieder so sein wie früher?«

MONTAG, 07. OKTOBER

Morgens hatten sie gleich als Erstes Florian Ehrmann angerufen und ihn um Infos über Hofmeisters Clix-Mix-Profil gebeten. Florian hatte versprochen, sich darum zu kümmern. Und tatsächlich war einige Minuten später in Heikos Email-Account ein Link zum Clix-Mix-Profil von Bernhard Hofmeister. Lisa, die sich bis eben noch in die Akte vertieft hatte, ging um den Schreibtisch herum und sah Heiko über die Schulter. »Clix-Mix – die Party-Community für Stuttgart und Umgebung«, stand auf dem Bildschirm, und darunter: »Bitte loggen Sie sich ein.«

»Oh, wir brauchen erst ein Profil«, stellte Lisa fest.

Heiko brummte, gab in das Feld für den Benutzernamen »FRH76« ein und tippte ein Passwort.

Lisa zog die Augenbrauen hoch. »FRH?«, fragte sie.

»Freie Republik Hohenlohe«, informierte Heiko.

»Hast du das erfunden?«

»Quatsch. Wo leben wir denn, hm?«

Lisa erinnerte sich nun tatsächlich an die Aufkleber auf Autos, die im Design den ovalen Deutschlandaufklebern glichen, die aber die Buchstaben »FRH« trugen. Schon immer hatte sie sich gefragt, was das bedeutete, weil die Autos immer Nummernschilder aus der Gegend gehabt hatten. Endlich war das Rätsel gelöst. Typisch für die lokalpatriotischen Hohenloher. Heiko hatte sich inzwischen zum Profil von Hofmeister durchgeklickt, der sich im Clix-Mix »MagicMan« nannte. Sein Profilfoto zeigte ein halbverschattetes Gesicht, auf dem er irgendwie diabolisch wirkte. Der Kommissar pfiff leise durch die Zähne, als er ein Album mit dem Titel »Meine Süße und ich« entdeckte. Er klickte auf »anschauen«, und auf dem Bildschirm erschienen lauter Fotos von Hofmeister und Jessica, teils Schnappschüsse, teils gestellte Bilder. Und auf allen wirkte Jessica freundlich-zugeneigt, aber auf keinem einzigen waren irgendwelche Knutschereien oder Ähnliches zu sehen. Stattdessen standen Unterschriften wie »Ist sie nicht toll?« oder »Wir sind schon ein schönes Paar, wir zwei!« unter den Bildern. Heiko klickte sich weiter zum Gästebuch und fand diverse Einträge von Damen, die Hofmeister allesamt wohl ziemlich attraktiv fanden. Röschen, Herzchen, Engelchen und allerlei sonstiger Kitsch schmückten die Seite. Der Kommissar besah sich kurz die Profile der Frauen, kannte aber keine von ihnen.

Lisa schnalzte tadelnd mit der Zunge. »Was soll das denn jetzt?«

»Rein dienstliches Interesse«, beruhigte Heiko und drückte ihr einen flüchtigen Kuss auf die Backe. Dann lehnte er sich in seinen Bürostuhl zurück, welcher vernehmlich knarzte. »Also, ich finde, das reicht für ein Verhör«, meinte er dann. »Findest du nicht?«

Zwei Stunden später saß Bernhard Hofmeister im Büro der beiden Ermittler. Lisa und Heiko hatten den Mann extra eine Weile allein gelassen, damit er sich ein paar Gedanken machen konnte. Nun kamen sie herein, in den Händen drei Becher Automatenkaffee. Hinter ihnen folgte Frau Brucker, die stets korrekt gekleidete und etwas mausgraue Sekretärin, zeitgemäß mit einem Laptop unter dem Arm. »Guten Morgen, Herr Hofmeister«, grüßte Heiko. Hofmeister sagte gar nichts und taxierte ihn mit einem vernichtenden Blick. Lisa stellte einen Becher vor dem Verdächtigen ab und schenkte ihm ein aufmunterndes Lächeln.

»Milch und Zucker?«, bot sie an.

Hofmeister schüttelte trotzig den Kopf.

»Also, Herr Hofmeister, das ist Frau Brucker. Sie wird unser Gespräch protokollieren.«

Frau Brucker nickte androidenhaft, während der Verdächtige sie weiter mit Nichtachtung strafte.

»Herr Hofmeister, wir haben Sie hergebeten, weil …«

Hofmeister schnaubte. »HerGEBETEN? Sie nennen eine öffentliche Abholung mit einem Streifenwagen in einem Dorf HERGEBETEN?«

Die Laptoptasten klapperten unauffällig.

Lisa lächelte versöhnlich. »Rein logistische Überlegungen, Herr Hofmeister«, log sie. Natürlich war das Taktik. Hatte einer Dreck am Stecken, wurde er im Streifenwagen erstmalig nervös. Und peinlich war es auch, vor allem auf dem Land, weil es einen Tag später alle wussten, ach was, Stunden später. Heiko wischte die Einwände mit einer so unwirschen Handbewegung weg, dass Hofmeister weitere Beschwerden unterließ.

»Beschreiben Sie uns doch noch einmal Ihr Verhältnis zu Jessica Waldmüller«, forderte Heiko und verschränkte die Arme.

Hofmeister stöhnte. »Hab ich doch schon.«

»Noch einmal, bitte, fürs Protokoll.«

»Wir waren ein Paar.«

Die Tasten klackten.

»Mich würde interessieren, wie Sie auf die Idee gekommen sind, der Vater von dem Kind zu sein«, meinte

Heiko. »Sie wissen doch schon, wie Kinder gemacht werden, oder?«

Hofmeister versuchte jetzt ganz offensichtlich, ihn mit einem Blick zu töten und schwieg beharrlich. »Hatten Sie denn nun ein Verhältnis mit Frau Waldmüller oder nicht?«, insistierte der Kommissar. Hofmeister seufzte und wickelte nachdenklich eine gelockte Strähne um seinen linken Zeigefinger. Soweit Lisa sehen konnte, untersuchte er die Enden akribisch auf Haarspliss, bevor er antwortete: »Sie war bereit dafür.«

»Sie war bereit dafür?«, wiederholte Heiko ungläubig. »Und was heißt das?«

Lisa legte ihm beiläufig eine Hand auf den Arm. »Haben Sie sich denn mal geküsst, Frau Waldmüller und Sie?«, fragte sie dann etwas behutsamer.

Hofmeisters Blick verklärte sich. Die Laptoptasten hörten auf zu Klacken und Frau Brucker sog pfeifend die Luft ein.

»Beinah«, meinte Hofmeister dann.

»Also nicht«, stellte Heiko fest.

»Beinah. Sie war bereit dafür«, beharrte der Verdächtige. »Noch eine Woche oder zwei …«, fuhr er fort und erstarrte sichtlich, als er das Foto entdeckte, das Lisa ihm nun hinschob. »Woher haben Sie das?«, fragte er flüsternd, fast weinerlich.

»Von Ihrem Clix-Mix-Profil«, informierte Heiko und beschloss, in die Vollen zu gehen. »Und den Tipp haben wir vom Verlobten des Mordopfers, der ausgesagt hat, er und das Opfer hätten sich über die Fotos und die Kommentare immer kaputt gelacht.«

»Nennen Sie sie nicht so, bitte.«

»Wie bitte?«

»Sagen Sie nicht Mordopfer. Sagen Sie Jessica.«

»Gut. Von Jessicas Verlobtem.«

»Das kann so nicht stimmen. Sicherlich hat er ihr Profil durchwühlt, dieser gemeine Schuft«, mutmaßte das Model.

»Und wenn es denn so wäre, Herr Hofmeister, dass Sie sich Jessicas Zuneigung ... nur ... eingebildet hätten?«, schlug Lisa vorsichtig vor.

Hofmeister schüttelte heftig den Kopf. »Nein, das war echt, definitiv.«

»Aber wenn es so wäre? Wenn Jessica Sie, sagen wir, absichtlich hingehalten hätte? Sie wissen, Frauen tun so was, das ist gut fürs Ego. So ein paar Verehrer steigern den Marktwert«, provozierte Lisa weiter.

»So war meine Jessi nicht. Und wenn doch, dann ...«

»Dann – was?«

Hofmeister betrachtete seine manikürten Fingernägel. »Dann würde ihr das alles schon ganz recht geschehen.«

Laptoptastenklacken.

Heiko nickte. »So ähnlich haben wir uns das auch gedacht, Herr Hofmeister. Wissen Sie, wie sich das für uns darstellt? Sie, der unerhörte Verehrer, gekränkt vielleicht, weil Sie herausgefunden haben, dass die Jessi Sie nur verarscht hat, ausgenutzt für ihr weibliches Ego, und dann haben Sie sie erstochen.«

Hofmeister sprang auf. »Nein!«, schrie er, und seine Stimme überschlug sich.

Frau Brucker zuckte zusammen, tippte aber dennoch stoisch weiter.

»Setzen Sie sich, Herr Hofmeister«, befahl Heiko so streng, dass der Mann augenblicklich Folge leistete.

»Nein«, sagte er dann, »ich könnte niemals … ich meine … ich hab der Jessi nichts getan.«

»Aber wenn Sie sich doch zusammenspinnen, der Vater eines Kindes zu sein, wenn Sie doch nicht mal mit ihr im Bett waren, Herr Hofmeister?«

Der Verdächtige senkte den Kopf und schwieg.

»Wo waren Sie denn am Volksfestfreitag, so gegen halb zwölf?«

»Auf der Junggesellenparty vom Steffen, das wisst ihr doch.«

»Ja, schon«, machte Heiko. »Aber Sie waren ja sicherlich nicht der einzige Gast auf der Party. Und auch nicht einer von zehn. Da wäre es doch immerhin möglich, dass Sie mal ein Stündchen woanders waren. Das würde nicht mal auffallen.«

Hofmeister seufzte und schien innerlich mit sich zu ringen. Er knetete seine manikürten Hände und sagte endlich: »Also, dann muss es wohl sein.«

Heiko lehnte sich zurück und wartete. Idealerweise auf das Geständnis.

»Ich kann mein Alibi noch, nun, präzisieren, würde ich sagen. Aber eigentlich wollte ich das vermeiden.«

Die Laptoptasten klapperten wieder, und das Model seufzte tief. »Ich hatte was mit einer Frau, auf der Party.«

Heiko schnaubte. »Halten Sie uns für bescheuert? Wie viele Frauen gibt es wohl auf einer Junggesellenparty?«

»Eine«, vermutete Lisa. »Genau eine. Nicht wahr?«

Hofmeister errötete schamhaft und nickte dann. »Die Tänzerin.«

»Tänzerin?«, hakte Heiko nach.

»Na, die Stripperin«, konkretisierte Hofmeister leise und fuhr dann fort: »Nach ihrem Auftritt haben wir zwei, hm, im Schlafzimmer der zukünftigen Eheleute ... das ist mir jetzt aber peinlich.«

Lisa lächelte verständnisvoll, und Frau Brucker linste ein wenig tadelnd über den Rand ihrer Brille.

»Die Jessi hätte es nicht mitkriegen sollen, aber ich hab gedacht, sie will ja nicht, und da könnte ich ja, nur mal so zwischendurch ... Sie verstehen. Und außerdem hab ich dabei die Augen zugemacht und ganz ganz fest an die Jessica gedacht.«

Heiko legte den Hörer auf.

»Also, das Alibi vom Hofmeister scheint zu stimmen. Ich hab grad mit der Dame telefoniert, und sie hat das Ganze bestätigt.«

Lisa betrachtete sorgenvoll den Frauenschuh, dessen Blätter nun noch ein bisschen gelber waren, und rückte ihn ein wenig aus der Sonne.

»Und jetzt?«, fragte sie.

»Ich denke, wir brauchen einfach den Vater von dem Kind.«

»Ja, aber wegen so was können wir schlecht einen Massen-DNA-Test machen«, gab Lisa zu bedenken.

Heiko stimmte zu.

Die Tür ging auf, und Simon kam herein, Florian Ehrmann im Schlepptau.

»Mahlzeit«, grüßte Ehrmann, was Heiko daran erinnerte, dass es schon Mittagszeit war und dass er ziemlichen Hunger hatte. »Ich hab da was für euch, glaub ich«, begann er und kramte in seiner Hosentasche.

Nach einer gefühlten Ewigkeit förderte er sein Handy zu Tage. Er drückte eine Weile auf den Tasten herum und reichte das Gerät dann Heiko. Der las und pfiff leise durch die Zähne.

»Hat das was zu sagen? Nicht, dass ich die Moni verpfeifen will, bestimmt nicht, aber … könnte sie was damit zu tun haben?«

Lisa hatte die SMS nun auch gelesen.

»Könnte es denn nicht sein, dass die Moni die Jessi weghaben wollte? Damit sie und ich wieder zusammenkommen?«

Heiko wiegte den Kopf. »Vielleicht. Dürfen wir das Handy behalten?«

»Nun, äh. Also, das ist schlecht, ich hab nur dieses eine, und das ist gleichzeitig mein Festnetz und so …«

Heiko brummte.

»Dann leiten Sie mir die SMS weiter. Ausnahmsweise.

Auch, wenn wir es eigentlich da behalten müssten. Und löschen Sie die SMS nicht.«

Beim Hinausgehen wisperte Simon ihnen zu, dass er bisher keinen Taxifahrer hatte finden können, der Monika Silberschmidt in der Mordnacht nach Hause gefahren haben wollte. Das machte die rothaarige Schönheit umso verdächtiger.

»Denkst du, dass der vielleicht mit drin steckt?«, fragte Lisa beim Mittagessen.

Heiko kaute konzentriert. Sie hatten sich in den McDonald's gesetzt. Heiko aß einen BigMac, während Lisa den obligatorischen Salat zu sich nahm.

»Es könnte doch immerhin sein, dass er und Moni das gemeinsam geplant und ausgeführt haben. Und dass er so langsam Bammel hat und dann so tut, als wär sie's alleine gewesen.« Heiko schmeckte pures Fleisch. So musste ein Mittagessen sein. »Möglich«, räumte er ein. »Dann würde die Moni aber sicher behaupten, das Ganze sei auf seinem Mist gewachsen und sie hätte damit gar nichts zu tun. Damit stünde Aussage gegen Aussage, und ich denke, das wäre ihm dann doch zu riskant. So dumm ist er nicht.« Lisa biss in eine Tomate. »Wenn aber Monika wüsste, dass er sie bei der Polizei angeschwärzt hat, dann würde sie vielleicht alles zugeben und ihn mit reinziehen.«

»Ja, ob er mit drin steckt oder nicht. Und dann sind wir erst nicht weiter.«

»Aber immerhin wusste die Moni ganz genau, dass der Florian auf der Party und somit aus der Bahn war. Vielleicht hatte sie sogar einen Spion auf der Party«, gab Lisa zu bedenken. »Hm?«

»Ihr Bruder war doch auf der Party. Den hätte sie fragen können.«

»Richtig«, stimmte Heiko zu, »und der hätte nicht mal merken müssen, dass er ein Komplize ist. Und anatomische Kenntnisse hat sie auch. Sie ist doch Pflegerin.«

Zurück auf dem Revier wählte Heiko die Nummer von Björn Silberschmidt und stellte die Telefonanlage auf laut. Es dauerte nicht lange, bis der Hörer abgenommen wurde und eine etwas hektisch wirkende Stimme sich mit einem »Silberschmidt, Automobilvertrieb?« meldete.

»Guten Tag, Herr Silberschmidt, hier Wüst von der Kriminalpolizei Crailsheim. Meine Kollegin Luft hört zu, stört Sie das?«

»Worum geht es denn?«

»Sie kannten Jessica Waldmüller?«, fragte Heiko.

»Flüchtig. Ich bin ein Kumpel vom Florian, wir gehen ab und zu mal was trinken. Wieso?«

»Und Ihre Schwester kannte sie auch?«

Am anderen Ende der Leitung war ein Schnauben zu hören. »Das ist ja wohl leicht untertrieben. Nachdem diese Tussi ihr den Florian ausgespannt hatte, war meine Schwester monatelang nicht zu gebrauchen. Das war damals ganz schlimm.«

»Hm.«

»Ja.«

Heiko überlegte. Nun musste er clever vorgehen. Silberschmidt durfte nicht das Gefühl haben, er würde seine Schwester verpetzen.

»Und sicherlich hat Ihre Schwester sich öfters bei Ihnen nach dem Florian erkundigt?«

»Andauernd!«

»Ja? Am Volksfestfreitag auch?«

Schweigen am anderen Ende der Leitung. Dann, nach einer ganzen Weile: »Worauf wollen Sie eigentlich hinaus?«

»Ihre Schwester hat ein sehr gutes Motiv, Herr Silberschmidt. Und sie wusste, vielleicht von Ihnen, dass Jessica Waldmüller an diesem Tag alleine nach Hause gehen würde.«

»So ein Quatsch«, ereiferte sich Silberschmidt. »Meine Schwester bringt doch niemanden um.«

»Hat Ihre Schwester Sie auf der Party nun angerufen oder nicht?«, insistierte Heiko.

Wieder Schweigen.

»Wissen Sie, für so was gibt es Einzelverbindungsnachweise«, schaltete sich Lisa ein.

Dann, nach einigem Zögern, kam die Antwort: »Also gut, sie hat mich angerufen, ja, aber sie ruft mich sowieso ständig an. Ob sie nach Florian gefragt hat, weiß ich nicht mehr, aber selbst wenn, dann wäre das nichts Außergewöhnliches, weil sie immer nach ihm fragt.«

»Weil sie ihn immer noch liebt?«, vermutete Lisa.

»Keine Ahnung, fragen Sie sie doch selber.«

»Das werden wir, Herr Silberschmidt, ganz sicher werden wir das.«

Heiko verabschiedete sich und beendete das Gespräch. Lisa hatte sich die Gießkanne gegriffen und tröpfelte vorsichtig Wasser in den Frauenschuh.

»Das bestätigt doch unsere Theorie. Wenn Monika immer noch in Florian verliebt ist, dann wäre es nur logisch, dass sie Jessica weghaben will. Auf welche Weise auch immer.«

»Sag ich doch schon lang. Du lässt dich ja von ihren weiblichen Reizen einwickeln.«

»Iiiiich? Aber wie …«, Heiko hielt inne, besann sich aber eines Besseren, weil er nicht glaubte, dass Diskussionsversuche hier von Nutzen wären. »Quatsch«, sagte er also und schenkte Lisa sein schönstes Lächeln.

»Jedenfalls. Monika will Florian zurück und bringt deshalb die Jessi um. Damit ihr Ex wieder frei ist. Macht doch Sinn.«

»Also, dann schauen wir uns die Dame nochmal an.«

Monika ging nicht an ihr Handy, aber ein Anruf im Ilshofener Altersheim ergab, dass sie gerade dort war. Heiko und Lisa setzten sich in den M3 und fuhren los.

Heiko hasste Altenheime. Sie erinnerten ihn immer an den Tod seines Opas vor fünf Jahren. Der alte Herr war nach seinem zweiten Schlaganfall zum Pflegefall geworden, und seine Oma und Onkel Sieger hatten sich hingebungsvoll um ihn gekümmert. Trotzdem hatte die Pflege an den Angehörigen gezehrt. Aber den Opa ins Heim abzuschieben, das war nicht in Frage gekommen, keine Sekunde hatte das zur Debatte gestanden, zumindest anfangs nicht. Und es war ja noch okay, nicht gut, aber okay. Er hatte noch einigermaßen richtig getickt, meistens zumindest, und hatte nur bei den täglichen Verrichtungen Hilfe gebraucht. Ganz am Schluss mussten sie ihn dann doch ins Heim geben, weil es einfach nicht mehr gegangen war, und weil sich sein Zustand extrem verschlimmert hatte. Heiko sah an dem Gebäude hoch. Ein weiß gestrichener Kasten mit gefühlten 1.000 Fenstern, die wie schwarze, seelenlose Augen anklagend die Umgebung fixierten. Schrecklich. Sie betraten den Bau. Innen war es tatsächlich freundlicher. An den Wänden hingen Bilder und Häkelarbeiten von den Bewohnern, die offenbar zum Verkauf standen. Rechts befand sich eine Art Cafe, wo mehrere Omas im Sonntagsstaat vor riesenhaften Stücken Schwarzwälder Kirschtorte saßen und konzentriert aßen. Die Kommissare fragten nach Monika Silberschmidt und wurden in den zweiten Stock geschickt. Mit dem Aufzug fuhren sie nach oben. Als die Türe aufging, stand eine verwirrt wirkende Oma im rosa Westchen vor dem Aufzug und sagte: »Hallo!« Heiko grüßte zurück, da befeuchtete die Alte die Lippen und wiederholte: »Hallo! Hallohallohallo! Haaaaaaaaalllo!« Von hinten kam eine Pflegerin und fasste die Frau mit einem entschuldigenden Lächeln am Arm. »Wir suchen Frau Silberschmidt«, informierte Lisa, und die Pflegerin wedelte mit der freien Hand in eine unbestimmte Richtung.

Die Kommissare fanden Monika Silberschmidt im Aufenthaltsraum, wo sie gerade dabei war, einen stoisch auf einen Punkt an der Wand starrenden Alten mit einem Stück Apfelkuchen zu füttern.

»Frau Silberschmidt?«, begann Heiko, und Monika erstarrte.

»Sie … hier?«

Heiko und Lisa setzten sich zu den beiden an den Tisch.

»Wir hätten da noch ein paar Fragen.«

»Ich muss arbeiten«, versuchte die Pflegerin abzuwiegeln und strich sich mit einer Hand fahrig über die gescheitelte Frisur. Selbst in diesem weißen Kittel sah sie noch gut aus, wie Lisa neidvoll eingestehen musste.

»Geht ganz schnell«, versprach Heiko.

»Wo können wir uns unterhalten?«

Monika Silberschmidt blickte etwas verständnislos drein. »Na … hier?«

»Ich meine nur, wegen Ihrem Patienten hier.«

Die Frau winkte ab. »Ach, wegen dem brauchen Sie sich

keine Gedanken zu machen. Der kriegt eh nichts mehr mit. Das hier ist die Abteilung für Demenzkranke.«

Lisa betrachtete den alten Mann, der tatsächlich nicht bei sich zu sein schien. Trotzdem mahlten seine Kiefer minutenlang auf jedem Bissen herum, als wollten sie so gründlich wie möglich dazu beitragen, seinen Körper lange am Leben zu erhalten. »Ist das nicht manchmal schlimm?«, fragte Lisa.

»Was meinen Sie?«

»Na, all das hier.«

Monika zuckte die Achseln. »Och. Man gewöhnt sich dran. Also, worum geht's?«

Eine Frau kam in ihrem Rollstuhl angerollt und parkte im hinteren Bereich des Raumes, wo in einiger Höhe ein Fernsehgerät installiert war. Sie blickte hoch und schien sofort zu versinken. »Es geht um Florian, Ihren Ex«, begann Heiko.

Monika zog fragend die Augenbrauen hoch, was überaus apart wirkte. »Ja?«

»Sie haben ihm da neulich eine SMS zukommen lassen.«

Die Gabel mit dem Kuchenstück blieb auf dem Weg zum aufgesperrten Mund des Alten stehen. »Woher wissen Sie das?«

»Können Sie sich das nicht denken?«

Monika legte die Gabel endgültig weg und sah zum Fenster hinaus.

»Nun?«, beharrte Lisa.

»Ich hätte gedacht, dass er vielleicht noch ein bisschen was für mich übrig hat. Und dass er mich nicht gleich an die Bullen verrät.«

»Er hat eben vermutet, dass Sie vielleicht etwas unternommen haben könnten, um ihn wieder für sich zu haben.«

Monika Silberschmidt schüttelte den Kopf. »Wie kann er nur so was denken.«

Lisa betrachtete sinnend den Opa, dessen Mund immer noch offen stand und der mit unbewegtem Blick auf das nächste Kuchenstück wartete. Endlich nahm Monika die Gabel wieder auf und fütterte weiter.

»Sie müssen verstehen, dass sich das Ganze für uns schon plausibel anhört«, gab Heiko zu bedenken.

Monika schwieg, schwieg und fütterte.

»Sie räumen Jessica Waldmüller aus dem Weg, weil Sie Ihren Ex wieder für sich haben wollen. Das ist ein plausibles Motiv, ein sehr plausibles sogar. Zudem kennen Sie sich als Pflegerin ja sicher mit dem menschlichen Körper aus und würden das Herz auf den ersten Stich treffen. Und noch dazu waren Sie eine der Personen, die wussten, dass Florian an diesem Abend woanders sein würde. Sie haben sogar Ihren Bruder angerufen, um ganz sicher zu gehen.«

Monika sah die Kommissare nun zum ersten Mal direkt an. »Ich rufe meinen Bruder immer an. Und ich frage ihn immer nach Florian, reine Gewohnheit. Und wissen Sie noch was, Sie hatten ganz recht, neulich Nacht, da war ich bei ihm, ganz spontan, ehrlich, es war nicht geplant, und es war wunderbar, ganz wie früher, und er hat wunderbar mitgemacht. Und jetzt … jetzt schwärzt mich diese … diese feige Drecksau … bei der Polizei an.«

Die Kiefer des Alten mahlten weiter.

»Jedenfalls war ich es nicht. Ich muss euch enttäuschen.«

Die Kommissare wechselten einen Blick. »Ja, so einfach ist es nun leider nicht, wir bräuchten das schon noch etwas präziser«, meinte Heiko.

Monika stach ein weiteres Stück vom Kuchen ab. »Ich hab doch schon gesagt, dass ich mit dem Taxi heim bin.«

Der Alte leckte sich die Lippen.

»Wir haben aber keinen Taxifahrer gefunden, der Sie mitgenommen haben soll.«

Monika runzelte die Stirn. Dann lachte sie unfroh auf.

»Der alte Zigeuner. Ist ja klar, dass er den Mund hält, er hatte ja schließlich den Zähler aus. Ich fahre in solchen Fällen immer mit dem Hubertus, der fährt für den Taxi Arslan.«

»Wir werden das überprüfen, Frau Silberschmidt.«

»Tun Sie das«, sagte die Pflegerin und wirkte plötzlich sehr, sehr müde, »tun Sie das.«

Lisa schürzte die Lippen. »Ich hoffe, du hast heute Abend noch nichts vor«, wechselte sie das Thema. Heiko runzelte die Stirn. Das hörte sich komisch an. So förmlich. Irgendwas war da im Busch. Was Ungutes.

»Du weißt doch, dass Eva uns diesen Salsakurs geschenkt hat. Nun, die erste Stunde ist heute Abend.« Lisa lächelte ein feines Lächeln, und Heiko konnte einen gewissen Triumph in ihrer Mimik ausmachen. Sie hatte ihn absichtlich nicht vorher gefragt. Auf die Weise hatte er nichts dagegen sagen können.

»Aber …«, begann er und Lisa zog die Augenbrauen hoch.

»Was, aber? Du willst mir doch nicht etwa mein Geburtstagsgeschenk verderben?«

Heiko brummte missmutig. Verdammt. Er würde wohl in den sauren Apfel beißen müssen. Schnell beauftragten die beiden Ermittler noch Simon mit der Überprüfung von Monikas Alibi, bevor Heiko sich in sein Schicksal ergab.

Der Typ erinnerte frappierend an Jean-Pierre, den französischen Saunameister. Obwohl er mit dem langhaarigen Pferdeschwanzfranzosen äußerlich rein gar nichts gemeinsam hatte – der Kerl war Latino, klein, aber drahtig und durchaus nicht unansehnlich, leider – aber mit dem Franzosen hatte er trotzdem gewaltige Ähnlichkeit. Er hatte sich als Juan vorgestellt. Juan wirkte genauso widerlich leidenschaftlich und sensibel wie der verirrte Saunameister. Auf eine Weise, auf die die Weiber hereinfielen. Schon seit fünf Minuten hing Lisa geradezu an den braunen Lippen, die eben über Dinge wie »Sensualidad« und »Pasion« referierten. Heiko musterte die anwesenden Paare. Während die Damen sämtlich ein selig-verklärtes Lächeln im Gesicht trugen, wirkten die Männer eher so, als dächten sie das Gleiche wie er: Was für ein unnötiger Schwachsinn, so unnötig wie ein Kropf, aber na ja, wenn sie unbedingt will. Verstohlen wanderten die Blicke der meisten im Raum umher, um schließlich an der Bar kleben zu bleiben und die Bierpreise zu studieren. »Un denken Sie immer daran, Seniores, Ihre Frau ist das Kostbarste, was Sie haben, por eso tratanla asi, also behandeln Sie sie auch so.« Alle Frauen seufzten und klimperten mit den Wimpern. Schleimer, dachte Heiko, was für ein elender kleiner Schleimer. »Aber wir sin hier nicht zum Reden, Seniores, sondern um zu tanzen. Also, Pedro«, ergänzte Juan und rollte hingebungsvoll die Rs. Er schnippte mit den Fingern, seltsamerweise, ohne dabei schwul zu wirken, verdammt, jetzt kam der Typ auch noch männlich rüber. Pedro, Juans Assistent, der mit seinem gegelten Pferdeschwanz und seinem rosafarbenen Hemd schon viel eher das Klischee vom schwulen Tanzlehrer erfüllte, nickte weise und ging zum DJ-Pult. Er klickte eine Weile mit der Maus herum und nickte seinem Kollegen schließlich zu. »Der erste Tanz, den wir lernen, heißt Bachata. Das Lied, das Pedro und ich für diesen Tanz ausgewählt haben, heißt »Obsesión«.« Lisa seufzte erneut und streichelte Heiko glücklich am Arm. »Obsesión bedeutet Besessenheit«, erläuterte Juan. Das passt ja prima zu dem Gehopse, dachte sich Heiko. Früher hätte man die Leute bei solchen Zuckungen garantiert eingewiesen. »Das Lied geht um einen jungen Mann, der in eine Frau verliebt ist. Sie hat aber einen Freund, der sie nicht liebt. Und der Mann will sie überzeugen, dass er der Richtige für sie ist. Aber sie hält ihn für besessen und glaubt ihm nicht und … ach, hören Sie selbst, una cancion superbonita.« Die ersten Töne erklangen, dann irgendein gewisperter spanischer Schmalz, und die nächste halbe Stunde kommandierte Juan »Rechts-ran-rechts-ran-links-ran-links-ran« und erteilte Befehle wie »suavemente« und »mas tierno«, was aber außer Lisa kein Mensch verstand. Heiko machte missmutig mit und verfluchte innerlich Eva, die ihm diesen Schwachsinn eingebrockt hatte.

Jessicas Geliebter war heute mit dem Fahrrad unterwegs. Er hatte einfach raus müssen von zu Hause, er hatte es nicht mehr ausgehalten. Nun stand er hier, auf der Brücke, und machte eine Pause. Eigentlich hatte er zum Friedhof gewollt, aber er hatte im letzten Augenblick doch einen Rückzieher gemacht. Er traute sich nicht so recht. Und er hatte keine Lust, Florian über den Weg zu laufen. Er stützte sich auf das Brückengeländer und sah in das trübe Gewässer hinab. Eigentlich eine romantische Landschaft, wunderschön, und die Jessi hatte den Fluss geliebt. Sie waren sogar einmal an der Jagst gewesen, ein schöner Ausflug, etwas riskant, ja, aber trotzdem. Es war gut gegangen. Und genau wie hier hatten auch damals die Seerosen im Fluss geblüht, und die Trauerweiden hatten mit ihren Ästen das fließende Wasser gestreichelt, so zärtlich, wie er die Jessi immer gestreichelt hatte. Blutweiderich säumte das Ufer, das intensive Purpur leuchtete zum Geliebten hoch. Einer spontanen Eingebung folgend pflückte er einen Löwenzahn, der sich hier auf der Brücke durch den Asphalt gekämpft hatte. Er warf die Blüte ins Wasser und sah zu, wie sie von der trägen Strömung mitgenommen wurde. Genau so hatte auch die Jessi im Fluss getrieben, ganz genau so. Ihre Leiche. Ihr toter Körper. Nein. Das hier war kein Ort für ihn. Er trat in die Pedale, wendete und fuhr nach Hause.

DIENSTAG, 08. OKTOBER

Simon hatte wieder den gleichen verklärten Gesichtsausdruck wie schon die Tage zuvor. Selig lächelnd gesellte er sich zu ihnen. Er legte eine Bäckertüte auf den Tisch und machte eine einladende Handbewegung. Heiko linste in die Tüte hinein. Mmmmmh! Horaffen. Frisch vom Kett.

»Wie kommen wir denn dazu?«, fragte er.

Simon grinste und sah dabei durchaus nicht uncharmant aus, wie Lisa fand.

»Bin ainfach gut drauf«, sagte er also.

Lisa schnappte sich einen Horaff und biss hinein. »Dann läuft es also gut mit deiner Regina, hm?«, vermutete sie.

»Bäschtäns«, informierte Simon.

»Was ist denn eigentlich mit dem Taxialibi?«, wollte Heiko wissen.

»Ach so, ja, das hat sich bestätigt. Der Kerl hat gemeint, wenn es so wichtig sei, dürfe man nicht lügen.«

»Wie edelmütig!«, spottete Lisa und fragte dann weiter: »Und, wo trefft ihr euch dann immer so?«

Heiko nahm sich auch einen Horaff.

»Och, in der Mitte meistens. Die ist ja von Ludwigsburg, da treffen wir uns maischtäns in Hall. Und dann gehen wir ins Ilge oder so. Kennt ihr das Ilge?«

Heikos Horaff blieb auf dem Weg zum Mund stehen. Das Ilge! Wie hatte er nur so blind sein können. Wie von der Hummel gestochen sprang er auf und kramte in einer Schublade. Lisa und Simon sahen ihm fassungslos dabei zu.

»Was ist denn jetzt passiert?«, wunderte sich Lisa.

Heiko hatte den Kalender gefunden und blätterte wild. Dann deutete er auf die Stelle. »Hier«, triumphierte er. »Schrägstrich l g l. Kann das nicht auch Ilge heißen?« Er hielt den beiden anderen die Seite unter die Nase.

»Klaro heißt das Ilge«, pflichtete ihm Simon bei.

Mit Schwung klappte Heiko den Kalender zu. Endlich. Bald würde sich das Rätsel um diese Marianne klären. Mit etwas Glück zumindest.

Das Ilge war nicht in Crailsheim. Das Ilge war in Schwäbisch Hall. Und obwohl es nicht groß war, war es das Kult-Cafe schlechthin. Während Simon anscheinend andauernd in Hall wegging, beschränkten sich Heikos Besuche der Nachbars- und Konkurrenzstadt von Crailsheim zumeist auf Saunagänge im Schenkenseebad mit anschließendem Pizzaessen. Mit Schwäbisch Hall war das so eine Sache. Seit jeher standen die beiden Städte in Konkurrenz zueinander. Nahezu gleich groß und gleich alt unterschieden sie sich trotzdem grundlegend voneinander: Während Crailsheim in den letzten Kriegstagen zu 92 Prozent zerstört worden war und daher architektonisch eher den zweifelhaften Charme der Fünfziger atmete, konnte Schwäbisch Hall mit einer schmucken Altstadt glänzen. Das lockte Touristen an, vereinzelt sogar Japanerbusse. Crailsheim wiederum bot bessere Voraussetzungen für die Industrie, lag zentraler, direkt an zwei Autobahnen, nicht in einer Kessellage wie Hall. Hall hatte den großen Kunstmäzen Reinhold Würth, der mal eben so eine kostenfreie Kunsthalle fürs Volk hingestellt hatte. Crailsheim hatte keinen Würth, aber dafür gab es auch hier Kulturinitiativen. Der frappierendste Unterschied jedoch war der Dialekt. Obwohl geographisch zu Hohenlohe gehörig, redeten die Haller tendenziell Schwäbisch, was sie für die Hohenloher in Crailsheim so unsympathisch wie nur irgend möglich machte. Noch dazu stand auf den Crailsheimer Nummerschildern seit der Gemeindereform 1972 »SHA«, was die Leute in Crailsheim natürlich gehörig wurmte. Es gab viel Gezicke zwischen den beiden Städten, aber das meiste davon wurde mit einem Augenzwinkern praktiziert. Heiko musste auch zugeben, dass Schwäbisch Hall schon was hatte. Irgendwie. Nicht so wie Crailsheim natürlich. Aber auch. Sie parkten das Auto am Haalplatz, der sich direkt neben dem Kocher befand, folgten der malerischen Uferstraße und kamen bald zur Henkersbrücke.

»Die Brücke wurde im 16. Jahrhundert gebaut. Und das da ist das Henkershäusle.« Heiko wies auf ein kleines steinernes Häuschen auf der Mitte der Brücke. »Da saß früher der Henker drin und zog Zoll ein. Siehst du, da oben auf dem Zwiebeltürmchen ist noch die Fratze als Symbol.«

Lisa folgte mit Blicken seinem ausgestreckten Zeigefinger und entdeckte tatsächlich ein steinernes Relief.

»Und in dem Häusle wohnen sogar noch zwei drin.«

Lisa zog die Augenbrauen hoch. »Tatsächlich?«

»Wirst gleich sehen«, lachte Heiko und zog sie zu dem gemauerten Kabuff.

Lisa entdeckte zwei Puppen. Große Puppen, beinah lebensgroß. Sie hockten auf Stühlen an einem Tisch, der mit einem Kaffeegedeck versehen war, an der Wand ein Schild mit der Aufschrift »Kehrwoche«. Die Puppen stellten alte Frauen dar. Die linke trug ein bordeauxrotes Kleid und eine schwungvolle graue Frisur. Sie blickte aus großen, schlupflidrigen blauen Augen nach schräg rechts oben. Die rechte hatte ein blaues Kopftuch auf, ein überaus fliehendes Kinn und trug ein blaues Kleid. Insgesamt erinnerten die beiden Damen frappierend an die Nachbarinnen von Florian Ehrmann.

»Und was ist das?«, fragte Lisa.

»Das sind Frau Schäufele und Frau Kehrer«, stellte der Kommissar vor.

»Aha. Und was machen die so?«

»Das wirst du gleich sehen.« Heiko deutete auf den Geldschlitz, kramte in seiner Tasche und förderte schließlich ein 50-Cent-Stück zu Tage.

»Studenten 50 Cent, Bürger 1 Euro, Millionäre 2 Euro«, las Lisa die Aufschrift über dem Geldschlitz vor. »Seit wann bist du Student?«

Heiko grinste. »Millionär bin ich aber auch nicht«, verteidigte er sich.

»Sind also nicht nur die Schwaben geizig«, stellte Lisa fest.

Heiko brummte, zog böse die Augenbrauen zusammen und sah dabei umwerfend süß aus. Dann warf er die 50 Cent in den Schlitz. Das Licht in dem Kasten ging an, die Puppenaugen rollten, und schließlich begannen die beiden Figuren zu sprechen.

»Frau Kehrer, Frau Kehrer. Guggad Se mol, ja was guggad die denn so? Henn se scho ghört?«

»Noi? Was isch denn, Frau Schäufele?«

Und dann lauschten die Kommissare den Ausführungen der beiden Damen zur Kehrwoche sowie zur aktuellen Weltpolitik.

Das Ilge war nicht groß, aber von außen sah es noch viel kleiner aus. Es war ein altes und sehr hohes, schmales Fachwerkgebäude, in dessen Untergeschoss sich ein Laden befand. Die Ermittler betraten den Bau durch eine Tür auf der linken Seite. Eine Treppe mit dunkelrotem Teppich führte in den ersten Stock, ins Cafe. Trotz der frühen Stunde war es recht voll. Rechts erstreckte sich eine lange Theke, vor der Barhocker und Stehtische standen, links gab es zwei Räume mit Sofas. Heiko nahm Lisas Hand und zog seine Freundin geradeaus auf die Veranda. Diese Veranda des Ilge war einer der besten Aussichtpunkte in ganz Hall, denn von hier aus hatte man einen wunderbaren Blick auf die Altstadt, direkt unterhalb war der Kocher gelegen. »Wow!«, entfuhr es Lisa.

»Schön, gell? Das muss man den Hallern lassen«, gab Heiko zu.

Er wies auf einen kleinen Metalltisch mit zwei Stühlen, direkt am Geländer. Sie setzten sich, und wenig später kam die Bedienung. Erfreut stellte Lisa fest, dass die Getränkekarte hier etwas exotischer als üblich war, sie bestellte begeistert ein Orangina Rouge. Heiko blieb bei seinem Cola. Als die Bedienung die Getränke brachte, wies Heiko auf einen freien Stuhl und zückte seinen Polizeiausweis. Der Kellner, ein junger Italiener, tänzelte nervös auf und ab. »Wir hätten nur ein paar Fragen.« Der junge Mann stellte sein Tablett auf den Nachbartisch, setzte sich und blickte die beiden aufmerksam an.

»Wir ermitteln in einem Mordfall«, begann Lisa.

»Die Majorette?«, fragte der Junge.

Heiko wunderte sich nicht im Geringsten, dass auch die Haller über den Fall Bescheid wussten. »Sie kannten die Frau?«

»Die war ab und zu hier«, erklärte der Italiener und sah träumerisch auf den Kocher hinunter. »Eine ganz Hübsche war das. Schad um sie.«

»Wir suchen die Frau, mit der sie immer hier war.« Heiko zückte den Kalender. »Eine … Marianne … Monika … Marion oder so ähnlich.«

Der junge Mann dachte angestrengt nach. Dann schüttelte er heftig den Kopf.

»Neinnein, die war nicht mit einer Frau hier. Die hatte immer ihren Kerl dabei. Die konnten gar nicht die Finger voneinander lassen.«

»Ein blonder? So ganz hellblond?«, vermutete Lisa.

»Nein. Der war dunkelhaarig.«

In Heikos Hirn arbeitete es. Dunkelhaarig. Marianne. Monika. Marion.

»Mario!«, riefen er und Lisa gleichzeitig.

»Nein, nein, ich heiße Leandro«, korrigierte der Kellner.

»War ja schlau von der Jessica, einen weiblichen Namen in den Kalender einzutragen«, stellte Lisa fest, als sie wieder im Auto saßen.

Heiko startete den Wagen und manövrierte ihn durch die zahlreichen 30er-Zonen auf den städtischen Hauptstraßen.

»So konnte sie sich immer auf das Date freuen und

ihrem Freund notfalls irgendwelche Alibi-Stories erzählen.«

»So sind halt die Weiber«, urteilte Heiko.

»Na, na«, beschwerte sich Lisa.

»Ist doch wahr. Auf so eine Idee kommt nur eine Frau. Ein Mann hätte ein extra Handy, dessen Nummer nur seine Freundin hat.«

»Wie ehrlich und aufrichtig«, spottete Lisa. »Aber das Ganze wirft auch ein neues Licht auf die Anrufliste.«

»Wie meinst du das?«, fragte Heiko.

»Wenn Jessica also bei ihrem Schwager angerufen hat, dann hat sie auch bei ihrem Geliebten angerufen, nicht?«

»Und wenn der nicht am Telefon war, hat sie eben mit der Elke geplaudert und die nette Verwandte gespielt«, folgerte Heiko.

»Wie gemein!«

»Umgekehrt stellt sich die Frage, ob Elke Schuster was von der Affäre wusste.«

Sie passierten das Gebäude der Bausparkasse und die Polizeidienststelle im Gräterweg. »Zuallererst müssen wir klären, ob der Mario Schuster der Vater des Kindes ist. Das machen wir jetzt als Nächstes.«

Der Motor röhrte begeistert auf, als Heiko das Gaspedal, nun außerhalb der Stadt, bis zum Anschlag durchdrückte.

»Ist Doktor Schuster im Haus?«, fragte Lisa durch die Sprechanlage. Ein kurzes Telefongespräch mit Simon hatte ergeben, dass Schuster Allgemeinmediziner war und zusammen mit einem jordanischen Kollegen in der oberen Etage eines Hauses in der Karlstraße praktizierte.

Ein knappes »Ja«, dann surrte der Türöffner, und die Tür sprang auf.

Sie betraten die hell und freundlich eingerichtete Praxis. Die Sprechstundendame saß in einer halbrunden Thekenkonstruktion und war in ihrer Haltung einer Königin auf dem Thron nicht unähnlich. Lisa hätte sich nicht gewundert, wenn irgendwo Diener versteckt gewesen wären, die ihr jeden Wunsch von den Augen ablasen und sich anschließend rückwärtsgehend entfernten. Trotz ihres weißen Kittels und ihres von grauen Strähnen durchzogenen strengen Dutts wirkte sie attraktiv, obwohl sie schon um die 50 war. Zudem strahlte sie tatsächlich eine gewisse Würde aus. Ein pinkfarbener Lippenstift betonte ihren energisch geschwungenen Mund. »Grüß Gott«, grüßte Heiko, und die Dame nickte gnädig.

»Sie haben einen Termin?«, fragte sie dann mit hochgezogenen Augenbrauen.

Heiko hob abwehrend die Hände. Ein Arztbesuch. Das fehlte noch. Obwohl, eigentlich hatte er sich schon lange nicht mehr durchchecken lassen. Und die letzte Impfung lag garantiert mehr als zehn Jahre zurück. Und zum Zahnarzt müsste er auch mal wieder … nun, er würde sich demnächst darum kümmern. Bald. Zudem war das Wartezimmer komplett leer. Wozu bräuchte man also einen Termin?

»Wir sind von der Polizei und müssten mal mit dem Herrn Doktor reden«, schaltete sich Lisa ein.

»Doktor Schuster oder Doktor Habibi?«, fragte die Dame.

Die Frage erübrigte sich eigentlich, da sie sich ja nach

Doktor Schuster erkundigt hatten. Heiko folgerte, dass sie also wohl eine Machtdemonstration der Dame war. »Doktor Schuster«, wiederholte er also brav und versuchte ein Lächeln.

»Nehmen Sie kurz im Wartezimmer Platz.«

Nach einer angemessenen Wartezeit wurden sie ins Sprechzimmer Eins gebeten. Ein typisches Arztzimmer mit grüner Liege und zwei Lederstühlen an einem Schreibtisch, hinter dem Schuster in einem voluminösen Sessel residierte. Er erhob sich, als die Kommissare eintraten, und schüttelte jedem die Hand. Dann wies er auf die beiden Lederstühle.

»Sind Sie dienstlich hier oder privat?«, fragte er.

»Dienstlich«, erklärte Heiko.

Schuster lächelte, stützte die Arme auf dem Mahagonischreibtisch ab und lehnte sich erwartungsvoll nach vorne.

»Also, Herr Schuster, können Sie uns nochmal Ihr Verhältnis zu Frau Waldmüller beschreiben?«, begann Lisa.

Schusters Lächeln verkrampfte sich etwas, blieb aber. »Gerne«, sagte er dann. »Nun. Sie war meine Schwägerin in spe. Wir haben uns gut verstanden.«

»Und sonst?«, beharrte Heiko.

»Wie, sonst?«

»Sonst nichts?« Schuster runzelte die Stirn und schüttelte dann langsam den Kopf.

»Sie waren nicht zufällig ab und zu mit Frau Waldmüller im Ilge in Schwäbisch Hall?«, half Lisa nach.

Schuster erbleichte.

»Und Sie haben da nicht zufällig ab und zu so ein bisschen gefummelt und geknutscht?«

»Oder war das rein verwandtschaftlich?«, unterstellte Heiko.

»Hören Sie«, meinte der Arzt nun, »unter gar keinen Umständen darf meine Frau das erfahren. Das wäre … eine Katastrophe!«

Mit weit aufgerissenen Augen blickte er die Kommissare an, und es sah wirklich sehr flehend aus.

»Keine Sorge«, beruhigte Lisa, »wir werden Ihrer Frau nichts sagen, wenn es sich vermeiden lässt.«

»Uns interessiert aber vielmehr, ob denn das Kind von Ihnen sein könnte … und natürlich auch, ob Sie eventuell ein Motiv hätten, Jessica umzubringen … haben Sie denn eins? Könnte es zum Beispiel sein, dass Jessica Sie unter Druck gesetzt hat, Ihre Frau zu verlassen?«, fuhr Heiko fort.

Schuster nestelte am Revers seines Arztkittels. »Gut. Also das Kind ist mit hoher Wahrscheinlichkeit von mir. Das gebe ich zu. Aber umgebracht habe ich Jessi nicht. Im Gegenteil. Ich trauere sehr um sie. Sie können sich ja gar nicht vorstellen, wie schwer das für mich ist, zu Hause den Gleichgültigen zu spielen, oder sagen wir, den angemessen Trauernden, aber wie es in mir drin aussieht … nun ja.«

»Na, da spielen Sie doch zu Hause aber schon länger etwas vor, das dürfte Ihnen ja dann nicht allzu schwer fallen«, stichelte Lisa.

Der Arzt betrachtete gedankenverloren ein Newton-Pendel, das auf dem Tisch stand. Er hob die äußerste Kugel an, und das Klacken begann, als sich die Impulse fortsetzten und schließlich wieder zurückkamen. Klack klack klack. Nervtötend fand Heiko das, aber den Doktor schien es irgendwie zu beruhigen.

»Wissen Sie, mit meiner Frau ist es auch nicht immer leicht. Da hab ich irgendwie ein Ventil gebraucht, und mit der Jessi … da war alles so einfach, sie war so pragmatisch, so unkompliziert, sie war ganz wunderbar.«

»Hat Frau Waldmüller Ihnen denn von dem Kind erzählt?«

»Sie hat da so was angedeutet. Und sie hat gemeint, sie würde das klären.«

»Der Frauenarzt glaubt, sie wollte das Kind Florian unterschieben.«

Schuster schnalzte mit der Zunge. »Nein. Der Typ war sie nicht. Sie wäre damit herausgekommen. Sie hatte da, glaube ich, eine andere Idee.«

»Nämlich?«, hakte Lisa nach.

»Was weiß ich. Sie hat was von offener Beziehung und irgendwelchen Kommunen gefaselt. Ich hielt das für einen Witz.«

»Dass das Kind Down-Syndrom hatte, wissen Sie?«

Die dunklen Augen des Arztes weiteten sich. »Nein! Ist das sicher?«

Lisa nickte. »Wäre das ein Problem für Sie gewesen?«

Schuster sah zum Fenster hinaus, dann auf das immer noch klackende Ding. Dann sagte er: »Nun, toll ist das nicht. Aber was hätte man tun können?«

»Abtreiben?«, schlug Heiko vor.

Jetzt wirkte Schuster beleidigt. »Sie denken, ich als Arzt propagiere die Abtreibung? Für mich ist jedes Leben schützenswert, das ist mein Beruf.«

»Und Sie sind sich sicher, dass Ihre Frau nichts von der Affäre wusste? Dass sie nicht irgendwelche SMS gelesen hat, irgendwelche Briefe, Emails oder Ähnliches?«

»Nein. Unmöglich. Das kann nicht sein. Wir haben so gut aufgepasst.«

»Was Ihr Alibi betrifft ... Sie waren die ganze Zeit auf dieser Junggesellenparty?«

»Das wird Ihnen sogar der Florian bestätigen können. Wir waren ja beide tonnenvoll und sind bis in die frühen Morgenstunden geblieben.«

»Das wär's dann fürs Erste.« Lisa stand auf und beugte sich über den Schreibtisch. »Eine DNA-Probe bräuchten wir noch.«

Schuster starrte panikerfüllt auf das Röhrchen, das sie aus der Tasche gezogen hatte. »Aber nur, wenn meine Frau nichts davon mitkriegt.«

»Der scheint ja unglaubliche Angst vor seiner Frau zu haben.«

»Kein Wunder. Vor der hätte ja sogar ich Schiss«, gab Heiko zu.

»Sogar du?«, spottete Lisa. »Na dann ...«

Sie hatten sich am Brezelhäusle zwei Butterbrezeln gekauft und machten eine kurze Pause beim Brunnen. Gesellschaft leisteten ihnen die beiden Marktfrauen aus Stein, die kleine dicke und die lange dünne, die sich tratschend unterhielten und trotz ihrer Stilisierung irgendwie sehr hohenlohisch aussahen. Ein kleiner Fisch aus Bronze spuckte Wasser in das Bassin, was ein dezentes, durchaus nicht unangenehmes Plätschern erzeugte. Jubel ertönte aus Richtung Rathaus, und beide sahen irritiert zur Rathauspforte. Ein frisch getrautes Ehepaar kam aus dem Gebäude, belagert von Angehörigen und Freunden. Heiko entging nicht das »Hach«, das Lisa ausstieß. Er wies unauffällig auf das Paar.

»Jahahaah, noch sind die glücklich. Aber wart mal drei Jahre. Da werden sie fett, streiten andauernd und tragen nur noch Jogginganzüge.«

»So ein Quatsch! Wo hast du das denn her?«

»Das ist so«, behauptete Heiko. »Und dann, am Schluss, endet dieser arme, bedauernswerte Kerl wie der Schuster.«

»Soso, du findest Ehemänner also bedauernswert?«

Heiko nickte überzeugt. »Aber, also nur, dass du's weißt, ich will auch mal heiraten … nur so zur Information. Wenn du da ein grundsätzliches Problem damit hast, dann musst du das sagen, weil dann …«

Heiko schüttelte so vehement, wie er eben genickt hatte, den Kopf. Er gab schnell seiner Lisa einen Kuss, um solche Gedanken zu verscheuchen. Solche Dinge durften nicht ausgesprochen werden. Ohne Lisa zu sein, wäre furchtbar für ihn, auch wenn er das niemals zugeben würde. »Na ja, vielleicht irgendwann einmal«, lenkte er ein. »Aber jetzt noch nicht.«

»Ich will ja auch gar nicht.«

»Wie, du willst nicht?«

»Jetzt noch nicht. Später vielleicht mal.«

Heiko brummte und biss erneut in seine Butterbrezel. Er kaute nachdenklich.

»Jedenfalls bin ich mir sicher, dass das Kind vom Schuster ist«, wechselte Lisa das Thema. Ein tiefer gelegtes Golf Cabrio brauste die Wilhelmstraße hoch und verschwand dröhnend. Das Statussymbol der Landjugend.

»Eine Sache hat mich aber irritiert«, begann Lisa, als die Angeberkarre verschwunden und es somit wieder leiser war.

»Was denn?«

»Na, das mit der Kommune. Wenn die Jessi nun vom Mario Schuster verlangt hat, dass er mit offenen Karten spielt? Und dass vielleicht alle ganz glücklich zusammen leben sollten, vielleicht sogar im selben Haus, und dass sich alle ganz doll lieb haben sollten?«

»So doof kann man doch nicht sein«, wandte Heiko ein.

Lisa hob die Hand. »Könnte aber doch sein. Wenn die Jessi solche Sachen von ihrem Geliebten verlangt hätte, dann hätte der ein 1-A-Motiv.«

»Du meinst, vor lauter Angst vor seiner Frau?«

Lisa nickte und beobachtete den Kerl mit Vollbart und Bierflasche in der rechten Hand, der leicht schwankend, aber mit federndem Gang aus Richtung Lammgarten auf sie zukam.

»Hast ne Mack?«, fragte er und meinte damit Heiko.

»Hey, Gaggser«, begrüßte Heiko den stadtbekannten Säufer und kramte in seiner Hosentasche. Inzwischen war der Mann heran, und Lisa musterte ihn naserümpfend, aber mit höflichem Lächeln. Der könnte sich auch mal wieder rasieren, befand sie. Und andere Klamotten anziehen. Heiko reichte dem Mann einen Euro, den Gaggser dankend nahm. Er machte auf dem Absatz kehrt und verschwand.

»Du kennst ihn?«, fragte Lisa.

Heiko nickte. »Das ist ein ganz armer Kerl. Ich weiß auch nur Tratsch, aber man erzählt sich, dass kurz nach dem Abi seine Freundin von einem Müllauto überfahren worden sei und dass er daraufhin das Saufen angefangen habe.«

»Der Mann hat Abitur?«, wunderte sich Lisa.

»Ja. Und er treibt sich auch immer noch oft am ASG herum.«

Lisa wusste bereits, dass Heiko sein Abi am Albert-Schweitzer-Gymnasium gemacht hatte. »Und der kommt auch oft in den Unterricht rein, als ich noch in der Schule war, hat der das ein paar Mal gemacht. Und der weiß die Sachen alle noch, der kuckt auf den Tafelanschrieb und kommentiert, egal, wie besoffen er ist. Und im Schulchor singt er auch manchmal mit.« Lisa wusste nicht, ob sie lachen oder weinen sollte. »Wie tragisch!«

»Ja, schon. Und jetzt nennen ihn halt alle Gaggser, weil er immer so rumgaggst, wenn er voll ist. Ich glaube, er heißt eigentlich Herbert.«

Florian Ehrmann sah die beiden blondbezopften Mädchen aus dem gelben Bau kommen. Heidemarie trug einen Geigenkasten und Annabella ein selbst gewebtes Flötentäschchen. Er holte seine Nichten immer von der Musikschule ab, Elke hatte um diese Zeit Yoga. Die Kinder taten ihm manchmal schon leid. Sie hatten wenig Raum, um wirklich Kinder zu sein. Stattdessen mussten sie Instrumente lernen, zum Ballettunterricht und in den Sportverein. Reiten, wie sie es sich so sehr wünschten, durften sie hingegen nicht, weil Elke Angst hatte, sie könnten vom Pferd fallen und sich den Hals brechen. Seine Schwägerin zog die Mädchen zu einer blonden Elitetruppe heran, zu deren eigenem Besten, wie sie immer betonte. Florian hegte eher den Verdacht, dass das Ganze zu Elkes Bestem geschah. Er, wenn er Kinder hätte, wenn er mit der Jessi ein Kind gehabt hätte, hätte das ganz anders gemacht. Er hätte sogar das Kind von dem anderen akzeptiert, und auch, dass es behindert gewesen wäre, denn er hatte die Jessi geliebt und auch das Kind hätte er lieb gehabt. Aber nun war sie tot, die Jessi, und mit ihr auch die Chance auf ein Kind, zumindest in nächster Zeit. Es würde nämlich länger dauern, bis er sich wieder verlieben könnte, er bezweifelte, dass er sich überhaupt jemals wieder eine Freundin zulegen würde. Vielleicht Monika, nach einiger Zeit, wer weiß, auch, wenn er sie nicht mehr liebte. Praktisch wäre es, sie kannten sich, sie mochten sich, das Ganze wäre okay. Wenn sie ihn noch wollte, nachdem er sie bei der Polizei angeschwärzt hatte. Und wenn sie tatsächlich nichts mit dem Mord zu tun hatte. Und niemals würde es so wie mit Jessi sein, aber gut. Die Mädchen waren nun durch die goldenen Herbstblätterhaufen herangeschlurft. Sie wirbelten absichtlich Blätter auf und lachten ausgelassen, eines der wenigen Male, denn sonst hatten sie ja nicht viel zu lachen. Der Wind zerrte an ihren blonden Zöpfen, und sie wirkten auf eine bescheidene Art glücklich.

»Na, ihr zwei«, begrüßte Florian seine beiden Nichten.

»Hallo, Onkel Florian.«

»Hallo, Onki Flo.«

Annabella nannte ihn immer »Onki«, was ihn ganz köstlich amüsierte.

»Wie war's in der Musikschule?«

Die beiden tauschten einen Blick, dann sagte Heidemarie: »Ganz gut.«

Die armen Kinder. Florian ließ die beiden auf den Rücksitz seines Ford Mondeo klettern und setzte sich selbst auf den Vordersitz.

»Anschnallen, Mädels«, forderte er, hörte aber bereits das gehorsame Klacken der Gurtschlösser. Er startete den Motor und fuhr los.

»Wie geht es dir denn, Onkel Florian?«, fragte Heidemarie.

Florian sog scharf die Luft ein. »Na ja«, gab er dann zu. »Ich bin schon traurig wegen der Tante Jessi, sehr, sehr traurig, wisst ihr.«

Er sah im Rückspiegel, dass das runde Gesichtchen von Heidemarie heftig nickte.

»Und wegen dem Baby?«

Florian schluckte und fragte sich, woher seine Nichten wussten, dass Jessi schwanger gewesen war. Er kam zum Schluss, dass sie es wohl auf der Beerdigung aufgeschnappt haben mussten. »Schon«, meinte er und konzentrierte sich wieder auf den Verkehr.

»Mama sagt, du brauchst wegen dem Baby nicht so traurig zu sein, weil es kein richtiges Baby war.«

»Weil es noch so klein war«, vermutete Florian.

Heidemarie schüttelte den Kopf. »Nein, nein, nicht deswegen. Mama hat gesagt, das sei kein richtiges Baby und das würde eh gar nicht in unsere Familie passen.«

Florian runzelte die Stirn. »Wie, nicht passen?«

Heidemarie zog die Schultern hoch, wie Florian im Rückspiegel sehen konnte. »Weiß ich doch nicht. Sie hat es einfach gesagt.«

Florian schwieg.

»Sie hat gesagt, der liebe Gott hätte bei diesem Baby etwas ganz Schlimmes zugelassen, und deshalb sei es kein richtiges Baby«, erläuterte Heidemarie.

In Florians Gehirn arbeitete es.

Die beiden Kommissare hatten die DNA-Probe zu Uwe hochgebracht und sich dann ins Büro verzogen. Heiko hatte zwei Automatenkaffees besorgt und betrachtete gebannt ein Tigerauge, während Lisa an den Blättern einer Orchidee herumnestelte. Beide hingen ihren Gedanken nach, bis schließlich das Telefon klingelte. Heiko nahm ab.

»Was? Der Ehrmann? Ja, stell durch.«

Er stellte die Anlage auf laut, sodass Lisa alles mithören konnte.

»Hallo? Herr Ehrmann?«, begrüßte er seinen Gesprächspartner.

»Ja, äh, hallo Herr Kommissar.«

»Die Frau Luft hört auch mit.«

»Is scho recht, hallo, Frau Luft.«

Lisa murmelte einen Gruß.

»Sie rufen aus einem bestimmten Grund an?«, wollte Heiko wissen.

Florian hustete und sagte dann: »Also, gerade eben ist mir was ganz Komisches passiert.«

»Ja?«

»Ihr müsst wissen, dass ich immer die Heidemarie und

die Annabella von der Musikschule abhole, weil die Elke ja um diese Zeit Yoga hat und …«

»Und?«

»… und da hat die Heidemarie zu mir gesagt, dass ihre Mutter gesagt hätte, ich bräuchte wegen dem Baby nicht traurig zu sein, weil es ja kein richtiges Baby war.«

»Wie, kein richtiges Baby?«

»Das habe ich sie auch gefragt. Und da hat sie gesagt, ihre Mutter hätte gesagt, der liebe Gott hätte bei diesem Baby etwas ganz Schlimmes zugelassen, und deshalb wäre es kein richtiges Baby.«

»Hm.«

»Hm.«

»Ja.«

»Und jetzt frage ich mich, woher denn die Elke von der Behinderung weiß … ich meine, das haben wir doch keinem erzählt, oder haben Sie etwa …«

Heiko und Lisa wechselten einen Blick, den Ehrmann natürlich nicht sehen konnte. »Danke, Herr Ehrmann, wir kümmern uns drum. Ach, und noch eine Frage: Der Herr Schuster war doch die ganze Zeit auf der Party, gell?«

Florian wirkte etwas verwirrt. »Wieso … der Mario … ja, ja, war er.«

»Danke, Herr Ehrmann. Sie haben uns sehr geholfen.«

Heiko legte auf und sah Lisa nachdenklich an. »Ja, das ist wirklich die Frage. Woher weiß Elke Schuster von der Behinderung?«

Lisa nahm einen Schluck Kaffee und sah nachdenklich zum Fenster hinaus. »Von ihrem Mann?«, schlug sie vor.

»Wohl kaum«, meinte Heiko, »Aber das lässt sich ja leicht herausfinden.«

Er wählte die Nummer der Schuster'schen Praxis und war kurze Zeit später mit dem Herrn Doktor verbunden.

»Ja, hallo, Herr Schuster, hier Wüst. Sie, wir fragen uns gerade, ob Sie wohl Ihrer Frau von dem Baby erzählt haben? Nein? Sie haben gar nichts erwähnt? Auch nicht, dass es Down-Syndrom hat? Ganz sicher? Gut, das war's schon. Vielen Dank.«

»Und?«, fragte Lisa.

Heiko verneinte. »Gott bewahre, hat er gesagt.«

»Das denke ich nämlich auch. Da käme die Frau Schuster doch vielleicht auf dumme Gedanken.«

Die Tür ging auf, und Uwe stürmte herein, irgendwelche Papiere in Händen. »Also, der Kerl ist tatsächlich der Vater von dem Kind.«

Irritiert registrierte Heiko, dass die Auskunft ohne großes Drumherumreden gekommen war. Uwe erwartete wohl Anerkennung.

»Danke, Uwe. Gut hasch's gmacht«, lobte Heiko also.

Der Spurensicherer nickte und war kurz darauf wieder verschwunden.

»So«, sagte Lisa, »Also. Gehen wir doch einmal davon aus, dass die Elke Schuster von dem Baby wusste – woher auch immer. Und dass sie auch wusste, dass ihr Mann der Vater ist. Dann hätte sie doch ein eindeutiges Motiv.«

Heiko nickte und griff zum Einzelverbindungsnachweis von Jessicas Handy, der vor ihm auf dem Tisch lag. Er studierte das Blatt ausgiebig und sagte dann: »Da. Jessica hat am Vortag des Mordes bei den Schusters angerufen. Vielleicht wollte sie den Kerl für sich haben und hat der Frau die ganze Sache gesteckt?«

Lisa nickte. Könnte gut sein. »Das Problem ist nur, dass wir nichts beweisen können. Ein Geständnis wäre gut.«

Der Kommissar schnaubte. »Ja, da hast du recht, liebe Lisa, das wäre immer gut.«

»Oder wenn wir bei Elke ein solches Küchenmesser finden würden. Einen Messerblock, in dem die Tatwaffe fehlt.«

»Reicht nicht. Und so doof ist die auch nicht.«

»Du hast recht. Wir brauchen ein Geständnis.«

»Und wie?«

»Wir müssen ihr eine Falle stellen. Wenn sie es war, wird sie irgendwie reagieren und sich vielleicht verraten. Oder zusammenbrechen und gestehen, noch besser.«

Den Rest des Nachmittages verbrachten sie damit, sich einen Hinterhalt für Elke Schuster auszudenken. Es endete damit, dass sie einer Kollegin aus dem Streifendienst ein langes, hellblondes Haar ausrissen und die Beute sorgsam in einem Cellophantütchen verstauten. In Heiko regte sich das schlechte Gewissen, weil sie nun keine Rücksicht mehr auf Mario Schusters Wunsch nach Diskretion nehmen konnten. Aber es musste sein.

Alfred kämpfte wieder mit dem Stuhl, was man an den enorm lauten Nagegeräuschen erkennen konnte. Mit wütend schräg gereckten Ohren und durchgedrückten Vorderpfoten kratzte der Rammler jetzt zusätzlich auf dem armen Stuhl herum. Irgendwann wäre es so weit, und dann hätte der Hase gewonnen. Die Dackelhündin erhob sich schwanzwedelnd und schlurfte zu dem malträtierten Möbelstück. Der Hase hielt kurz inne, sah hoch zum Hund und legte sich dann hin. Sita legte sich daneben, worauf ihr der Hase, der mit einem Mal ganz zahm wirkte, hingebungsvoll die Pfote leckte.

»Jetzt schau dir die zwei an«, lachte Lisa. Sie und Heiko lagen auf dem Sofa, eigentlich in einer nicht unähnlichen Position, nur, dass keiner dem anderen die Hand leckte.

»Findest du nicht auch, dass da eine gewisse Ähnlichkeit besteht?«, befand Lisa. »Welcher von uns zweien wäre denn wohl der Hase?«

Heiko runzelte die Stirn. Niemand von ihnen war ein Hase. So ein Quatsch. Lisa wühlte nachdenklich in seinen schwarzen Haarsträhnen.

»Hm«, sagte Heiko. Das fühlte sich gut an, er mochte das.

»Irgendwie passt weder Hase noch Hund zu uns, findest du nicht?«

Heiko stimmte aus vollster Überzeugung zu. Sie waren schließlich Menschen und keine Viecher. Lisa zog nachdenklich ihre Finger durch die Strähnen.

»Ich finde ja immer noch, dass du ziemliche Ähnlichkeit mit einem Schwarzbären hast«, meinte sie dann.

Heiko gab ein Brummen von sich, das dem eines Bären tatsächlich nicht unähnlich war. Lisa lachte laut. »Ja, genau, Bärchen passt.«

MITTWOCH, 09. OKTOBER

Diese Gänse. Also diese Gänse auf dem Türschild, die gingen gar nicht. Heiko starrte erneut auf das Schild und vor allem auf die zweitgrößte Gans, die eine Schleife trug und »Elke« hieß. »Lisa, versprichst du mir eines?«, fragte er.

Lisa zog fragend die Augenbrauen hoch.

»Du wirst aber niemals ein Gänseschild aus Salzteig basteln und die größte Gans »Heiko« nennen?«

Lisa stutzte, dann lachte sie schallend. »Nein, da kann ich dich beruhigen, bestimmt nicht, mein Bärchen.«

Oh verdammt. Jetzt hatte sie sich doch noch einen Kosenamen ausgedacht. Hoffentlich würden die anderen das niemals zufällig aufschnappen, sonst wäre er die Lachnummer des ganzen Reviers. Die Tür ging auf und Elke Schuster stand vor ihnen. Sie trug eine mintgrüne Tunika, die ihre Problemzonen recht gut kaschierte. Außerdem eine weiße Leinenhose und Mokassins. Insgesamt wirkte sie etwas wie ein Modell aus dem Neckermann-Oversize-Katalog, was durch das dezente, ach-so-natürliche Make-up noch unterstrichen wurde. Ein etwas künstliches und schwer deutbares Grinsen erschien auf dem Gesicht der Frau.

»Guten Morgen, Frau Schuster«, grüßte Heiko. »Wir müssten da was mit Ihnen besprechen.«

»Aber natürlich. Kommen Sie doch herein.«

Sie betraten die Wohnung und begaben sich ins Wohnzimmer.

»Tee? Kaffee?«, bot die üppige Blondine an.

»Nein, nein, vielen Dank.«

»Aber ein paar selbst gebackene Cookies«, beharrte die Frau.

Lisa und Heiko sahen sich an, was die Hausfrau offenbar als Zustimmung deutete. Gleichzeitig rief sie nach ihren beiden Töchtern, die gehorsam die Treppe hinuntertrabten und kurz darauf im Wohnzimmer standen. Sie begrüßten die Kommissare so artig, dass eigentlich nur noch der Hofknicks fehlte. Elke Schuster kehrte mit einem riesenhaften Teller, der mit Keksen beladen war, zurück und stellte das Gebäck vor den Kommissaren ab. »Heidemarie, Annabella, sagt doch mal das neue Herbstgedicht auf«, befahl sie.

Heiko machte eine abwehrende Handbewegung, aber Lisa knuffte ihn in die Seite. Das hatte eh keinen Sinn. Gehorsam stellten sich die Mädchen auf. Beide holten tief Luft und sagten dann absolut simultan in beängstigender Perfektion:

»Heimkehr: Von Dorothee Wild.

Wie leuchtet der goldne Septemberbaum
und glüht nur vor Leben und Glanz!
Doch mit einem Windhauch, gleich einem Traum,
beginnt bald der Blättertanz.

Sanft sinken die leuchtenden Blätter
hinab in ihr irdenes Grab.
Kühl windet herbstliches Wetter
weht alles Lebendige herab.

Gedenk, Mensch: Auch du wirst einst sinken
ins Grab tief unter die Erd.
Tätest den Lebenden winken
und wärst endlich heimgekehrt.«

Lisa applaudierte höflich und sagte dann: »Toll habt ihr das gemacht. Aber wir würden jetzt gerne mit eurer Mama alleine reden, geht das?«

Die Mädchen sahen Hilfe suchend zu ihrer Mutter hin, die sie mit einem Wink entließ. »Nehmen Sie doch ein Cookie. Die sind selbst gebacken.«

Heiko starrte auf den Keksteller und nahm schließlich einen. Auch, wenn allzu viel Freundlichkeit und Höflichkeit dem, was sie vorhatten, nicht zuträglich war. Er steckte sich den Keks in Mund und kaute. Wie erwartet schmeckten die Dinger ganz vorzüglich.

»Also? Gibt es schon Neuigkeiten von der armen, lieben Jessi?«, fragte Frau Schuster mit einem Grinsen, das irgendwie wie ins Gesicht getackert wirkte.

Lisa räusperte sich. Heiko kaute immer noch. Na toll. Blieb also wiedermal alles an ihr hängen.

»Also, ähm, allerdings.«

Elke Schuster lächelte und tat sonst nichts.

»Frau Schuster, das ist vielleicht nicht so leicht für Sie, was wir Ihnen jetzt sagen werden.«

Die rosafarbenen Mundwinkel zuckten, blieben aber ansonsten unverändert oben. »Ah ja?«

»Ja. Also, wissen Sie, das fällt mir wirklich nicht leicht. Aber Ihr Mann …«

»Ja?«

»… also wir gehen davon aus, dass Ihr Mann ein Verhältnis mit Jessica Waldmüller hatte.« Heiko beobachtete die Reaktion der Frau. Ihr Gesicht war zu einer Grinsegrimasse erstarrt.

»Unmöglich. Sie müssen sich täuschen«, behauptete die Schuster und wischte sich eine Haarsträhne aus dem Gesicht.

»Leider nicht«, schaltete sich nun doch Heiko ein.

»Es gibt einen Beweis.«

»Sie MÜSSEN sich irren«, beharrte die Blondine.

Lisa legte ihr eine Hand auf den Arm. »Frau Schuster, die beiden haben ein gemeinsames Kind erwartet.«

Jetzt lachte die Frau wieder auf, laut, schrill und irgendwie irr. »Nein!«

»Doch, leider ist es so«, sagte Heiko. »Und wir fragen uns jetzt natürlich, ob Sie etwas von dieser Affäre gewusst haben. Und vielleicht auch von der Schwangerschaft. Sie verstehen, dass Sie damit … ein Motiv hätten?«

Elke Schuster verschränkte die Arme und wirkte mit einem Mal wie ein trotziges Kind. »Nein, das habe ich nicht gewusst. Weder, dass er eine Affäre hatte, noch, dass sie ein Kind erwartet hat. Und nach wie vor bin ich der festen Überzeugung, dass Sie sich irren müssen.«

Sie nahm sich nun selbst einen ihrer Kekse vom Teller, aber erst, nachdem sie den Haufen sehr lange betrachtet und sorgfältig ausgewählt hatte.

»Nun gut, Frau Schuster, jedenfalls macht Sie das zu einer unserer Hauptverdächtigen«, erläuterte Heiko.

Die blonde Mähne flog, als die Frau den Kopf schüttelte. »Niemals hätte ich der lieben Jessi etwas antun können.«

Lisa zog die Augenbrauen hoch. »Ja, das schon. Aber wir haben da noch dieses Haar.«

»Wie? Ich dachte, an der Leiche sei nichts gefunden worden?«

»Also, *nichts* stimmt auf keinen Fall«, meinte Heiko. »Wir wissen, womit genau das Opfer erstochen wurde. Nämlich mit einem Küchenmesser der Länge 10 Zentimeter. Besitzen Sie ein solches Küchenmesser, Frau Schuster?«

Die Schuster nickte. »Ja. So wie tausende anderer Crailsheimer auch.«

»Da haben Sie schon recht«, gab Heiko zu. »Aber nicht alle Crailsheimer haben lange, blonde Haare.« Er hielt das Tütchen mit dem Haar in die Höhe und beobachtete wieder die Reaktion der Verdächtigen. Es gab keine.

»Dieses Haar haben wir an der Leiche gefunden«, insistierte er.

»Ach, doch noch«, spöttelte Elke Schuster, und für einen kurzen Moment fürchtete Heiko, sie könnte den Schwindel durchschauen.

»Ich habe ein Alibi, falls Sie das vergessen haben.«

»Ich bitte Sie, wenn die Kinder geschlafen haben, können Sie jederzeit mal kurz weggefahren sein, ohne dass die Kleinen es bemerkt hätten. Eine halbe Stunde hätte gereicht«, gab Lisa zu bedenken.

»Jedenfalls hätten wir gerne ein Haar von Ihnen, Frau Schuster«, fuhr Heiko fort.

Die blauen Augen der Frau rollten nun unstet von einer Seite des Raumes zur andern, als suche sie einen Ausweg. Lisa befürchtete schon, die Verdächtige könnte zusammenklappen und beugte sich automatisch nach vorne. Elke Schuster hob die linke Hand. Dann atmete sie tief durch, mit einem Pfeifen stieß sie die Luft wieder aus.

»Frau Schuster?«

Die Frau schien aus einem tiefen Traum zu sich zu kommen. Sie griff sich fahrig in die Frisur und riss mit schneller Handbewegung ein Haar aus. »Es ist nicht recht, was Sie da tun«, zischte sie dann, während sie das Haar in Heikos fordernd ausgestreckte Hand fallen ließ. Der Kommissar verpackte das Haar mit akribischer Langsamkeit in ein weiteres Cellophantütchen. Gleichzeitig atmete er auf, weil die Verdächtige gar nicht auf die Idee gekommen war, dass sie dazu ohne richterlichen Beschluss eigentlich gar nicht verpflichtet war.

»Wenn Sie unschuldig sind, haben Sie ja nichts zu befürchten«, hielt Lisa dagegen.

Frau Schuster sah zum Fenster hinaus. »Oder haben Sie uns etwas zu sagen, Frau Schuster? Sie wissen, ein Geständnis macht sich gut in der Verhandlung.«

Elke Schuster erhob sich, nahm mit bitterbösen Blicken den Keksteller vom Tisch und verschwand in der Küche. In diesem Moment fiel Heiko eine Eigenschaft auf, die die Arztgattin noch verdächtiger machte. Nach etwa einer Minute kam sie zurück und sagte: »Bitte, gehen Sie jetzt. Ich habe Ihnen nichts mehr zu sagen.«

»Denkst du, sie war's?«, fragte Lisa, als sie nachdenklich im Kaffee Kett in ihrem Latte Macchiato rührte.

Heiko zuckte die Achseln. »Hm. Ist dir aufgefallen, mit welcher Hand sie den Keksteller abgeräumt hat?«

Lisa leckte Milchschaum von ihrem Löffel und vermutete dann: »Mit Links?«.

Heiko bestätigte. »Ganz genau. Und zutrauen würde ich es ihr sowieso.«

»Linkshänder gibt es viele. Und wir haben zwar das Haar, aber leider bringt es uns rein gar nichts.«

»Hat eben nicht funktioniert, die ganze Sache«, stellte Heiko fest. »Pech.«

»Und jetzt?«

Heiko nahm einen Schluck Kaffee. »Bleibt immer noch Katja Blum«, meinte er.

»Ihre Eltern haben das Alibi bestätigt, hat Simon gesagt«, erinnerte Lisa.

»Na ja. Ein Alibi von den Eltern.«

Heiko betrachtete sinnend Lisas schönes Gesicht. Eine Haarsträhne hatte sich aus ihrem Zopf gelöst und schlängelte sich nun wie selbstständig über ihre Wange. Er streckte die Hand aus und berührte die Strähne. Lisa sah so bezaubernd aus. Er lächelte sie an, und sie küssten sich kurz. Sie schmeckte nach Milchschaum.

»Die Nachbarn sagen aber auch, dass das Auto da war. Und der eine hat mit der Katja sogar noch geredet, als sie ins Haus gegangen ist, so gegen zehn.«

»Geredet?«

»Geklatscht.«

»Du meinst gebaatscht«, verbesserte Heiko.

Lisa verdrehte die Augen. »Von mir aus, du mit deinem barbarischen Dialekt.«

Heiko grinste. »Wie geht's eigentlich deiner Mutter?«

In diesem Augenblick klingelte sein Handy. Fremde Nummer. Irritiert nahm er ab. Es war Mario Schuster und er war nah am Heulen. Er brabbelte unverständliches Zeug und irgendwas von einer schrecklichen SMS.

Heikos freie Hand führte eine beschwichtigende Geste aus.

»Jetzt beruhigen Sie sich erst mal«, sagte er und stellte das Handy auf Lautsprecher, damit Lisa auch mithören konnte. »Was genau ist denn passiert?«

»Meine Frau«, stammelte Schuster.

»Was ist mit Ihrer Frau?«

»Die dreht durch. Die hat mir eine SMS geschickt. ›Ich mache jetzt Schluss. Ich nehme die Kinder mit‹.«

»Sie will Sie verlassen?«, vermutete Lisa.

»Nein, die meint was anderes. Die will sich umbringen!«

»Sind Sie da sicher? Es könnte auch heißen, dass …«

»Nein, verdammt!«, schrie Schuster. »Die will sich umbringen und die Kinder mitnehmen! Ich weiß das! Tun Sie was, um Gottes willen, ich bin in Stuttgart auf einem Ärztekongress.«

»Wissen Sie, wo Ihre Frau jetzt ist?«, fragte Lisa.

»Keine Ahnung«, jammerte Schuster. »Tun Sie was, schnell! Bitte!« Für den Bruchteil einer Sekunde zögerten die beiden Kommissare noch, dann spurteten sie los. Im Laufschritt waren sie unterwegs zum Revier.

Heiko rief Simon an. »Simon, kannst du mal das Handy von der Elke Schuster orten? Was? Nein, sofort, jetzt, auf der Stelle, es geht um Leben und Tod.«

Lisa und Heiko rannten jetzt. Die ganze Sache war irgendwie unheimlich. Heikos Gespür sagte ihm, dass der Arzt recht hatte. Elke Schuster machte keine halben Sachen. Sie passierten die Stadtbücherei und kamen gerade beim Revier an, als Heikos Handy erneut klingelte. »Kann des sei, dass die im Wohaischt?«, fragte Simon.

Woha? Das Kaufhaus? Das Woha? Was um alles in der Welt wollte Elke Schuster im Woha? Dann fiel es Heiko wie Schuppen von den Augen. Oh Gott! Das Jagstbrückenhochhaus.

Der Aufzug war auf dem Weg nach oben. Elke Schuster hatte sich und ihre Töchter hübsch hergerichtet. Sie sollten hübsch aussehen, danach.

»Wohin gehen wir, Mama?«, fragte die kleine Annabella.

Elke lächelte ihre Tochter strahlend an. »Es wird dir gefallen«, beruhigte sie. Heidemarie lockerte ihren Griff um die Hand ihrer Mutter, aber Elke packte sie umso fester.

»Du tust mir weh«, beschwerte sich die ältere.

»Entschuldige, Heidemarie. Aber es ist wichtig, dass wir jetzt zusammenhalten.«

Ein Zweifel stahl sich auf das Gesicht ihrer Tochter.

»Was hast du vor, Mama?«

Elke Schuster lächelte Heidemarie strahlend an und sagte dann: »Das Beste für uns alle, meine Liebe. Nur das Beste.«

Die Crailsheimer Kommissare hatten sich in den Streifenwagen gesetzt und waren sofort losgedüst. Heiko schaltete Blaulicht und Sirene ein, und diesmal verspürte er nicht diesen euphorisierenden Kick, den er normalerweise fühlte, wenn er so durch Crailsheim fuhr. Er hatte einfach nur Angst, furchtbare Angst, dass die Schuster eine Dummheit machen könnte, eine schreckliche Dummheit, und er wäre auch noch schuld.

»Wir hätten sie nicht so unter Druck setzen dürfen«, jammerte er, und es klang sehr hilflos.

Lisa starrte ihn entgeistert an. »So was darfst du nicht sagen. Außerdem: Noch ist nichts passiert.«

»Scheiße, scheiße«, entfuhr es Heiko, als sich aus der Ludwigsstraße ein lahmer Fiat schob. Er lenkte den Passat in einem riskanten Manöver um die blöde Karre herum. »Dieses verdammte Hochhaus«, murmelte er.

»Wieso bist du denn so sicher, dass sie dort ist?«

Heiko befeuchtete sich die trockenen Lippen. »Das ist neben dem Woha. Und es ist das einzige Gebäude in der Crailsheimer Innenstadt, das so hoch ist, dass du sicher sein kannst, dass du unten tot ankommst.«

Er ignorierte die rote Ampel am Kaufhaus Müller und bog mit quietschenden Reifen in den »Hochwasserdamm« ein. Mit einer scharfen Bremsung brachte er das Auto vor dem Jagstbrückenhochhaus zum Stehen.

»Ist es nicht herrlich hier?«, rief Elke Schuster und breitete lachend die Arme aus. Sie war auf seltsame Art und Weise glücklich. Der Wind zauste ihr Haar und streichelte ihr Gesicht. »Nicht wahr, Mädchen? Hier ist es doch toll.«

Annabella nickte, während Heidemarie immer noch zweifelnd an ihrer Mutter hoch sah. Elke ging ein paar Schritte weiter, die Mädchen an der Hand, Annemarie rechts, Heidemarie links. »Ich hab Angst, Mama«, sagte Heidemarie nun.

Elke sah zu ihrer Tochter hinunter. »Das brauchst du nicht. Gleich ist alles gut.«

Der Wind zerrte an den Zöpfen der Mädchen.

»Und wisst ihr außerdem, was gut ist, wenn man Angst hat?«, fragte Elke.

Die Töchter schüttelten die Köpfe.

»Singen. Wir singen jetzt ein schönes Lied. Ihr kennt doch »Näher, mein Gott, zu Dir«, ja?«

Heiko drückte den Aufzugknopf. »Aufzug kommt«, stand da seit einer gefühlten Ewigkeit. In Wirklichkeit waren es wohl nur ein paar Sekunden. Sekunden, die entscheiden konnten. »Ist die Treppe schneller?«, fragte Lisa. »Nein. 14 Stockwerke, das dauert.« Die Tür ging nun endlich auf und gab den Blick frei auf einen mit Teppich ausgekleideten Aufzug. Lisa und Heiko hechteten hinein und drückten auf den obersten Knopf.

Elke Schuster lächelte beseelt, als sie den Ton angab. Dann begann sie zu singen:

»Näher, mein Gott, zu dir,
näher zu dir.
Drückt mich auch Kummer hier,
drohet man mir,
soll doch trotz Kreuz und Pein,
dies meine Losung sein.
Näher, mein Gott, zu dir,
näher zu dir!«

Siebter Stock. Achter Stock. Verdammt, warum ging das so langsam? Heiko betete, dass der Aufzug nirgendwo anhalten würde. Neunter. Zehnter Stock. Elfter. Zwölfter, Dreizehnter. Verdammt. Er hielt an. Die Tür ging auf, und eine Oma mit Rollator und keckem Hütchen kam zum Vorschein. »Abwärts?«, fragte sie. Heiko und Lisa drängten sich, Entschuldigungen murmelnd, an ihr vorbei zur Treppe. So schnell wie diesmal waren sie noch nie eine Treppe hinaufgerannt. Heiko stieß die Tür nach draußen auf, die gezogene Waffe im Anschlag. Das unerwartete Licht blendete sie. Trotzdem nahmen sie nach einer Sekunde ein nahezu surrealistisches Bild wahr. Die Mädchen waren in weiße Spitzenkleider gewandet, Elke Schuster selbst trug einen hellen Leinenoverall. Die drei hatten die Kommissare offenbar noch nicht bemerkt, was wohl auch daran lag, dass zumindest Elke und Annabella aus voller Kehle sangen:

»Geht auch die schmale Bahn
aufwärts gar steil,
führt sie doch himmelan
zu unserm Heil.
Engel, so licht und schön,
winken aus sel'gen Höhn.
Näher, mein Gott, zu dir,
näher zu dir!«

Die Ermittler peilten die Lage. Elke Schuster schien unbewaffnet zu sein, aber es war offensichtlich, was sie vorhatte. Sie würden vielleicht eher Erfolg haben, wenn sie sich aufteilten. Heiko steckte die Waffe ins Halfter und winkte Lisa, sich von der Seite anzuschleichen. Eine etwa ein Meter hohe Erhebung krönte das Dach des Jagstbrückenhochhauses, sie bot ideale Deckung. Lisa machte sich in gebückter Haltung auf den Weg.

»Frau Schuster?«, rief Heiko.

Elke Schuster drehte sich um, langsam, ganz langsam. Auf ihrem grell geschminkten Gesicht lag ein irres Grinsen, ein Strahlen, ein diabolisches Leuchten. »Ja?«

Heiko hob die Hand. »Tun Sie das nicht, Frau Schuster!«

Die Schuster lachte. »Sie verstehen das nicht«, sagte sie. »Es ist das Beste. Das Beste für uns alle.«

»Aber warum?«, fragte Heiko.

Er hatte keine Ahnung, ob Lisa schon um den Vorsprung herum war. Zeit gewinnen war alles. »Sie wollte dieses … Ding in unsere Familie bringen, diese Hexe. Das musste ich verhindern. Verstehen Sie das denn nicht?«

Heiko begriff, dass sie das behinderte Kind meinte. Diese Frau war wirklich absolut krank. Er suchte nach den passenden Worten. »Das hätte nicht gut in Ihre Familie gepasst, nicht wahr, Frau Schuster?«

Die Frau schüttelte leicht den Kopf und ging einen Schritt zurück, in Richtung der Brüstung, die kaum mehr als einen Meter hoch war. Ein weiterer Schritt. Die kleine Annabella begann zu weinen, und Heidemarie zog schließlich an der Hand. Der Griff schien jedoch eisenhart zu sein. Mit verzerrtem Gesicht sah das Kind zu seiner Mutter hoch.

»Das kann ich voll verstehen, Frau Schuster«, versuchte Heiko. »Und der Richter wird das auch verstehen, glauben Sie mir.«

Elke Schuster ging mit den Kindern einen weiteren Schritt zurück. Näher an den Abgrund heran, näher heran an den sicheren Tod. Verdammt, wo blieb Lisa? Sie müsste längst um die Mauer herum sein.

»Und wie haben Sie von dem Baby erfahren?«, fragte Heiko. Zeit gewinnen, Zeit, nur Zeit. Er fühlte, wie ihm der Schweiß ausbrach.

Elke Schuster schnaubte. »Das dumme Huhn hat mich selber angerufen. Sie hat gemeint, sie hätte da eine ganz tolle Idee. Sie würde bald ein förderungswürdiges Kind von meinem Mann kriegen, und dann könnten wir doch alle eine große Familie werden, sie, der Florian, mein Mario und ich und meine beiden Mädchen hätten doch auch was von dem Mongo.«

Heiko hatte Lisa entdeckt. Sie war in Position.

»Die wollte meine Familie kaputt machen«, fuhr Elke Schuster fort.

Lisa fixierte Heidemarie, die nun unweit von ihr stand. Wenn es ihr nur gelänge, das Mädchen auf sich aufmerksam zu machen.

»Frau Schuster, das kann ich ja alles verstehen. Und dann haben Sie die Jessica umgebracht, verständlich, durchaus.«

Elke Schuster nickte heftig. »Ja, nicht?«

»Ehrlich. Und glauben Sie mir, jeder Richter wird das genauso sehen. Frau Schuster, Sie müssen das nicht tun, tun Sie das Ihren Kindern nicht an.«

»Es ist zu spät … zu spät.«

Die Schuster ging einen weiteren Schritt zurück und stieß nun mit den Fersen an die Brüstung. Annabella begann, lauter zu weinen, ihr Heulen wurde zu einer Art Kreischen. Heidemaries Blick irrte umher und blieb schließlich an Lisa hängen. Lisa breitete die Arme aus und winkte dem Mädchen, zu kommen. Die Kleine zögerte nur kurz, dann ruckte sie noch einmal kräftig an der Hand ihrer Mutter. Weil diese erwartet hatte, dass das Mädchen nach vorne ziehen würde, gelang es der älteren, sich loszureißen. Das Kind floh in Lisas Arme. »Heidemarie! Komm hierher, sofort! Komm zurück!«

Die Schuster brüllte wie ein wild gewordener Stier und sah jetzt plötzlich gar nicht mehr psychedelisch aus.

»Komm hierher, Heidemarie.«

Lisa erhob sich und drängte das Mädchen hinter sich. »Warum wollen Sie die Mädchen mitnehmen, Frau Schuster? Haben Sie es nicht verdient, zu leben?«

Elke Schuster heulte auf. »Ich liebe sie. Mein Mann kann sie nicht erziehen. Besser tot, als …«

»Besser tot als in einer Welt ohne ihre durchgeknallte Mutter?«, mutmaßte Heiko.

»Ich sorge für sie«, korrigierte Elke Schuster.

»Sie bringen sie um.«

Die Frau reckte trotzig das Kinn. »Ich bin ihre Mutter, ich bin für sie verantwortlich.«

In Heikos Hirn arbeitete es. Lange würde das nicht mehr funktionieren. Er tastete nach seiner Waffe.

»Fragen Sie Ihre Tochter doch, ob sie sterben will«, schlug Lisa knochentrocken vor. Sie schielte zu Heidemarie, die sich auf dem Boden zusammengekauert und die Arme um die Knie geschlungen hatte. Das Mädchen starrte verstört auf einen imaginären Punkt direkt vor sich und schien nicht mehr wirklich da zu sein. Kein Wunder. Elke Schuster schüttelte wieder den Kopf, ganz langsam. Dann drehte sie den Kopf zu Heidemarie.

»Komm, mein Schatz«, flehte sie. »Komm zu Mama.«

Das Mädchen festzuhalten war gar nicht nötig, weil es nun vollkommen abgedriftet war.

»Es ist nicht perfekt ohne Heidemarie«, versuchte Lisa. »Es bleibt unvollendet.«

Elke Schuster zuckte die Achseln. Dann drehte sie sich um. Eine Windbö erfasste ihr Haar und zauste es nach hinten. Sie sah hinunter auf die Straße, die über 50 Meter unter ihr lag. Und dann zog sie Annabella, die immer noch an ihrer rechten Hand hing, mit einer geradezu beängstigenden Leichtigkeit hoch, in Richtung Brüstung. Das Kind hob vom Boden ab, und seine Beine schlenkerten hin und her, Halt suchend, wie bei einem Gehenkten. Heiko und Lisa wechselten einen schnellen Blick, und dann krachte der Schuss. Annabella stürzte zu Boden und erstarrte zu einem Paket aus Furcht. Lisa war mit wenigen Schritten bei ihr, die Mutter der Mädchen immer im Blick. Elke Schuster war als wimmerndes Häuflein in sich zusammengesunken und hielt sich schluchzend die blutende Schulter. Schnell schnappte Lisa die Kleine und brachte sie zum Vorsprung, zu ihrer Schwester. Darauf erwachte die ältere aus ihrer Lethargie, legte die Arme um die jüngere und zog sie an sich. Heiko war inzwischen schon bei der Frau und hielt sie mit der Knarre in Schach. Da dämmerte es ihm plötzlich, dass es wohl wenig Sinn hatte, jemanden, der sich das Leben nehmen wollte, mit der Pistole zu bedrohen. Und tatsächlich. Elke Schuster lächelte ihn selig an, rappelte sich hoch, drehte sich um und wollte ganz offensichtlich doch noch über das Geländer springen. Die Mädchen stimmten ein schrilles Kreischen an. »Mama, nicht!«, rief Annabella. Heiko packte den verletzten Arm der Frau und drehte ihn auf den Rücken. Handschellen klickten, und Elke Schuster brach nun vollständig zusammen.

Mario Schuster stürmte das Revier. »Wo sind sie?«, fragte er Lisa, und seine Stimme klang panisch.

Diese wies lächelnd in ihr Büro. »Sie sind wohlauf, Herr Schuster.«

Der Vater betrat das Büro, entdeckte seine beiden Töchter und sprang auf sie zu. Die Mädchen flohen in seine Arme. Schuster begann zu weinen, erleichtert, unablässig streichelte er die Köpfe seiner Mädchen, küsste sie und wollte sie gar nicht mehr loslassen. Dann, endlich, nach einer gefühlten Ewigkeit, die aber diesmal schön war, ließ er von ihnen ab.

»Könnte ich kurz mit Ihnen alleine reden?«, fragte er dann, an Heiko gewandt.

Lisa nahm die Kinder an den Händen und führte sie nach draußen. Die Tür schloss sich. Heiko wies auf Lisas Bürodrehstuhl, und Schuster setzte sich.

»Wie geht es meiner Frau?«, fragte er dann, so leise, als hätte er vor der Antwort Angst.

»Ich musste ihr in die Schulter schießen«, sagte Heiko in entschuldigendem Tonfall. »Ansonsten geht es ihr den Umständen entsprechend gut. Aber … sie hat wohl ein größeres Problem … mental, meine ich.«

Schuster nickte langsam. »Sie war es, nicht?«

Heiko nickte.

»Das hatte ich befürchtet.« Schuster saß eine Minute bewegungslos da, seufzte dann tief und sagte: »Ich hoffe, wir kriegen das in den Griff.«

»Das hoffe ich auch.«

»Jedenfalls, danke, dass Sie meine Kinder gerettet haben. Und meine Frau.«

»Ist schon okay.«

»Hm.«

»Hm.«

»Na dann, bis bald.«

»Ja, bis bald.«

SONNTAG, 27. OKTOBER

Heiko freute sich. Aber nicht, weil er in der Tanzstunde war. Doch, irgendwie schon. Denn heute war die letzte Übungseinheit. Fast drei Wochen lang hatte er sich durch die südamerikanischen Rhythmen gequält, immer hoffend, dass dieser eine Tag kommen würde, diese eine Stunde, die letzte Stunde. »Lo hacen muy bien«, lobte Juan, »sehr gut, meine Herrschaften.« Heiko führte Lisa zu einer Promenade, drehte sie und zelebrierte mit ihr schließlich eine Brezeldrehung. Hunger hatte er auch. Lisa schmiegte sich beim Caricia innig an ihn und seufzte tief, als sie wieder in den Grundschritt verfielen, die Körper eng aneinandergedrückt.

»Haben wir doch gut hinbekommen, oder?«, meinte sie.

»Hm?«

»Na, die Tanzstunden.«

»Ach so, ich dachte, du meinst den Fall.«

»Den Fall auch.«

»Letztes Lied«, rief Pedro, und Juan forderte seine Schäfchen auf, dieses Musikstück ganz besonders zu genießen.

Das brauchst du mir nicht zu sagen, dachte Heiko bei sich. »Die Schuster wird sicher in Behandlung kommen. Die spinnt doch«, sinnierte Heiko zur Merengue »El Talisman«.

»Wer weiß. Die Grenzen zwischen pedantisch und irr sind fließend«, gab Lisa zu bedenken. Heiko winkte ab. »Die spinnt, das ist sonnenklar.«

»Jedenfalls. Gut, dass wir den Fall gelöst haben, nicht?«

»Hm.« Heiko drehte Lisa in einer mehrfachen Pirouette. Er genoss das letzte Lied, oh ja. Und das wäre garantiert das letzte Mal, dass er tanzte, definitiv.

»Die letzten Takte, Seniores«, mahnte Juan. »Gozanlo, gozan.«

Heiko genoss. Und wie. Dann, endlich, war es vorbei, und alle applaudierten und bedankten sich mit einem sehr hohenlohischen »Grahzias« bei den Latinotanzlehrern. Heiko wandte sich mit Lisa an der Hand gerade zum Gehen, als ihm jemand von hinten auf die Schultern tippte. »Perdon? Chaiko?«, hörte er hinter sich. Latinos taten sich schwer mit dem H. Da war er eben der Chaiko. Was wollte der kleine Macho von ihm? Langsam drehten er und seine Lisa sich um.

»Ja?«

»Du und Lisa, ihr wart mit Abstand das beste Paar.

Und wir wollten euch deshalb einen Gutschein für einen Fortgeschrittenenkurs schenken.«

Ein glückliches Strahlen breitete sich auf Lisas Gesicht aus, während sie euphorisch an seinem Arm ruckte und mit einem »Wäre doch nicht nötig gewesen!« Heikos Schicksal besiegelte.

Der Herbstwind wehte und schob ganze Blätterhaufen über den Friedhof. Die drei Menschen trotteten den Weg entlang. Mario Schuster besuchte mit seinen Töchtern das Grab, in dem seine Geliebte und sein ungeborener Sohn lagen. Er trauerte um sie, um beide, aber er weinte nicht. Er würde damit umgehen lernen. Jedoch sollten seine Töchter wissen, dass sie beinah ein Brüderchen gehabt hätten, beinah. Eigentlich hätte er gar nichts gegen Jessis Idee gehabt, auch, wenn sie natürlich utopisch war. Aber er liebte sie beide, hatte sie beide geliebt, Jessi und Elke, jede auf andere Weise. Seine Frau liebte er noch. Sie war krank, das wusste er. Und er hoffte, dass man ihr helfen konnte. Aber bis dahin würde sich so einiges ändern. Als Erstes hatte er die Outfits der Mädchen geändert. Sie waren zusammen einkaufen gewesen, und die beiden hatten sich etwas aussuchen dürfen. Etwas, das ihnen gefiel, ihnen selbst, und nicht ihrer Mutter oder ihm. Sie waren verstört, die beiden, ja, aber so langsam, jetzt, nach zwei Wochen, tauten sie wieder auf. Und sie wirkten irgendwie glücklich, jedenfalls glücklicher, als sie jemals zuvor gewesen waren. Er würde sie nicht zwingen, in die Musikschule zu gehen, wenn sie keine Lust dazu hatten. Er würde sie auch nicht zwingen, Gedichte zu rezitieren. Er würde ein guter Vater sein.

»Und da drin ist auch das Baby?«, fragte nun Heidemarie, als sie am Grab angekommen waren.

Mario schluckte.

»Jessica Waldmüller«, stand da auf dem einfachen Holzkreuz, und die Kränze moderten vor sich hin. Einzig die Buchstaben auf den Schleifen glänzten noch im Sonnenlicht, auch, wenn einige schon abgefallen waren. Er berührte das Kreuz. Seine Jessi. Florians Jessi. Egal.

»Ja, Heidi«, sagte er. »Hier liegt die Jessi mit dem Baby. Und ihr hättet das Baby bestimmt lieb gehabt.«

Heidemarie schluckte, und Annabella legte die mitgebrachte Rose aufs Grab.

»Obwohl es kein richtiges Baby war?«, fragte Heidemarie weiter.

»Das war schon richtig so, wie es war«, sagte Mario Schuster.

ENDE

Weitere Krimis finden Sie auf den folgenden Seiten und im Internet: www.gmeiner-verlag.de

Helene Wiedergrün
Blutmadonna
978-3-8392-1397-1

»Apollonia Katzenmaier auf einer spannenden Spurensuche in der Vergangenheit.«

In einem oberschwäbischen Dorf finden Waldarbeiter das Skelett eines Mannes. Doch wer war der unbekannte Tote, den niemand vermisst? Als die Journalistin Apollonia Katzenmaier nachforscht, wird sie mit der Feindseligkeit der Dorfbewohner konfrontiert und muss erkennen, dass hinter der idyllischen Fassade ihres Heimatortes grausame Geheimnisse lauern, die weit in die Vergangenheit zurückgehen. Die Spuren führen bis nach Frankreich …

GMEINER

Wir machen's spannend

Thomas Erle
Teufelskanzel
978-3-8392-1394-0

»Keltische Mystik im Schwarzwald – mit Gänschautfaktor!«

Aschermittwoch. Am Kandel, dem sagenumwobenen Schwarzwaldberg, wird unterhalb der Teufelskanzel die Leiche eines jungen Mannes im Hexenkostüm gefunden. Die Polizei ist ratlos und vermutet das tragische Ende einer Mutprobe. Lothar Kaltenbach, Musiker und Weinhändler aus Emmendingen bei Freiburg, glaubt nicht an einen Unfall. Gemeinsam mit der Schwester des Toten versucht er, die wahren Zusammenhänge aufzudecken und kommt dabei einem düsteren Geheimnis auf die Spur …

GMEINER

Wir machen's spannend

Manfred Bomm
Grauzone
978-3-8392-1385-8

»Kommissar Häberle in seinem 13. Fall«

Gibt es einen Zusammenhang zwischen einem lange zurückliegenden Flugzeugabsturz und dem angekündigten Weltuntergang? Von Zweifeln geplagt, schließt sich eine Frau einer Gruppe Gleichgesinnter an, die diesen Fragen nachgeht. Der schwäbische Kommissar August Häberle und sein Assistent Mike Linkohr treffen bei der Suche nach einem Mörder Menschen, die an den baldigen Weltuntergang glauben – oder davon profitieren wollen. Und alle scheint ein Geheimnis zu verbinden …

GMEINER

Wir machen's spannend

Harald Pflug
Versteckerles
978-3-8392-1405-3

»Die Scoutpatrouille geht wieder auf Mörderjagd!«

Karlsruhe im August1945. Eine Mordserie beunruhigt die Bevölkerung. Die Leichen weisen Spuren von Blausäure auf. Da die Polizei keine Ergebnisse liefert, beauftragt Major Arlington seinen Freund Captain John Edwards mit dem Fall. Edwards ruft kurzerhand seine Scoutpatrouille zusammen und macht sich auf die Suche nach dem Täter. Die Spur führt zu Schwarzhändlern und schließlich bis in die eigenen Reihen …

GMEINER

Wir machen's spannend

Bernd Leix
Mordschwarzwald
978-3-8392-1387-2

»Stuttgart 21 in Grün?«

Aufruhr im nördlichen Schwarzwald: Die grün-rote Landesregierung plant einen Nationalpark! Die Bevölkerung zwischen Bad Wildbad und Freudenstadt ist gespalten: Tourismusmagnet oder Ökodiktatur? Befürworter und Gegner des Projekts stehen sich unversöhnlich gegenüber. Als die heftigen Unruhen sich immer weiter ausbreiten, schickt die Landesregierung den erfahrenen Karlsruher Kommissar Oskar Lindt als verdeckten Ermittler in das Krisengebiet …

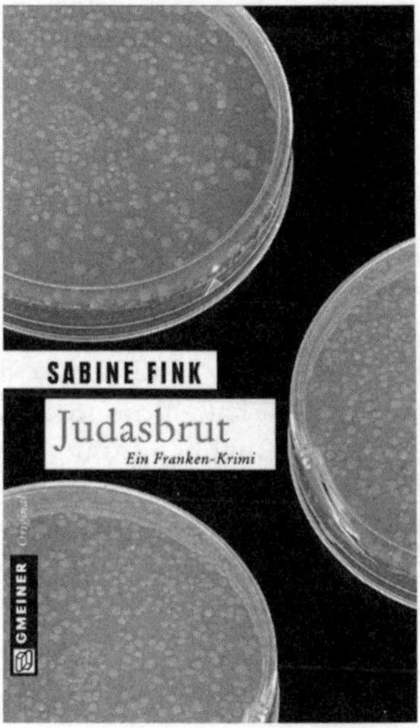

Sabine Fink
Judasbrut
978-3-8392-1383-4

»Die Erlanger Bergkirchweih in Gefahr.«

Was haben eine tote Obdachlose in Nürnberg, eine eifersüchtige Ehefrau in Erlangen und ein dubioser Fremder in der Fränkischen Schweiz gemeinsam? Nichts, glaubt die Erlanger Kommissarin Maria Ammon. Nachdem aber eine weitere Leiche gefunden wird, dämmern ihr Zusammenhänge, die nicht nur ihre beste Freundin Nina, sondern auch die Besucher der Erlanger Bergkirchweih in Gefahr bringen. Der Feind deines Feindes ist dein Freund – doch wer ist wer in diesem makabren Spiel aus Liebe, Wissenschaft und Idealismus?

GMEINER

Wir machen's spannend